台湾
求学笔记

■ 刘抒羽 著

华艺出版社
HUA YI PUBLISHING HOUSE

阿里山神木: 永结同心

▲ 阿里山 ▼ 日月潭

▲ 台北故宮　　　　　　　　　　　　　　　　　　　　　　　▼ 台南孔廟

台湾野柳
地质公园

台湾东北角
南雅奇岩

台湾野柳地质
公园: 女王头

①│③
②│④

本书图片摄影：李建伟

① 花莲太鲁阁

② 台湾最南端：猫鼻头

③ 高雄佛光山

④ 日月潭雕塑

目　录

自　序

台湾，我来了（2月15日）----------- 1
注册（2月16日）--------------- 3
多变的气候（2月17日）---------- 6
骑车逛台中（2月18日）---------- 8
彰化灯会（2月19日）----------- 10
外篇：花灯第一次照亮我-------- 12
上课第一天（2月20日）--------- 15
中兴大学趣事（2月21日）-------- 17
周杰伦的歌（2月22日）--------- 20
台中雨和动画片（2月23日）------- 22
中兴湖（2月24日）------------ 24
台北高铁（2月25日）----------- 26
逢甲cosplay（2月26日）-------- 28
中兴大学书店（2月27日）-------- 31
台湾高校教材（2月28日）------- 33

垃圾分类（2月29日）----------- 35
八一中学校庆日（3月1日）------- 37
施工运土车（3月2日）---------- 39
宝岛眼镜店里当"大爷"（3月3日）-- 40
考"研究所"日（3月4日）-------- 42
肥料学课（3月5日）----------- 44
食品安全（3月6日）----------- 46
恐鸟症与"残疾人"（3月7日）----- 48
事务组老师（3月8日）---------- 50
水培种植（3月9日）----------- 51
网游与聊天（3月10日）--------- 53
妈祖（3月11日）-------------- 56
台湾手机（3月12日）---------- 57
台湾小吃（3月13日）---------- 59
陈培堃（3月14日）----------- 61
性骚扰（3月15日）----------- 64
永和豆浆（3月16日）---------- 65

日月潭（3月17日）------------ 67

林书豪（3月18日）------------ 69

大学生课外活动（3月19日）------ 70

地质学考试（3月20日）-------- 72

电脑·电梯（3月21日）-------- 74

"中国化"（3月22日）-------- 75

"五最"（3月23日）---------- 77

警察POLICE（3月24日）-------- 79

EMS快件（3月25日）---------- 80

岛内"高考"（3月26日）------- 82

吃素救地球（3月27日）-------- 83

狗（3月28日）-------------- 85

清洁达人（3月29日）---------- 87

台中公交（3月30日）---------- 88

《联合报》·《自由时报》（3月31日） 90

大坑风景区（4月1日）--------- 92

"台湾正名"运动（4月2日）----- 94

二十岁生日（4月3日）--------- 96

岛内清明节（4月4日）--------- 98

速食文化（4月5日）---------- 100

最重要的就是安全（4月6日）---- 102

风如茶（4月7日）-----------103

"古早味"食品（4月8日）------ 105

瑞穗鲜奶（4月9日）---------- 106

越南新娘（4月10日）--------- 108

植物病理周（4月11日）-------- 109

大买家超市（4月12日）--------111

抗生素（4月13日）-----------113

日用品（4月14日）-----------115

工读生（4月15日）-----------117

实验安全（4月16日）----------119

台中出租车（4月17日）-------- 120

高丽菜（4月18日）----------- 122

农大版非诚勿扰（4月19日）---- 124

一中商圈（4月20日）---------- 126

台中网购（4月21日）---------- 128

宿舍（4月22日）------------ 129

书（4月23日）------------- 131

微生物（4月24日）---------- 132

标语口号（4月25日）--------- 134

石英（4月26日）------------ 136

换届（4月27日）------------ 138

台中港（4月28日）---------- 139

去苗栗（4月29日）----------- 141

助教（4月30日）------------ 143

考古题（5月1日）------------ 144

"校树"与"校花"（5月2日）----146

李宁logo（5月3日）----------148

高雄夜市（5月4日）---------- 150

西子湾（5月5日）------------ 152

吃姜（5月6日）------------- 153

学生干部（5月7日）----------155

地震（5月8日）-------------157

外篇："五月天"和"地震" --- 158

拼音（5月9日）------------- 161

辅导班（5月10日）---------- 163

偏见（5月11日）------------ 165

抗震（5月12日）------------ 166

校园招聘会（5月13日）-------168

学校标志性建筑（5月14日）------170

诈骗（5月15日）------------ 171

同性恋（5月16日）---------- 173

残疾人（5月17日）---------- 174

植物生理学考试（5月18日）------176

中兴大学场馆（5月19日）--------178

自习室（5月20日）---------- 180

碑超标（5月21日）---------- 181

地板（5月22日）------------ 183

网贴和"科比"(5月23日) ------185

留学经历(5月24日) ---------- 186

台中购物指南(5月25日) ------- 188

"老绅士"姜保真(5月26日) ----- 190

台湾高农研习营(5月27日) ------192

奶茶饮料(5月28日) ----------194

备考(5月29日) --------------195

早恋(5月30日) --------------197

志工(5月31日) ------------- 198

植物生理学实验(6月1日) ------ 200

水果蔬菜超市(6月2日) ------- 202

"驴友"自由行(6月3日) ----- 203

毕业典礼(6月4日) ---------- 205

"最后的晚餐"(6月5日) ------ 207

"红榜"(6月6日) ---------- 209

地质学老师彭宗仁(6月7日) -----211

PCR实验(6月8日) -----------213

"三限六不"政策(6月9日) ------215

宜兰地震(6月10日) -----------216

失窃案(6月11日) -----------218

排水设施(6月12日) -----------219

回归发展(6月13日) ---------- 223

地震多发(6月14日) ---------- 225

到大陆"打拼"(6月15日) ----- 226

TORIC考试(6月16日) ------- 228

西方父亲节(6月17日) -------- 230

三门考试(6月18日) ---------- 232

饮食文化(6月19日) ---------- 234

台风来袭(6月20日) ---------- 235

申请成绩单(6月21日) -------- 237

北京,我回来了(6月22日) ------ 239

慢慢折磨　慢慢拷问---------241

自 序

2012年的春季学期，我作为中国农业大学与台湾中兴大学交换生项目的学生，在位于台中市的中兴大学学习、生活。一百多天里，我忠实记录了在台湾的所见所闻、所想所感，写成了这个类似于日记，但又不敢高攀"名人日记"的稿子。一开始我以为会把"日记"写成"台湾交换生生活指南"，写着写着我发现，对台湾的感受，几乎全部基于我在大陆生活的背景。

而当动笔写这个序时，我已经在加拿大滑铁卢大学开始了一个新的校际项目——中国农业大学与加拿大滑铁卢大学"2+2"项目。台湾学习结束，我从台中回到北京，停留一月有余，启程去往加拿大。身在异国，回想在台中的四个多月，总觉得我像是掉进时间的漩涡。刚到加拿大时，似乎找不到自己的位置，后来才发现，我看不清楚的其实是我位置的变化。

面对这么多稿子，我想把它出版，让别人看看我的感受。我的父亲粗略地看过我的初稿，他说"写得还不错"，我把这归结为"护犊子"。我的几位同学和师兄师姐看过其中的一些片段，这些片段多是一些有"包袱"的段子，因为能博得他们一乐，他们也说写得不错。然而，当我信心满满地把所有稿子发给一个阅历丰富的朋友时，他倒也是实在，直说我写得东西"不讨喜"，从市场的角度看，不乐观。我猜他这么说的原因不是因为题材或者内容不吸引人，而是我的写法太涩。总之，褒贬不一，我也不知道市场需要什么。所以，我"胆战心惊"地把稿子交给华艺出版社，结果如何，顺其自然。

借着这个自序，简单总结我在台中的生活。台湾没有我想象中那么好，也没有我想象中那么不好。我之所以有这样的想法，或是因为我还不算是真正的成年人，对世界的判断还停留在"非黑即白"的阶段。如果十年、二十年、三十年或者更多年后我再去台湾，一定会有更加客观的认识。而现在，我尽全力在叙述一个真实的台湾，虽然我经常会戴上"有色眼镜"。

在中兴大学待了四个多月，有三件事值得先说一说。

第一件事是背单词。无论是高考前，大学四六级英语考试前，还是考托福之前，我从来没有背过单词，单词书"a"开头的词段没背完我就放弃了。而这四个多月，我背了很多单词，虽然没有很明显的成效，却极大地磨炼了我沉下心来做事儿的能力。不仅仅是我，同龄人也差不多，我们都有很多梦想，但是我们很少脚踏实地地去实现梦想。

第二件事是锻炼。在中兴大学办了一张健身卡，我几乎每天去锻炼，一直到六月份天气热得不行才停了下来。健身是一个长期投资，对我来说只是一个打发时间的休闲。办卡的时候我不敢确定自己能坚持多久，但到五月底一算，发现自己竟吭哧吭哧坚持了整整三个月。真为自己的"韧劲儿"惊讶。起初是指望着锻炼减肥，后来发现锻炼之后吃得更多，也就放弃了减肥的想法。

第三件事就是写稿子。刚到台中的那段时间，像"刘姥姥进大观园"，每天都感受颇多。到后来，日子过得很平淡，虽然每天写东西成了习惯，但是写什么又成了问题。总而言之，所有稿子写得都很仓促，如朋友所说，"你这是个四不像的东西"。然而，无论文章是白开水，还是流水账，我都想要把在北京不曾见过的事儿记录下来。与其说我是去台湾求学，不如说我一直在求学，而这一站恰好在台湾。

现在回想，这段短暂的交换生生活像是一场梦，有很多奇景就是在这个梦里出现的，梦醒时分竟难以分清是在梦境里，还是在现实中。如同开头提到的，我分不清楚我坐标的改变，而当意识到这一点时，我已经开始对这个类似于函数的改变有了认识。可惜的是，我不能根据这个函数的"趋势线"预测我的未来；可喜的是，我的未来不用预测，只要去做就行了——如果做不到，就在梦里完成。

刘怀羽

2012年9月10日于加拿大滑铁卢大学

台湾，我来了（2月15日）

今天早上八点半，我坐在CA185航班上从北京飞向台北。到达桃园国际机场后，转搭小旅行车到位于台中市的中兴大学，开始了一个学期的交换生生活。

飞机上最好的消遣是听着音乐读书。听音乐，冲淡了轰隆的飞机声，屏蔽了周遭阿姨、大妈们对人事的评价，她们总是滔滔不绝，感慨万千。今天，中、日、韩三国的乘客同时出现在一个机舱里，据我观察，日本乘客安静有礼，韩国乘客"活泼"，中国乘客人数太多，难以概括。日本这个民族很矛盾，《菊与刀》对大和民族矛盾心理的描写很深刻，这本书堪称经典。

说到读书，"书"应是"纸质书"。电子书更适合挤地铁的时候瞄几眼，纸质书才是我用来假装"文化人"的道具。今天读的是林语堂先生的《苏东坡传》，细想这是高二时的必读书，当时却买了书就置之不理了，而今，毕竟长大几岁成熟很多了，读来生发出许多以前没有的感受。

林语堂先生是用英文写的《苏东坡传》。作为一个新托福考不过百分的人，林语堂先生深厚的英文功底是我难以想象的。文言文翻译成白话文再译成英文，或者文言文直接译成英文都是极难的。我读的版本自然是中文版了——由张振玉先生译于台北，恰是此行的目的地。

"十年生死两茫茫，不思量，自难忘。"这首词句广为流传，但我却是今天才知道其完整版和它的作者，这原来是苏轼写给第一任妻子的类似墓志铭的词啊。而"相顾无言，惟有泪千行"同样出自这首词。豪放派大词人苏轼如此婉约的"执手相看泪眼，竟无语凝噎"的风格，读来更有款款深情。

说这么多与今天行程无关的话，是因为起飞前有临时的管制，本来应该是八点十分的航班，磨蹭到十点多才起飞，坐在飞机上无事可做，看书解闷吧。老早以前听过一篇CRI的新闻，报道的是航班延误造成的经济损失。航班不能准时起飞，延误过程中耗费机场、航空公司和乘客三方面的时间、精力和金钱。我一直好奇为什么有数的几次在北京起飞都遇到了"临时航空管制"，但现在我无心讨论这个问题。折腾来折腾去，下午一点总算是顺利到达。同时到机场的有许多日本游客，边检时恰好夹在许多日本游客中间，我这个操着浓重京腔的人和同行的师姐调侃着德云社2011年封箱的相声，听不懂日本游客说什么，后面的一个印度人迷茫地东张西望，摆弄西服和领带。

来之前，我拜读了《我们台湾这些年》，想了解一下台湾的风土人情，只求到了地方别表现得太"掉线"。这本书简述了台湾岛1977年至该书出版时三十多年间的台湾历史。作者以年为单位，选取"年度最具吸引力"的事件来反映当年的台湾风情。不同于明月那种"白话文版"的明朝正史，也不同于萨苏那种"一言以蔽之"的当代日本社会，但这也是一种写历史的方法，正史虽然是由胜利者书写的，但是每个人都参与其中——不知道后人们会不会把这本书看成是"稗官野史"。

作者交代了自己并不是文科专业，但是轻松的文字，读起来引人入胜。之后我翻过几位大陆学者合著的《天下得失》，关于蒋介石人生历程的书，学术性很强。面对满篇的日期和人名，我是"自讨苦吃"地翻完了那本书，记住的无非是"蒋公中正"、"孔祥熙"、"宋子文"等一些人名。

在读《我们台湾这些年》时，我完全不了解台湾的历史，很多内容我不懂，只好忽略掉，选择性地读一些我了解的和我想了解的。不得不说，作者选择性地写台湾，我选择性地读台湾，最后我真正从书中了解的是我想象中的台湾。如果想看更"逼真"的台湾，就只能在台湾生活一段时间。书店里琳琅满目的"台湾旅游攻略"，是广告，而"台湾旅游感受"，是用户体验的反馈。"产品"好不好，"谁用谁知道"。

初到台湾，湿气扑面而来，在北纬四十度的地方生活了十多年，突然来到距离北回归线这么近的地方，难以适应。北京常被南方的同学们声讨说干燥、风大，但是十多年也就习惯了。另外，就是台湾普通话的语调难以适应，简直掉进台湾偶像剧的罐子里了，看来耳朵仍需锻炼，而京腔我看还是不要改了。

第一天零零散散有很多感慨，高速公路旁成片的水田，大陆二线城市水平的台中南区市貌，成群结队的小摩托车——我心目中的机车一定不是跟电动自行车差不多外貌的。搞不清的物价水平，昂贵的手机流量费……无论怎样，台湾，我来了。

注册（2月16日）

今天去注册交换生学籍，领学生卡，认识了土壤环境科学系的几位老师，在图书馆蹭免费的Wifi，晚上搞定了宿舍里上网的问题。

中兴大学学生上网完全是免费的。宿舍里的网络，每天的输入和输出都不能超过2G流量，相比农大最便宜的"6G流量"月套餐，一天2G实在是太"丰厚"了，网费包含在宿舍费里。相比之下，中兴大学一学期的宿舍费远远高于农大，虽然住宿条件略好。图书馆的无线网络没有流量限制，网速也比农大校园网快，我电脑上的迅雷终于开始了工作，原来一大堆保持在0kb/s的下载任务也慢慢悠悠开始工作了。

今天主要是办一些常规手续，在各个办公室里游窜着盖章、填表，这一点和大陆的学校很相似。印章是中国人发明的，古代一个王朝的大玉玺是国家权力的象征，古代有头有脸的人的印章是身份的象征，欧洲古代的蜡封印章也有象征权力的意思。值得注意的是，中兴大学一些重要的印章都是遵循中国古代排版顺序，从右至左横排或从上至下竖列的。从交换生邀请函上如同古代王朝玉玺形制的方框图案和小篆字体来看，虽然中兴大学建校不足百年，但恪守的是中国古代的传统。

我很好奇这个校章是不是块造型精美的好玉，但是我想这个印章一定是精雕细琢的。相比中兴大学，我就读的小学、中学和大学的校章都是红色圆形橡皮章，沿内缘刻上校名，下面有横线和五角星。

在中兴大学最先接触的老师，是"大陆事务组"和教务处的女老师们。她们都用台湾那种软软的"调调"说话，即便是下指令，也很温柔。听注册组老师说怎样交住宿费，怎样去找老师报到，虽然这位老师的年纪用"欧巴桑"来形容最贴切，但是因为她声线比较细——用早年赵本山小品的台词来说就是"甜度"比较高，所以很显年轻。

至于之后接触的土壤环境科学系的老师们，需要多说几句。"接见"我的是黄裕铭副教授，他是系内的"导师"，这个导师是类似于美国大学"advisor"或"counselor"那种的老师，比较像是大学班主任，而不是专业方向上的研究生导师，这个"导师"服务于在选课、补考、考研的时候遇到问题的学生们。我翻看了黄老师给我的系内学生通讯录，本科一共不到二百个学生，有三名导师，我想这三名导师应该能记住每个学生的名字，这样令学生颇有归属感。不过对"问题学生"来讲，这就不是好消息了。

初次和黄老师见面，选择学习的课程这个话题被一带而过。老师把选课的自由完全交给我，没有说这个能做，那个不能做，这可能是对交换生的"优待"。除了这个"优待"，另外一个"优待"是交换生可以跨专业选课。比如我在农资学院，但我可以选生命科学院的课。选课很多样，一方面要最大化地贴合农大要求我的课程，另一方面也要多元地了解中兴大学。不过对交换生也不是毫无要求，完全"撒丫子"，学校规定交换生至少修满6分，这条规定主要是防止交换生在台湾"玩儿疯了"，荒废了学业。

对绝大部分交换生来说，问题不是少选课去疯玩儿，而是想尽可能多地选课，来贴合本校的课程。来之前，我看了自己在农大这学期要上的课，不算体育课和英语课，一共有九门课。因为涉及转学分的问题，我必须尽量在中兴大学上和这九门课类似的课程，这样下学期回农大之后就不用花额外时间补学分了。不过我翻来覆去看了很多遍课程表，中兴大学的课还是不能与农大的课完全吻合，我选了不足九门，还是要等回农大再"从长计议"了。

虽然以后可能要花些时间，但交换生的经历还是很有意义的。这也反映出农大上的课有点儿多。无论老师还是学生都抱怨课多，但由于专业要求，很难对课程设置做删减。环境科学类专业的学科综合性太强，如今国家环境恶化问题严重，所以学院对数、理、化、生、地要求很高，课多也是应该的。

我和黄老师的谈话大部分是闲聊，聊的时间最长的话题是关于水稻和玉米的。台湾的农作物主要是水稻，台湾南部可以做到一年三熟，中部和北部就是一年两熟。似乎是，台湾水稻种植的机械化发展比较好，能做到机械插秧和收割。大陆地区的水稻种植我了解不多，只是有幸于2011年的暑假在吉林农村做调查的时候略知一二。听说在东北，比如盘锦，水稻种植过程完全是人工的，手工插秧，手工收割。在中国农业大学念书，虽说没接触专业性强的研究项目，但是"玉米"的出现频率要远远高于"水稻"。

调查的时候，同行的吉林农业大学的师姐在研究玉米种植机械化的情况。不清楚南方的农业大学是否致力于研究水稻种植机械化的问题，但是农业机械化早已确定为农业发展的方向。（后来了解到华南农业大学已有教授在研究水稻机械播种。）

有人可能会说，中国南方的水田面积小，不适合用机械。不过发展小型机械，一方面可以在一定程度上代替手工；另一方面，根据吉林农大师姐的调查发现，大型农机十分昂贵，不适合家家户户购买使用，而小型机械，造价便宜，使用方便，是实现手工农业向机械化农业转变的过渡性农具。我从农大的老师那儿了解到美国人虽然不把大米作为主要的主食，但美国种水稻的效率和水稻产量都是世界第一。美国能做到水稻种植机械化，如果有一天中国水稻种植也能机械化，那么中国的综合国力又将有大幅度提高。

今天最开眼的事，是中兴大学的道路两侧种了椰子树，有告示牌写着"小心椰子砸落"。等到椰子成熟了，把头发烫成卷，做个牛顿的发型，看有没有椰子砸在我的脑袋上，我也发现个什么新定律，为科学发展做点儿贡献。

多变的气候（2月17日）

今天突然降温了。才到台湾两天，这冷空气就跟着来了。我来的时候，穿的是件有内里儿的运动服，我以为台湾的冬天和夏天没有什么区别，结果今天刚出宿舍楼，迎面而来的冷风像是小飞镖一样往脸上刺过来，我不得不把在北京冬天穿的外套穿出去，本来还以为这外套到了台中就"无用武之地"了。

看到街上穿羽绒服的人，还有中兴大学"大陆事务组"的潘小姐穿着一双雪地靴，这视觉冲击一时让我分不清自己是在台中还是在北京。海岛的气候果然很多变，昨儿还穿单衣呢，今天就要套上羽绒服了。"大陆事务组"的老师也发来邮件，叮嘱交换生近来气候多变，要适当增减衣服。

我出门在外，父母是最牵挂我的人。无论父母还是老师，还有北京的同学朋友，无不叮嘱我在台湾要吃好。只要父母问起吃得怎么样，回答一定是"挺好的！"无论事实是不是如此，至少要让父母安心。按说，鄙人是个爱吃辣的东北人，说白了就是偏爱重口味，无辣不欢，到了台中真是不太适应，有很多时候就在7-11便利店解决吃饭问题。事实上，在家的时候google到学校外有7-11，真是有种"他乡遇故知"的亲切感。我已经决定，当我在7-11吃腻的时候，到麦当劳补补油水，权当"改善生活"。

我知道如此草草解决温饱问题，一定会遭到想品尝台湾小吃的广大同胞的鄙视。然而台湾小吃，很多都是甜口儿的。糖作为调料，古代用来防止食品腐烂，而现在，做菜放糖要么是因为好甜口儿，要么是认为菜应该是酸甜口味的，要么是因为用糖提鲜。台湾菜好甜口儿，吃多了有些腻。如果真的要坚持吃4个多月，我猜不是牙齿坏了，就是血糖会有微小的升高。萨苏在《与鬼为邻》里说了，日本人喜欢甜口儿，所以牙医的生意很兴隆，台湾也一样，走在台中的大街小巷，我老能看见牙医诊所。

台湾被日本殖民统治过50年，所以很多方面都有日本的影子。我没去过日本，但是看了这么多年日本的动画片、动作片还有动画动作片，对日本还是有一定了解的。台中的垃圾分类很精细，很像日本，垃圾车收垃圾时会放音乐，效果和老北京的吆喝叫卖声是一样的。只不过老北京吆喝叫卖的是"磨剪子嘞——抢菜刀"，原汁原味的京腔，现在说相声的逐渐把这种吆喝叫卖学起来，这种"返古"让很多我这个年龄的年轻人了解到北京过去的故事。

这边垃圾车放的是波兰女钢琴家巴达捷芙斯卡的《少女的祈祷》，我听了三天，才终于想起来这首钢琴曲的名字。说真的，好多平常听到的乐曲都是"世界名曲"，只不过我听得太少不知道。说到巴达捷芙斯卡，她可谓是"音乐女天才"，虽然不及莫扎特、肖邦那样在很小的时候就表现出音乐天赋，但是这首《少女的祈祷》是她十八岁时候的作品。

我记得在台北桃园机场边检的时候，机场放的是贝多芬的《月光奏鸣曲》。想象一下，熙熙攘攘的人群搭配着低沉静谧的《月光奏鸣曲》，那感觉真是有点儿诡异。

2012年天津卫视的春晚请到了克罗地亚钢琴家马克西姆。马克西姆的代表作是《野蜂飞舞》，这首曲子节奏极快，看着马克西姆的手指飞快在琴键上滑动，指法精准到位，真是令人惊叹。他还弹过一首《胜利》，这首曲子竟然是我小时候看的美国动画片《兔八哥》里猎人追兔八哥时候的配乐。还有央视《天气预报》的背景音乐是《渔舟唱晚》，凤凰卫视的《天气预报》用的背景音乐原来是希腊音乐家雅尼的《和兰花在一起》。

有的时候在媒体上我们听到一些优美的旋律，很多都是世界名曲，因为普通人没有太多时间和机会欣赏这些名曲，所以"只闻其声，不知其名"。现在的年轻人，像我这么大的，或者比我小的，很少有人能花时间去听世界名曲。音乐有很强的感染力，钢琴大师霍洛维兹在1968年莫斯科音乐会上的一首舒曼的《童年情景》之梦幻曲，打湿了多少苏联人的眼眶啊，冼星海的《保卫黄河》更让世界在钢琴的层面上认识了抗战中的中国。

骑车逛台中（2月18日）

今天在学校租了一辆自行车。岛内把自行车叫成单车或者脚踏车，大陆一些受偶像剧"荼毒"较深的姑娘也会把自行车叫成单车或者脚踏车。说实话，倘若这么叫，那环法自行车赛岂不是要叫成环法单车赛、环法脚踏车赛，怎么听怎么不提气。不管叫什么吧，这辆小车就是我的"坐骑"了。

租车也不麻烦，车是学校的，租给在校生，押金1000元台币，每个月100元台币的使用费，免费维修和保养，平均下来大概是一天1元人民币的使用费，这是我们农大没有的"福利"。在中国农业大学西区，校区比较大，像我所在学院要去校园里的试验田，骑自行车比较方便，为此大部分同学会买自行车骑。但是北京不适合骑自行车，买了自行车只能在学校里骑着玩玩，而且新自行车好骑但是贵，旧车便宜但是不好骑。

大陆现在有少量的城市有自行车租赁，不过我感觉校区比较大的高校倒是可以尝试在学校里向在校生出租自行车，这样就不会有很多同学去光顾"二手车"市场。在中兴大学，租学校的车一般都是要租好几个月，所以1000元新台币的押金不算贵。

有了坐骑，出行就方便多了，很难想象这车还是变速山地车。说来惭愧，我小学六年级才会骑车，直到今天才敢用一只手扶把，但我可是高考后就拿到机动车驾驶证的呀。下午，和另外几个"有车一族"开始"台中市南区自行车半日游"。我们的计划是利用闲散时间骑车游逛台中市，因为我们没有骑自行车流浪的经历，从学校租来的车配置也不高，所以"骑车环岛"这个伟大的想法，我们只能动动心眼儿。但是看到有专业"驴友"们用半个月左右时间骑车环岛旅行，我好生美慕。坐车出去玩儿，看到的是星罗棋布的景点，骑车出去玩儿，看到的是连续的风景线。

当我们骑自行车走街串巷时，台中市的风光扑面而来，眼睛就是摄像机。我们没有明确的路线，目的地就是台中火车站。一路上，最多的店铺是卖机车或者修理机车的，卖槟榔的，或者是7-11便利店。看了一排又一排的小店铺，我感觉南区的台中是个纯粹的"居住型"区域。

就像是在北京，海淀区主打科技和教育，有一条"学院路"，聚集了北航、北科、地大、北林、农大、矿大、北语等多所高校，中关村地区汇集了新浪、微软、北大方正、清华同方等科技公司。而朝阳区写字楼林立，中央CBD相当繁华。四个老城区东城西城宣武崇文（现在合并成东城区和西城区）有很多清朝留下来的建筑，这儿一个王爷府，那儿一个名人故居——各个城区都有自己的风格。

下午恰好赶上中学生放学，穿着校服的学生成群结队地走在街上，这绝对是城市的一道风景，和大学生不同，中学生的青春最恣意。台中的中学生不仅有统一的衬衫、西服、裙子、袜子、鞋子，背的书包也是统一的，印着学校名字和校徽，在着装统一性方面台中和北京有很大区别。通常北京中学只有统一的校服，袜子、鞋、包不做要求。高一的时候，日本星城高校高二的学生到中国修学旅行，在我们中学待了一下午，日本女生校服冬夏都是短裙，但日本中学生无论男女穿的是同样的鞋。当我看到他们穿一样的鞋的时候，真有些无法接受这种严苛的校规。

我上中学的时候，当然必须穿校服和运动鞋，女生们的鞋没什么太多花样，但是男生的鞋就很出彩。我记得特别清楚，还是麦迪刚转会到火箭那年，麦迪-5这款鞋简直成了大批男生的必备"战靴"，走在校园里会看到各种各样的配色。即便是现在，中学的男生们依旧会通过鞋来表现自我。

多说一句，姑娘们偏爱复古鞋或者帆布鞋，不喜欢足球鞋，信息仅供男生们参考。日本中学这种完全的统一避免了比较，或者说攀比。虽然有些缺乏个性，但一旦脱去校服，我觉得穿校服是一件很幸福的事儿，穿校服的学生彰显的是青春。

下午遇到了两拨中学生。一拨学生的校服是深绿色的，都是深绿色外套，男生穿深绿色裤子, 黑色帆布鞋; 女生穿深绿色及到膝百褶裙, 白色高筒棉袜, 墨绿色帆布鞋。他们的书包是墨绿色的斜挎包, 上面印着学校名字和校徽。另一拨学生的校服是黑色的, 男生穿得很像不扎领带的职业装, 而女生穿的鞋是黑皮鞋, 比帆布鞋更多些"淑女风"。

台中的中学没有要求女生必须把头发扎起来, 女孩儿们飘扬的发丝是这个下午阳光下最美的旋律。王蒙说:"让我编织你们, 用青春的金线, 和幸福的璎珞, 编织你们。"(《青春万岁》)原来, 女孩的长发也可以编织美好的日子。

我们和几个骑车的中学生同路骑到了台中火车站。如果你去过北京火车站——其实无论是什么内地火车站了, 其建筑一定是比较高大宏伟的对称式建筑, 但是当我们骑到台中火车站的时候, 看到的只是在一排小矮房上立一个火车站的牌子, 顿时让我觉得这只是一个地铁站的出站口。这个小地铁站让我想起了《名侦探柯南》里日本的火车站。

这种遗迹在无声地诉说着历史和时间。

彰化灯会 (2月19日)

今天恰好是2012年台湾灯会的最后一天, 我们计划去鹿港看花灯。预计十点多钟坐火车从台中到彰化, 然后转旅游车到鹿港镇。同行有两位台中的女生, 算是"地陪"。有"地头蛇", 心里就比较踏实。

台湾近几天还真是有些冷, 白天的气温大概在十度左右, 电视里也播着卖电暖气的广告。很巧, 我来台湾前, 有个高中同学恰好从台湾旅游回来, 我问他在台湾穿什么衣服, 他说穿短袖。到了台湾才发现, 我被忽悠了。因为灯会是露天的, 怕冷, 我穿的行头是从北京来那天穿的。

出女生宿舍, 进主校园, 沿路走第一个大十字路口右转, 朝着正门走, 走出正门就看见了公交车站。等了不一会儿, 公交车来了。今天是我第一次在台湾坐公交车, 台中城市不大, 公交路线不如北京多, 共有四条公交线经过中兴大学,有两条经过火车站。至此，我可以夸口，北京的公交、地铁够得上世界一流水平，北京地铁线路多，公交线路也很好地沟通了地铁沿线的区块，而且在一些近郊区还有通勤车方便上下班。

有很多人都抱怨北京堵车严重，其实堵车几乎在世界每个大城市都会出现，我不是为北京堵车开脱，而是想说北京的"限号"、"摇号"，虽然是政府强制规定，但绝对是为了缓解交通拥堵。高三时我妈开车送我上学，当时每逢4、9限号时，我就提前几分钟出家门，因为那天限号的车少，路上花费的时间更多。

突然想起来，昨天骑自行车在学校附近瞎逛游的时候没见着几辆出租车，哪像北京，出租车招手即来。美国电视剧《老友记》里，菲比曾经开过一段出租车，美国的出租车也不是很多，大街上全是私家车。岛内的火车运输比较发达，有豪华的高铁，类似于京沪高铁和动车；有普通火车，类似于普快列车；还有比较慢，票价便宜的火车，叫区间车，或者类似于日本的电车。岛内地铁很不发达——台湾岛处于环太平洋火山地震带上，太平洋板块和欧亚大陆板块的碰撞使得岛内火山地震多发，建地铁可能会影响地质结构。

今天的重头戏是鹿港老街和彰化灯会。鹿港老街是彰化县鹿港镇一条有古迹的街，街有北京胡同宽，走在里面相当于走在北京南锣鼓巷。有台湾小吃，比如姜汁撞奶、奶茶、烤肠、粉圆。我们惊奇地发现每个卖肉包子的店铺前都有特别长的队，在此建议台湾同胞到大陆旅游一定要去天津转一转。天津狗不理包子，薄皮大馅十八个褶。

除了小吃，还有小工艺品，都是一些小玩意儿。比如说木制的梳子、玻璃工艺品，诸如此类。老街里还有一个龙山寺——岛内的寺庙很多。有个班子在唱地方戏，在我这个外行人听来是吴侬软语。龙山寺外放着《二泉映月》，热闹的寺庙配上凄凉的二胡曲子，真说不上相映成趣。

我们中午就到了彰化，但是实际上看灯要等到天黑。彰化今天天气并不好,中午的时候很晴,但下午在我们一心想着吃小吃的时候,天色转阴。四点多钟我们到了主会场,气温已降到十度以下了,还飕飕刮着冷风。走了一下午了,大家又冷又饿又累,看得出很多当地人也很冷,广场上密密麻麻坐着很多人。无论认识不认识,大家挨得都很近,能靠一起就靠一起,相互取暖。

我把外套的帽子扣在脑袋上,还紧紧拉着一个师姐。在瑟瑟寒风中苦等了两小时,六点左右灯会总算开始了。

主灯是一个大龙,以今年的生肖为主题。大龙很高很大,六点一到大龙的灯就亮起来了,虽然大家都很冷,但是所有人都站起来举着脖子看主龙灯。龙头转了一圈,龙身子的彩灯颜色也跟着变化,非常漂亮。元宵节早就过去了,这个灯会却不是为了庆祝元宵节。元宵节又叫灯笼节,英语的翻译是The Lantern Festival,就是"灯节"的意思。长这么大,只在正月十五看过晚会,连元宵都没好好吃过,总是推说太甜而不吃。能在彰化看一次花灯,即使在寒流肆虐的彰化,瑟瑟发抖地等天黑也值得。花灯并不都是传统的造型,有一组"愤怒的小鸟"最吸引我,而几个大变形金刚的花灯吸引了许多小男孩留影。尽管如此,人们都赞叹灯会的主灯——龙形巨型花灯,最漂亮。

外篇:
花灯第一次照亮我

思前想后,我觉得单用"流水账"来记录在鹿港看到的各式花灯实在不过瘾,也不能体现其对我内心的震撼,所以我要单独感慨一番。

虽然外篇的题目很蹩脚,但是意思到了。正月十五元宵节,又叫"灯节",古人在这天不宵禁,而是出去看彩灯。这个习俗我很熟悉,小时候还跟着大人们看一看CCTV的元宵节晚会。现在大了,元宵节又总是赶上开学,所以我很多年没看过这个晚会了,依稀记得我看的上一个元宵节晚会,小虎队的陈志朋端着一个大碗唱《卖汤圆》,似乎还是《还珠格格》第一部热播的时候。我不好甜口儿，元宵节也就不怎么吃元宵或者汤圆。

清明节、端午节、中秋节这三大传统节日有自己的假期。从各种媒体上了解到，清明节扫墓堵车高峰，端午节的龙舟赛，中秋节的豪华型月饼，等等。因为有了假期，人们比较重视这些节日了。这三个节日也成了淘宝和其他网购网站促销的契机。无论怎样，小孩子们知道了"清明时节雨纷纷"，知道了屈原为国投江，知道了嫦娥奔月的传说。除了这三个节日，汉文化里最重要的农历新年——春节，或者说除夕，永远是最热闹的节日。

北京老城区有很多庙会，对于像我这样在五环外长大的孩子，离得最近的庙会是圆明园庙会。我一直觉得在断壁残垣中开喜庆的庙会很不搭调，但是反过来想，这也算是"冲喜"吧。

台湾岛内年年都有灯会，每年举办灯会的地方不同，为了能获得举办权，各地还要"争抢"一番。灯会没有门票，更特别的是主办方还准备了免费的接驳车接送游客。我去看灯会时，接驳车从彰化火车站送到灯会会场，回台中的时候，接驳车从会场直接把游客送回台中市。

说到这儿我就有些不理解，办一个灯会似乎是"赔钱赚吆喝"的买卖，为什么如此费心，各地还要抢这个机会呢？我只能大胆猜想，灯会能吸引大量游人，办灯会可以带动当地的消费。灯会会场很大，游人们习惯边看边吃，路边的小吃摊生意就会好。另一个猜想，灯会是一个文化情结。多年以来的习俗一直在传承，人们心底都在盼着灯会，所以举办灯会满足的是人们的情感。如果马斯洛能认同我的观点，这灯会应该是高层次的心理需求了。

既然没有规定，中华儿女千百年来一直在庆祝节日，足以说明这些节日带给人们的不仅是欢乐、团聚，还有更多高层次的满足感。以端午节为例，沈从文先生的文章《端午日》已经很细致地描写了很多端午节的习俗，不再赘述。众所周知，端午节起源于人们纪念屈原的活动。

本来只是楚国人在汨罗江里投粽子的简单的祭祀活动，后来逐渐演化成整个民族的节日，并且世世代代有人著文向屈原致敬。无关宗教，只是向一个普通人表达追思，这种情感估计只存在于中华民族。人们纪念屈原，满足了内心对正直的人的景仰。

关羽庙、岳飞庙，里面供着的不是被称为"God"的神，而是有血有肉的人，这又是中华民族特有的情感，人们祭拜关羽、岳飞，满足了内心对忠诚的人的尊敬。再以重阳节为例，深秋，登高、喝酒、插茱萸，这些活动都表明重阳节是令人伤感的节日。"伤感"和"节日"是十分矛盾的，但是这种矛盾却能很和谐地在中华文化中融合，因为它同时满足了中国人思念家乡的惆怅和感慨时光流逝这两种情感；满足了这两种情感，古人们就能从中体会到高层次的，而不单纯是快乐的心理诉求。

白天花灯没亮的时候，说句实在话远看近看都不是很中看，因为这些花灯的制作人大部分是彰化的中小学生。每个花灯下面写了制作人的名字和学校，歪歪扭扭的字，并不影响美感，反而显得单纯可爱。让中小学生做花灯，一方面降低了成本，另一方面也让学生们参与到节日中，也是个受教育过程。如果我能制作个花灯并且有机会展出，单单是这种成就感，就足以让我爱上这个节日。天黑了，灯亮起来了，再看这些制作不算精良的花灯，突然觉得它们都特别漂亮。

我去看灯会的这天是灯会闭幕的日子，主会场上巨大个头儿的龙形花灯在闭幕式开始的时候亮起来，龙的各个部分展现不同颜色，而且颜色在不断变换，随着颜色变化，龙身在转，会场各个角落的人都可以看到龙灯的完整样子。从龙灯亮起来开始，人群中就不断传出欢呼声。就算离会场很远，也能看见这个五光十色的巨型灯笼。

当我第一眼看到龙灯亮起来的时候，先是觉得灯笼很漂亮，再是觉得龙作为中华民族的图腾，可以引发中华儿女内心的情愫，对龙图腾的热爱似乎是天生的。龙凤图腾是汉族的崇拜，常出现在帝王后妃的服饰上，满族人虽然是异族，却没有使用其图腾"海东青"（一种鸟）作为皇袍的装饰，而是以龙作为皇袍的饰物，以凤作为皇后等女眷服饰的图案，龙凤图腾的感召力可见一斑。看到了龙点灯亮，这算是了了一个心愿。

在夜幕下看着让人眼花缭乱的花灯，我感受到是光影的力量。摄影师们应该特别了解光影对照片美感的影响，光影虽然是难以捉摸的虚幻的精灵，却实实在在影响着画面。最善用光影的人是印象派的画家，莫奈的《日出》、《睡莲》都是绝品。灯会倒不像印象派的画那么淡雅，如果也用画来形容，灯会像凡·高的《星空》，色彩浓烈，动感十足。

这是我第一次看花灯，权且把这段文章取名为《花灯第一次照亮我》，也是想传达出花灯对我的震撼：花灯照亮的是有文化背景的会场，照亮的是有共同文化信仰的人们的心。

上课第一天（2月20日）

今天正式开学。一旦开始上课，我的作息时间就比较规律了。上学期的考前突击，我的作息时间套用郭德纲的话就是"起得比鸡早，睡得比鸡晚"，寒假的时候又过上了"把床板睡穿"的日子。新的一天几乎从中午开始，在"半夜鸡叫"中结束。

头一天，我对全新的校园环境感受最深。先说说中兴大学与农大的一些不同。首先是上课时间，农大上午8点开始第一节课，下午2点开始一天中的第五节课，晚上还有选修课。而中兴大学上午8点10分开始第一节课。虽然只差了十分钟，但感觉上可以多睡很久。中兴大学的午休却特别短，下午1点10分上课。

这两个时间表的差异，可能有两个原因。第一，台湾的学生有很多住在校外，早上从家赶到学校，时间紧紧张张，稍晚一些上课，学生们可以不用太着急，老师们也不用边上课边看那些鱼贯而入迟到的学生。同样的原因，午休时间即便比较长，住在校外的学生也不可能回到住处休息，所以还不如赶快上完课，然后回家。根据我的经验，如果一天的课都堆在一起，虽然可能强度有些大，但是比起像"挤牙膏"似的断断续续地上课更好些。

第二，台湾的大学生上课十分轻松。课间和周围的同学聊天，发现他们很少上下午都有课，晚上更是绝对不上课。而农大，尤其是我所在的资源与环境学院，白天整天上课是家常便饭，如果午休时间很短，下午的课只能在教室"会周公"。而晚上，那正好是上选修课的"好时候"，带着第二天要交却没动笔的作业，带着刚下载了电影的电脑，或者带着"另一半"，混一晚上选修——估计有很多大学生跟我有着同样的经历。

台湾大学生十分轻松，今天我上了三门课，老师第一次上课都是简单说几句，完后就草草下课，并不讲实质内容。但在大陆我记得，上大学第一节课——高等数学，老师就写了满满的板书，我听得是云里雾里，期末的时候"吭哧瘪肚"地勉强考过了高等数学。当年一周有三节高数，每次高数课都痛不欲生，教高数的老太太从来不点名，我却从来不敢逃课，因为高数太难，节节去听课都不一定学得明白，不去上课就更是两眼一抹黑了。

中兴大学一般一门课一星期只上一次，课时数少了很多。另外，选修课制度差别也比较大。在农大，每个学生要分别修艺术类、人文类、经管类、计算机类的选修课和一些专业选修课，通常专业选修课对专业基础要求比较高，所以只对本专业学生开放。而在中兴大学，似乎是没有必须修什么什么类的选修课的制度，专业选修课也对外开放。

不得不说，虽然大学的选修课都是在放羊，但是自打我上了一门"戏曲文化引论"的选修课，我也能哼哼唧唧唱几段京剧了。选了"企业经济管理"，我知道了管理大师彼得·德鲁克。还有一个不同，是对理科生来说的。在大学学物理、化学、生物之类的学科，实验是课程的重要组成部分，属于必修课，但是在中兴大学，这些实验是选修课，这让我有些接受不了。理科不作实验，说严重点儿就像前苏联不重视轻工业发展一样。

昨天带我们去看灯会的"地头蛇"说她要尽力去大陆工作，或者去日本，岛内并没有太多太好的就业机会。《我们台湾这些年》的作者，看其文章，是在上海工作。她说，因为岛内的大学非常多，高中生们可以多次参加大学入学考试，许多高中生就不认真学习了。再看大陆的学生，北京的高中生已经算是相对轻松的了，但在高三的时候还是会上晚自习。大学生们则承受着沉重的考研压力，各高校的考研自习室都会出现整箱整箱的"红牛"，还有那些因喝太多咖啡而导致神经衰弱的少年。

大陆总是在"教改"，我是北京市第一批参与"新课程"教育改革的学生，老师说"新课程"更注重对创新能力的培养，衔接了高中和大学。但是等上了大学，我发现大学大部分课程是在"填鸭"，肯吃苦、肯花时间的学生分数就高。我并非说刻苦学习不好，但是已经用了十二年时间刻苦学习，在大学就要展现自己的知识，应用自己的能力了，一味地刻苦学习，两耳不闻窗外事，就不利于全面发展。

无论如何，大陆的基础教育质量之高有口皆碑，几乎每一个高三学生，其知识渊博程度都是难以想象的。考试的压力使高三学生是各个学科的"全面手"。而至于高等教育，这似乎是学者们、家长们和学生们最喜欢抨击的部分。出国留学的人越来越多，有很多小孩儿被家长强制送到国外。家长们崇尚外国的学习、生活环境，想尽一切方法为孩子创造好的机会。虽然有更多的声音认为外国的高等教育体系优于中国，我们管"出国留学"叫"镀金"，如果不是好坯子，镀了金也只是表面光，略经风吹日晒，镀金层就会斑驳脱落。

中兴大学趣事(2月21日)

上课的日子过得比较平淡，下了课我就在图书馆里学英语或者上网。

前几天在图书馆一直坐在六层靠阳面窗户边上，今天因为座位紧张，就坐在靠阴面的窗户边上。六层的视野很好，能清楚地看见学校大门。想想这个方位，中兴大学的正门是朝北的，这非常有趣。在北京，高校的正门不是朝南开，就是朝东开。西门和北门通常是侧门，即便是北大西门、清华西门，虽然算是"一景"，但不能算是正门。古人以北、东为阳，所以大门朝向似乎和古人的习惯也没什么关系。

初到中兴大学，拿着一张没有方向和比例尺的小地图，我按照固有套路，假设校门朝东，找不到正确的路线，又假设校门朝南，结果离既定目标越来越远。因为"坐北朝南"这个思维定势深深"扎根"在我脑袋里，最后是问了路人才找到得正确的路线。直到昨天用手机自带的指南针APP我才确定，原来校门在校园最北边儿。

据我所知，北京道路最像棋盘格，正南正北很整齐。也有很多外地的同学说过，在北京问路，都是用东西南北作为指向，而在家乡的时候，大多使用左右作为指向。现在北京地铁8号线开始运营，坐这条地铁，游客就可以领略北京中轴线上的风情了。当然，也有人讲，北京的中轴线不完全与地理经线重合，而是向北指向成吉思汗的家乡。无论这种说法是否可信，老北京严格地以中轴线为界，左右两边对称发展，中轴线上的风貌保存得也比较好，至少要强于被拆了的北京旧城墙。

北京地铁二号线和二环都沿旧城墙的轮廓修建。说到这儿，多提一句，北京地铁一号线是北京最老的地铁，以长安街及其沿线为路线；十号线以北三环、东三环为路线，连接了许多重要的商业区。如今专家们研究了从元朝到现在的北京城区图，据说从元朝定都北京后，北京就是方方正正地发展起来的。

而在台中，中兴大学校园的大楼大都坐南朝北，主要道路都是正南北、正东西向的，用谷歌地图软件来看中兴大学，也像个棋盘，这种方方正正的形制无声却有力地诉说着她的历史和"血统"。但在台中市偏北的地区，道路不是"正"的。以同样坐南朝北的台中火车站为地标，以其所在的东西向道路为分界，南边的路很正，北边的路突然全都向西偏。

为什么中兴大学的楼房大多数坐南朝北？大陆在北方，朝北是否有"回家"或"思念"的意思？不好说。作为一个理科生，我要用科学的客观的信息来分析这个小问题。从地理角度来讲，以北京和台中作对比，北京位于北纬四十度左右，温带地区；台中位于北纬24°左右，亚热带地区。仅从纬度位置就可以推断台中年平均气温要高于北京；日照时间，尤其在冬天，台中要长于北京，所以台中的房子朝北，不用担心有冷飕飕的北风。

北京则不同，四合院的正房不仅是坐北朝南，而且北墙要比南墙厚实很多，这都是为了保温。至于台中的房子朝北，很有可能是因为清朝时在台湾的各种衙门是朝北向的，后代沿用这样的形制。国民党退踞台湾只是几十年前的事儿，可能还不能对建筑朝向产生特别显著的影响。还有一种解释，包括中国古人在内，世界上很多民族都有"以北为尊"的传统。因此，要把学校正门设置在最北边，行政大楼设置在紧挨正门的位置。这究竟是不是遵循"以北为尊"的传统，我就不甚了解了。

台湾少数民族主要聚集在经济上最欠发达的中南部。据说是因为当年蒋中正退守台湾之后，把原住民驱逐到相对地势高耸的山区，自己则占据了较富庶的平原地区。不过如今原住民已经不再受歧视，岛内第二大城市——高雄正是坐落在南部地区。

算上今天，我已经到中兴大学七天了，我见到的授课老师清一色全是男性。我发现，我所在的农资院土壤环境科学系的在编老师里压根就没有女性，这是一个比较惊奇的发现。虽然在农大，教授确实男性比女性多，但在人数上男老师并没有"压倒性"的优势。而在大陆，学生只要不是念军校和纯工科院校，女生通常是比男生多很多；而在中兴大学，据我观察，女生数量也没有优势。不过我不知道男女生比例的相关数据，也没有深入调查，所以不能妄下结论。

南拳妈妈这个组合听说过吗？他们第一张专辑《南拳妈妈的夏天》里有一首《香草吧噗》，在歌曲的结尾有学校的铃声，中兴大学的铃声和那个铃声一模一样。听着这个铃声，我觉得我好像在《香草吧噗》的MV里，很不真实。

周杰伦的歌（2月22日）

今天晚上是西城男孩全球巡回告别演唱会北京站的演出，可惜人不在京，错过了北京站，也是第一站的演唱会，也不知道有没有台北站。

说到音乐，周杰伦当之无愧是华语乐坛的天王，正如同他自己的歌《红模仿》中唱到的那样：要做音乐的皇帝。像我这个年龄的人，1992年出生，不能说是"80后"，但又和现在未成年的"90后"有所不同，有很多都长了一颗"80后的心脏"。

从小学五六年级开始到初中，听歌几乎只听周杰伦。虽然当时《流星花园》火了半边天，F4"四口大帅锅"也不抵周杰伦在我心目中的地位。那时候，周杰伦的《爱在西元前》、《简单爱》、《米兰小铁匠》是每个中学生都会哼唱几句的歌。

应该是2004年，春晚邀请到了周杰伦演唱《龙拳》，周杰伦力压当晚也有表演的齐秦、莫文蔚、赵薇和阿杜。之后周杰伦屡次被邀请，但他的春晚首秀让我印象颇深。在那个各种网络视频匮乏的年代，我在央视官网上反反复复看周杰伦唱歌的视频。他先是在舞台后方配合着音乐敲大鼓，声音很有穿透力，之后才走到前台，把鼓槌放在外套口袋里，再从另一侧口袋里掏出话筒，开始含混不清的说唱。春晚之后，《八度空间》这张专辑再次热卖（《龙拳》收录在此专辑中）。

那个时候，女歌手我们只认得蔡依林，虽然有天后王菲、孙燕姿、梁静茹和萧亚轩也正在风头，但是因为蔡依林《看我72变》这张专辑有周杰伦参与制作，算是爱屋及乌，我和我同学都很爱听。业内人士称，这张专辑的确是蔡依林职业生涯的分水岭。那个时候，我们以为周杰伦和蔡依林是天生一对，无论是两个人合唱《布拉格广场》，还是周杰伦给蔡依林写歌，或者是两人的八卦绯闻，似乎都是在撮合"双J恋"。

可以说，现在在二十岁到二十五岁的人，对流行音乐最早的接触就是来自于周杰伦。无论我们现在是不是一如既往地狂爱周杰伦，无论我们现在是不是为了装"小资"，装"文艺范儿"，而声称自己从来不听中文歌，我们都曾经有一段时间哼唧着《双截棍》，喜欢周杰伦口齿不清的R & B。

周杰伦的影响不仅在音乐。电影《满城尽带黄金甲》虽然很像话剧《雷雨》，但是周杰伦吸引了很多票房。而当年，我的很多同学只是看到周杰伦代言中国移动"动感地带"，而换了新的手机号。现在越来越多的台湾流行歌曲被人们熟知，但是难有歌手能达到周杰伦的高度。直到现在，周杰伦的歌是去KTV的必唱歌曲。

后来，我逐渐知道原来台湾男歌手不止周杰伦，老一点儿的有刘文正、李宗盛，还有张震岳、周传雄。张震岳有几首歌传唱度也很高，比如说《爱之初体验》、《爱我别走》。张震岳还唱过一首《我爱台妹》，在我来台湾之前，同学朋友聚在一起唱歌的时候，有几个好事的男生特意点唱了《我爱台妹》，千叮咛万嘱咐我要多看看中兴大学的漂亮女生，争取"冲出台中市，走向台湾岛"。

而女同学们则一再"警告"我不要把时间花费在看台湾妹子上，要好好学习，天天向上，不要给农大丢脸。年轻一点儿的歌手有林宥嘉、萧敬腾、胡夏等。在网上看了一个老萧上海演唱会翻唱《爱情买卖》的视频，一张嘴就惊艳了。而90后的胡夏，一首《那些年》唱哭了许多"有历史"的人，据说他过段时间要到农大演出。

有句话说"港台出歌手，大陆出演员"，说的是能在世界范围内有影响力的中国歌手大多来自港台地区，而演员则主要来自祖国大陆地区。台湾岛地方不大，但亚洲最大的唱片公司——滚石公司却是目前台湾唯一一家本土唱片公司。签约滚石公司的歌手都是一等一的"大腕儿"，李宗盛、罗大佑、周华健、张震岳、刘若英、梁静茹等，还有梅艳芳、张国荣等也曾签约滚石公司。

当年捧红许多摇滚音乐人的魔岩文化也隶属于滚石公司，所以许多摇滚"大咖"如"魔岩三杰"、伍佰等也算是滚石公司签约过的艺人，如此辉煌的"花名册"证明了岛内音乐市场的繁荣。无论其繁荣是否像一些音乐评论人讲得那样是"虚假的表面现象"，滚石公司在为自己赚取巨大的经济利润的同时，也丰富了华语歌坛流行音乐文化，很多歌现在可能是"流行"歌曲，时间长了，可能就是经典了。

补充一下，睡前才发现，今天亚洲杯预选赛被我错过了，国家队2：0胜约旦，祝贺国家队的胜利。

台中雨和动画片（2月23日）

早上看到外面太阳高高挂起，我擦好防晒霜就出门了，结果还没走出女生宿舍的院子，天上就开始掉雨点，颇有"三月里的小雨，淅沥沥里，淅沥沥里下个不停"的架势。雨点很小，掉在地上看不见，掉在衣服上也不见湿，只是走了一会儿之后发现衣服潮了。等我快走到图书馆的时候，雨没有停，感觉像是我头顶有一块儿乌云，我走到哪儿，它就跟到哪儿。

不过风雨无阻，我打开笔记本电脑，准备读英语，"假装"是个热爱学习的好少年。结果雨越下越大，我的笔记本电脑不幸淋湿，屏幕报废。我一路小跑到学院大楼避雨，看见几个晨练的爷爷在雨中悠然信步，真是"也无风雨也无晴"。

大雨持续五分钟后，像皮球泄气一样戛然而止，我披着湿漉漉的外套坐在教室外面等着上课。不一会一个男生也过来等着上课，我过去搭讪，他知道我是交换生。

"台中这时候总会这样下雨吗？"

"今天是个意外，我看到有太阳就没有带伞。"

"哦，这样啊，那就好，那就好。"

下午又下了五分钟大雨。和北京的雨不同，台中下雨的时候，湿度非常大，我觉得像得了哮喘病似的喘不上气儿。下雨前，湿度会更大。北京则不然，即便是"桑拿天"的时候，北京的湿度比平时大很多，一旦打雷下雨，整个城市瞬间像是被洗干净了一样清爽。虽说去年六月下旬北京突降暴雨，出现了"陪你去故宫看海，伴你在地铁站看瀑布"的"盛景"，但是一场大雨能冲走夏季的浮躁。

台中的雨我算是见识了。晚上我骑车在学校的路上飙车，才觉得有微风拂面，剩下的时间就像是待在温室里一样——透不过气来。从明天起，我出门定要带雨具，以免外套很多天都干不了。

今儿地质学课上老师突然问了一句大陆是不是也把日本动画片"Detective Conan"翻译成"名侦探柯南"。事实上，因为大陆看的无论是漫画还是TV版的柯南，都是从台湾引进的，所以不存在"大陆版"和"台版"之分。尤其是在网上看日本动画片，如果想中文配音，就去搜索，出来的结果就是在台湾经过中文翻译和配音的"加工版"动画片。网上动画片里说话嗲声嗲气的柯南总喜欢叫"小兰姐姐"，两个"姐"字全是重音，读成"姐节"，这是标准的"台普"（台湾普通话）。

大陆很早就从台湾引进中文版日本动漫了，像十五六年前的《灌篮高手》、《足球小将》，风靡一时。现在，还有一些"80后"和小部分"90后"珍藏着"湘北"或者"南葛"的球衣。"湘北"是《灌篮高手》里主角樱木花道所在队伍，"南葛"是《足球小将》里主角大空翼所在队伍。

我特别喜欢中文版里给樱木花道和大空翼配音的"声优"——于正升。于正升刚出道的时候主要是给日本动漫配音，随着近些年日剧、韩剧火起来，于正升也给男主角们配音，最著名的应该是为韩剧《巴黎恋人》男主角韩启柱配音。这部韩剧很有名，也赚足了"涉世未深、年少无知"的我的眼泪。另外，"宪哥"（吴宗宪）曾经主持的《我猜我猜我猜猜猜》的旁白配音，也是由于正升完成的。我小时候凤凰卫视中文台转播过这个节目，但是内容有点儿"少儿不宜"，我便没仔细看过。

通过从台湾引进日本动画片和电影电视剧，可以很好地了解台湾。把"幼儿园"译成"幼稚园"、"垃圾"读成"乐瑟"等都是"台湾特色"。反之，大陆的电影、历史剧和动画片等传入台湾，也令台湾人了解了大陆。我在中兴大学附近的一个超市看到《喜羊羊与灰太狼》剧场版的DVD，虽然这个动画片很幼稚，但是我坚持看了好几百集，而且我一个大学同学——一个身高快190cm的大男生，竟然也喜欢看《喜洋洋与灰太狼》，我想我们都是被执著的"一定会回来"的灰太狼感动了。这部动画片也可以让台湾的小朋友了解大陆。

美国的经典动画片，如《猫和老鼠》，宣扬的是保护弱小。日本经典动画片，如《哆啦A梦》，几个主人公都有很多缺点。日本经典动漫，如《灌篮高手》，讲的是中学生追梦的故事。而大陆的动画片，像《喜羊羊与灰太狼》，虽然每集讲的都是羊如何打败狼，但在剧场版中，羊和狼一起打败敌人，宣扬的是"万物是一家"的儒家思想。不同的文化背景，产出不同的文化产品，所谓文化是软实力，估计就是因为文化可以潜移默化，深入人心吧。

中兴湖（2月24日）

今天台中又在下雨，但是我很知足台中的雨没有台北多。孟庭苇唱过《冬季到台北来看雨》。其实，在台北几乎每天都可以看雨。今天没有昨天闷热，边下雨，边吹风，天气很清爽，像是喝一杯绿茶，茶的清香首先撩拨嗅觉，再品一口刺激味觉，最后就是无穷的回味。总说六月的天像是小孩的脸，雨说下就下，太阳来不及走，雨先下来，云彩还没散尽，太阳又迫不及待地回来了。

这两天一直看雨中的中兴湖。中兴湖位于中兴大学的中心，是中兴大学里绝对的地标。最大的特色在于它的轮廓是中国地图的形状，所以整个中兴湖有三个主要部分，一个是大陆部分，一个是台湾岛，还有一个是海南岛。把湖设计成地图形状颇有深意，和"中兴大学"名字联系在一起琢磨就能了解其内涵了。从谷歌地球软件上看中兴湖的遥感图，我觉得它的轮廓是按照1949年以前民国时期的地图画的，当然这也不能排除是在施工挖湖的时候有人为的偏差。不过这么一想，麦田怪圈，如果不是外星人的痕迹，那到底是什么人能如此天才，创造出在天上才能看出"内涵"的杰作？

中兴湖不大，以我正常的步速，沿湖走一圈不到五分钟。湖中心是一棵矮矮粗粗的树，树上停留着很多大白鸟，不细看以为是树上开了好多白花。这些白鸟，虽然叫不出名，但是我肯定这些鸟不会游水，肯定不是鸭子或者鹅，野鸭子和大白鹅都在湖里游荡呢。岸上太热，它们"哪儿凉快哪儿待着"。

鸭子有的是纯白的，体型偏小，还有脖子上有一圈儿绿毛的野鸭子，体型偏大。大白鹅体型最大，弯着脖子在水里装天鹅，恬静得很，一点儿也没表现出凶狠好斗的天性。湖里有鱼，估计是总有人偷偷喂食，所以个头儿都特别大。鱼的颜色不是通常餐桌上的灰色、银色，而是鲜艳的红色，阳光通过水面照在鱼鳞上，熠熠生辉，可见这些鱼是没有"天敌"的，不然这么惹眼的美味早就被捕去吃了。

其实人不该随意往湖里投食，鱼吃多了容易生病，而且鱼"排除毒素，一身轻松"之后，湖水就倒霉了，全是排泄物，温度一升高，中兴湖整个儿成了沼气池。据说发达的西方国家立法禁止给野生动物喂食，有道理，要学习。除了鱼，中兴湖里竟然还有巴西龟。我看见好多巴西龟伸着小脑袋，倒腾着小短腿儿在湖水里好不惬意，顿时觉得自己才疏学浅——我以为巴西龟只是宠物呢。有很多宠物的品种都是人为了取悦自己，而人为驯化或者繁殖出来的，不是天然物种。

有很多观赏花卉也是人工培育出来的品种，使用转基因或者杂交技术，我能接受人类对植物进行各种各样的改造，却难以接受对其他动物"下毒手"。

可能是因为我知道现在人类还没有掌握用细胞培育出动物的技术，"下毒手"可能会使某些动物灭绝。

中兴湖边环绕着郁郁葱葱的树木，树荫下还有桌子椅子。晴天时，早上锻练的人很多。在台中待的时间虽然不算长，但是我明显能感觉到台中的生活节奏远不及北京，不过即便如此，晨练的人主要也是老头儿老太太。他们说的都是闽南话，我一句都听不懂。

中午坐在湖边吃饭、晒太阳甚至发呆，都是享受。而下小雨的时候，也有执著的大爷大妈来晨练，很有金凯瑞《雨中曲》的乐在其中的精神。有一对儿，应该是夫妻的中年男女，隔三差五就来湖边打太极拳，一个人打拳，另一个人放音乐、录像，煞有架势。

人都说有水的地方有灵气。恢弘的北京故宫有个后花园，"万园之园"的圆明园简直就是由水组成的，颐和园昆明湖是人一铲子一铲子挖出来的"人工湖"，北大有未名湖，清华有荷塘，苏州园林有小桥流水……中兴湖聚中兴大学之灵气，用一泓湖水荡涤读书人的心，沉淀学子的思想。

台北高铁（2月25日）

从今天开始有4天的公假，今天和几个同学一起去台北。

从台中去台北，可以走铁路，也可以坐公路客运。我们想当天去当天回，就坐了速度最快的高铁。坐高铁从台中到台北，约一个半小时就到了，最高价格车票700多新台币。买高铁票很方便，可以排队到人工窗口买票，也可以在自动售票机上买。高铁线路很多，不用担心"一票难求"。

说到自动售票机，在微博上看到一个笑话，说一个老外用北京的自动售票机买火车票，看到系统支持英文，他非常高兴，点击了"English"开始买票，结果第二个界面要求输入18位身份证号，老外没有中国籍身份证号，只好沮丧而归。

今年"春运"首次实行了网络订票和电话订票,虽然大家普遍抱怨订票网站难以登录,但是我的大学同学有很多都是通过网络订票买到了回家的火车票,根本不需要排队,也不用担心买不到票。我倒是觉得,在不是春运的时候,北京也可以让自动售票机卖火车票。年轻人比较容易接受新鲜事物,他们用机器买票,而年长的人们到售票窗口买票,这样就分流了。

台湾高铁买票的方式和大陆铁路截然不同。高铁票既可以提前在网上订购,也可以"现坐现买",很灵活,不需要身份证明,方便了游客购票。台中高铁站和台北高铁站似乎都没有严格的安全检查,检票口类似于地铁站,机器检票,秩序良好。

高铁车票正面是橘黄色的,注明出发地、目的地和出票时间,背面有一个磁条,用来检票。高铁票是一天内有效的,不用担心赶不上某个时刻的车而浪费车票,我想这一切都要归结于高铁的客流量不算多。另外,高铁有两种座位,一种是对号入座的座位,另一种叫"自由座"。所谓自由座就是只要有空位就可以坐人,自由座的车票比对号入座的车票略便宜几十新台币。大部分时间自由座都有座位,这几十新台币是可以节省的。

今天要重点说的是我在台北故宫的感受。台北故宫原是康熙年间修缮的皇帝的行宫,目前藏有大量的珍贵文物。台北故宫定期更换展示的文物,到目前为止,文物还没有完全公示于众,可见其文物数量之多。

说来惭愧,守着首都的众多博物馆,我从来没去看过展览。高中的时候,恰好是马未都先生在《百家讲坛》讲文物收藏,我记得很清楚,当时恰逢工作日中午12:45到1:30,CCTV10频道放《马未都说收藏》,周末的中午播了一段时间的《王立群读史记》,之后接档的是《易中天品三国》。正值暑假,我几乎集集不落,看了一个遍,之后还买齐了《马未都说收藏》的一系列书。

我之所以喜欢这堆古董,绝不是因为我有钱去搞收藏,而是如马未都在《说收藏》这一系列书的序言中说的:"吸引你的不是我,而是文化。"看文物，看的就是其文化。到台湾必去台北故宫，我相信我母亲一定十分羡慕我能到台北故宫一游，我们都是"文物迷"，虽然没钱搞收藏，却可以用眼睛看，用心欣赏。

在台北故宫，最吸引我的莫过于几件宋代汝窑的瓷器。宋代五大名窑中汝窑存世最少，全世界不过几十件。而在台北故宫的汝窑洗，保存得十分完好，很早以前我在中国邮政集邮册上见过汝窑洗的邮票。汝窑釉色素净、文雅，不似钧窑有挂红。

据说宋朝人认为哥窑在审美上最漂亮，哥窑是五大窑中最神秘的窑，主要特点是瓷器上有"开片"，说好听了叫"金丝铁线"，说白了就是瓷器在烧制的时候，胎外的釉裂开了，看起来像是要碎了。又因为有一些化学元素例如铁，所以呈现出金色和黑色，文人们这才发挥想象叫成"金丝铁线"。马未都先生说这是一种"病态美"，我的审美还是没达到这个高度。

在台北故宫看到很多旅行团，导游口若悬河讲述着每件文物的故事。看着一套套绝版的真迹《四库全书》、《永乐大典》、《本草纲目》，排着队看"玉白菜"，挤在人堆里看"汝"、"哥"、"官"、"钧"、"定"五大名窑瓷器，我只能用眼睛尽可能多的记住这些珍宝，回去之后再学习记忆中的文化。而这些旅行团绝大部分都是大陆旅行团，间有一些日本旅行团，即便是散客，也少有台湾本地人。大陆游客在欣赏文物时，一些年纪稍长的还会压低声音向年轻人说：这都是当年蒋介石带过来的，诸如此类的话，字里行间透着不甘和嫉妒。

逢甲cosplay（2月26日）

今天依旧是假期。昨晚挺晚才回到宿舍，今天美美地睡了个懒觉，起床收拾利索后去逢甲。逢甲是台中的一个商圈，是绝对的繁华区，逢甲大学位于其中。

午饭是在中兴大学男生宿舍外的小吃店解决的。显然，店家的老板娘已经认识我们几个大陆来的学生了，好一番寒暄。这家小吃店是一家夫妻店，两人大概是快五十岁的年纪，丈夫戴眼镜，有个大啤酒肚，样子很憨厚，主要工作是端菜拾收桌子；妻子很瘦，小眼睛尖鼻子，虽然看着有些生意人的精明，但是因为说起话来语调很"甜"，年纪大概也和我母亲相仿，所以也是和蔼可亲的。妻子和另外一个帮忙的阿姨掌勺。这家店"主打"是干锅面，一大碗面条，浓鲜的汤，面条上有牡蛎、豆芽菜、油菜、墨鱼卷之类的配菜，在台中如今的天气，吃一碗热乎乎的干锅面，出一些汗，很是舒服。

我们骑车前往逢甲，这是我们第二次骑车出游。台中是个可以用自行车就能玩的城市，骑自行车想停就停，不受交通因素的影响，时间也不会浪费在等公交车上。北京显然不是用自行车可以玩儿的城市，对游人来说，坐地铁游玩北京比较方便。初中的时候，班主任带着一些同学骑车逛游老北京的胡同。我当时是团支书，组织过同学骑车去香山爬山。当时累个半死。回想一大堆初中生穿梭于北京的车水马龙之中，真是很好的记忆。

我们约莫骑了半个多小时，就到了逢甲大学。因为是公共假期，学生们都回家了，我们刚进校园几乎看不到人。走着走着，发现一个cosplay展示会，真可谓意外惊喜。

cosplay我不太了解，其意思大概是真人模仿、扮演日本动漫里的人物。从英文构词法的角度看，"cos"是"costume"的简写，意思是戏服、舞台服，而"play"意思是扮演，所以加在一起是"穿着戏服扮演"的意思，有很多年轻人穿着动漫人物的衣服，更多的人举着相机不停地拍照，有拿卡片机的业余cosplay爱好者，也有举着"长枪大炮"的专业记者。我拿着进阶小单反佳能600D，也加入了拍照的行列。

在一个小池塘边围了很多记者，走近一看是一个穿粉、红相间和服的女子倚石而坐，从她的发髻、发簪和垂于耳侧的两缕发丝来看，这是在扮演日本古代少女。她伸出一只手撩拨水面，本来平静的湖面泛起阵阵涟漪，另一只手半掩面，这样的"犹抱琵琶半遮面"更加吸引人。为了和记者们抢好位置拍下这动人一幕，我差点踩空掉进水里。最后在池塘上架的小木桥上找到一个好位置，连拍好多张之后，我麻利儿地从记者群中撤退，接着走马观花地看展览。

说实在的，满眼五颜六色的假发和那些或开放暴露，或传统保守，或时尚潮流的戏服，这么多不重样的动漫人物我竟然一个都认不出来。恰好，走着走着，有一个带黄色假发的小姑娘穿着水手服走过来，长长的假发高高地扎成两条侧马尾，这个人物我认识，是《美少女战士》里的月野兔，和我一样年纪的人无论男女都知道这个动画片。我兴冲冲地过去要求合影，"月野兔"甜甜一笑，简直要把我和我同学都"电"倒了。本来"月野兔"形单影孤地走在小路上，谁知因为她和我们几个人合影，竟吸引来很多记者。记者来了，我们只好又撤退了。

边走我边纳闷，cosplay美少女很多，有点儿审美疲劳了，老天也不赐我一口"帅锅"看看。就这么想着，只见有一个穿黑色皮马甲、两手持大砍刀的男生，摆出一副"生人勿近"的严肃表情，站在路中间，大有"此山是我开，此树是我栽，要从此路过，留下买路财"的霸气。

我头一热就上前去问能不能合影，本来心里很忐忑，如此"冰山男"要是直接回绝，我就太丢人了。结果我刚说完，"大刀男"腼腆一笑，与他之前的"扑克脸"简直是天壤之别，幸好拍照的时候他很有职业素养，换回一副无表情的脸，不然我们俩站一起就成笑星了。

我的中学也有cosplay会，但是无奈当时大家不把心思花在学习以外的事儿上，农大也有cosplay会。但是逢甲大学里的cosplay很有影响。我们来之前并不知道逢甲大学有cosplay会，后来在网上一查才知道这是台湾地区最大的cosplay集会。

我不太能理解人为什么一定要装成动漫里有点妖魔鬼怪样子的角色，现在的日本动漫也不像我小时候那样了，小时候看《灌篮高手》、《足球小子》和

《哆啦A梦》，画风都很朴实，而现在日本动漫画风很炫，女性人物的眼睛像是玻璃球，男性人物大多是天神一样的帅哥。日本动漫的题材也发展得有些离谱，尤其是一些无厘头的BL题材和"18禁"题材，逐渐遮盖了《花仙子》、《阿童木》等经典动画片淳朴的风格。华丽过头了就是浮夸、纸醉金迷。看了《灌篮高手》再看《黑子的篮球》，不同时代日本动漫画家的性格区别可见一斑。

所幸，宫崎骏监制的"文艺小清新"路线的动画片在国际享有盛名，还有我一直想看的由日本著名星空绘画家加贺谷穰制作的《银河铁道之夜》动画片，也是奢靡的日本动漫中的一阵清风。

中兴大学书店（2月27日）

今天有一个好消息，我进入农大与普度大学"2+2联合培养"项目的大名单了，真希望能最终"普度众生"我。我也申请了加拿大的滑铁卢大学，智者说"不能把鸡蛋放在一个篮子里"。如果我成功飞向西半球，我也应该写一本《刘抒羽北美留学指南》，赚回一个买机票的钱，呵呵，开句玩笑。

今天没有外出，我在图书馆泡着。听了几段郭德纲和于谦的相声，其中有一段《西征梦》，里面有个段子特别有意思。背景大概是郭德纲被小布什邀请去美国共同商榷伊拉克问题。郭德纲坐一个直升飞机，但是飞行员和老郭都不知道路线，无奈降落到一片平地上，老郭看见一个背着锄头的老头儿，就过去问路。对话如下：

老郭：hello, hi!

老头儿：干啥呀？（于谦：刚到东北）

老郭：大爷，美国怎么走？

老头儿：问村长去！（于谦：村长知道）

我大一时有一阵用这段子当手机铃声，每次手机一响，回头率百分之百，估计旁人是以为我出门忘吃药。扯远了，今天听这段让我想起了来台中这几天，碰到几种"被问路"的情况。说实在的，我连中兴大学外面的马路叫啥名都不知道，更别提台中其他地方了。

昨天骑车去逢甲，等红灯的时候有个骑小摩托车的奶奶问我，大雅路怎么走。我特别惊讶，因为据说我长了一张日本人的脸，小眼儿，圆脸，脸还挺白，梳一个日本人的发型，齐头帘儿，黄毛儿，这位奶奶怎么会把我认成本地人呢。我只能回我是大陆来的，不清楚，奶奶也很惊讶，问是来读书的不，我回答：是，不好意思我不是很熟悉。等这位奶奶骑着小摩托车慢慢悠悠先走了，我的同学一顿狂笑，说我应该用日语腔调的中文回答。到了逢甲，我们主要是想看逢甲大学和中兴大学的不同，最后得出结论是逢甲大学位于繁华的商圈，学校里面不如中兴大学好看。我们在人文大楼徘徊了一会儿，然后才向着昨天说的cosplay会的方向走。结果在路上，有个阿姨问我们人文大楼怎么走，看着他们显然是带着孩子来参观大学的，看我们也是学生样就来问个路。我很淡定地一指来的方向，然后就走了。之后同学又笑了，第一，我们不是本地人；第二，我们也不是逢甲大学的学生；第三，我们才到了不到十分钟，但是我们竟然给人指路，并且指对了。

中兴大学图书馆一层有一个书店，里面卖一些教材和文具，还有中兴大学的纪念品。中兴大学的书店似乎也是方圆几里之内比较大的贩卖各种书的书店，从文学类到社科类，从历史类到经管类，"麻雀虽小，五脏俱全"。中兴大学的书店不是学校拥有的，而是外边儿的书店借中兴大学这块宝地开个门市，规模比较小，东西种类也不那么多。但是相比农大书店，装修更精致。

农大书店非常实用，但是装修真是太朴实了。美国大学的书店规模更大，你可以买到类似校服的服装，外套、短袖、裤子，一应俱全，还有印有校徽等学校标记的旅行袋和一切日常生活用品，大部分是耐克、阿迪达斯这样的知名运动品牌的商品。我们农大一直在努力做世界一流的农校，我想总有一天也会有知名服装品牌提供印有农大校徽的服装。

书店里还卖各种笔，简单一看，基本是"Made In Japan"。日本的笔在内地卖得很贵，一根中性笔能卖到两位数，在台湾价格略便宜，但价格还是高于大陆产的和韩国产的笔。看来可以从台湾多买些日本产的笔，到大陆卖，也可以在大陆买进大陆产的或者韩国产的笔，到台湾卖，这是商机啊。

就比如说如果谁能在世界各地的华人聚居区开几个"老干妈"销售点，这个人准能迅速跻身福布斯富豪排行榜。据说，"老干妈"是所有中国留学生心中的女神。前几天看新闻说，国足在葡萄牙训练，"老干妈"成了抢手货。

明天去超市看有没有"老干妈"卖，我也想念那口回味无穷的川辣了。

台湾高校教材（2月28日）

本计划今天下午抽空去台中的自然科学博物馆和美术馆转一圈，结果天公不作美，稀里哗啦下起了雨，我只好窝在宿舍里上上网、看看书。看着雨我很发愁，这要是老下雨，我的出行计划就要被推迟或者取消了。

明天只有一节物理化学课。教材是英文原版的，1000多台币一本。植物生理学的教材也是英文原版的，3000多台币一本。这两本教材加一起的钱，快够我在农大买四年的教材了。虽然老师没有要求必须买教材，我还是"舍得一身剐"，掏出票子，买下这两本书。一来是为了上课方便，总拿着讲义看是不能全面了解知识的，二来就当是背单词了。很多本地学生选择打印上课的讲义，他们说书费太贵，靠自己打工的钱不够用。

我记得申请美国大学的时候，一年的书费，学校给的预算是1000多美金，以美金的购买力，这差不多是十多瓶香奈儿5号香水。我一个月在北京的生活费是两瓶半到三瓶5号香水，一年的书费可以让我花半年，可以支付农大一学年的学费。暑假中上新东方托福班的时候，听力老师讲了个笑话：住他家小区的一个美国留学生，圣诞节短短20天假期回到北京，在小区附近的复印店复印英文教材，那个留学生这样做就不用买书，省下的钱付往返机票钱绰绰有余，当然用这种"教材"可不能被人发现。

不像大陆，台湾高校大多数教材都用英文原版的，主要是因为没有中文版的教材，也就是大学老师们大多不自己编写教材，而是翻译外文书。20世纪50年代，台湾岛内曾经组织过一大批各学科专家编写了大专大学教材用书，中兴大学的图书馆保存着这些泛黄的教材，之后，似乎就再也没有大规模组织过专家编写教材。老师上课的参考书要么是国际上比较权威的外文书籍，如美国麦格劳·希尔教育出版公司的教材，要么是日文原版教材，要么是前辈们翻译成中文的日文教材。有些老师会自己整理出厚厚的讲义，但却不出版成教材，不知道是出版成本较高，还是出版教材所需要的权威认证比较难通过。

这一点和大陆截然不同。大陆高校，大部分用的是任课老师编的教材。虽然各种教材内容大同小异，但如果恰是用的授课老师自己编写得教材，授课时就比较有针对性。在农大，和农学相关的科目的教材全是农大老师自己编的，内容针对各学科在农业上的应用，书中有丰富的实际例子供学习分析。不过据我所知，除了极个别的学校，各种思想政治课的教材和高等数学的教材是全国通用的。一到开学的时候，中关村图书大厦畅销榜上总会有一本高等数学的答案与解析。

正常的大学生都会觉得高数特别难，但是后来学到概率论与数理统计时，发现高数常年在为概率论与数理统计"背黑锅"，概率论须用高数解决问题，更难学。显然，岛内的大学生也被高数所困，但是他们学的"微积分"内容可远不如大陆学生学的难，很多人没学过偏微分，二重三重积分不学，向量不学，真搞不懂他们都学了什么。

台湾这边的学习压力远没有大陆重，各种各样的校外培训班竟然依旧很"猖獗"。有些是英语、日语的培训，有些是联考的培训。走在路上，看到那些英语培训小小的门脸儿，再想想矗立在中关村繁华区的新东方大楼，真是巨大的差距。新东方最火的培训莫过于出国英语班，托福、GRE之类的，而在台湾，托业考试，被叫成多益，是最火的。

我不是很了解托业考试的具体情况，但是感觉上如果出国前不给俞敏洪捐点钱，只是随便找个地方学学英语，还真是心里没底。不知道老俞有没有兴趣在台北也建个新东方，不过我知道新东方有从台湾慕名而来的学生。

明天又要上课了，也是四年一次的2月29日。有个高中同学，现在在以色列念书的"幸运儿"，也可以说是"倒霉蛋"要过生日了。记得高中的时候，每年2月28日，班上的同学会象征性地送他一张生日卡。四年才一次，明天一定要送他一个正儿八经的生日祝福。

垃圾分类（2月29日）

四年一次的闰月。想来，每到闰年，夏天就会有奥运会。今年夏天，伦敦奥运会就要开幕了，不过北京奥运会后，北京的发展速度更甚于紧张筹备奥运之时，来之前北京地铁八号线通车了，估计等我回去，几条郊区线也会通车。

昨晚我第一次细致地进行了垃圾分类，中兴大学女生宿舍对垃圾分类的要求相当细，一开始我以为就是分成纸类、铁铝金属、塑料、不可回收垃圾、厨余垃圾这么几类，我可以说是兴冲冲地提着两兜垃圾下楼，一方面因为攒了两个星期一直因为懒得分类而不丢垃圾，另一方面垃圾箱大多数时间是锁着的，只有固定的时间段才打开。昨晚，我简直可以说是鼓起勇气要把垃圾"脱手"了。

结果可倒好，看着一排垃圾箱，我就"面瘫"了。纸类中，牛奶盒、纸张和卫生纸分别扔在"纸类包装"、"纸类"和"一般垃圾"的回收箱里，而塑料也要把塑料饭盒和普通塑料分开丢。在两个专门负责垃圾分类的工读生的帮助下，费尽千辛万苦算是完成了丢垃圾这件小事。我上楼的时候暗暗下定决心，能不在女生宿舍丢的垃圾，一律不带回宿舍。宿舍的垃圾分类比较细致，其他地方的垃圾分类则是只分成可回收资源和不可回收资源，这点和北京一样。同北京的大街不同,台中的大街小巷几乎看不到垃圾箱,我很怀疑如果走在大街上临时有垃圾可怎么解决,总不能揣回家吧?!

台湾的垃圾分类明显是学习日本。在成田机场的时候,费了九牛二虎之力问了两个日本空姐,我才正确地丢掉了一个塑料瓶子。据说日本是在不同的日子有垃圾车来收不同的垃圾,台湾也这样。不过我也不知道日本的学校会不会也派学生"把守"垃圾桶,花费如此的人力物力做资源回收,可见对资源的珍惜。

不清楚这些垃圾资源最后到底有没有被真正的回收再利用,垃圾处理需要很先进的技术作为后盾。垃圾处理做得比较好的自然有美国,不过美国没有垃圾分类这么一说,垃圾箱里什么都有,但垃圾运到垃圾厂之后能得到比较妥善的处理,这是美国的实力,不服不行。北京朝阳区有几个比较好的垃圾处理厂,垃圾处理再利用有广阔的市场前景和职业发展前景。

除了垃圾分类很细致之外,台湾对食品营养成分记录的要求也比较细致,每一个包装上都有明确的营养成分表,通常有热量、蛋白质、碳水化合物、钠和脂肪,脂肪中又分成饱和脂肪和反式脂肪。什么是饱和脂肪呢?可以简单理解成动物油,与之相对的不饱和脂肪是植物油,相对来讲,不饱和脂肪更健康。而反式脂肪是什么?我问过有机化学老师,他给我的答复我也记不清了,反正是说反式脂肪是对人体有害的,岛内大部分食品包装上都印着"反式脂肪0.00克"。

这就涉及食品安全的问题了。农大食品学院在社会上知名度比较高,通过一些关于食品安全的电视节目,人们认识几个农大食品学院的专家教授。去年一件关于味千拉面汤料营养成分的事件和农大食品学院还牵扯了关系,这个新闻事件在我看来,生生把农大优秀的青年教师范志红副教授幻化成了"砖家叫兽",影响很不好。

今天有个好消息,我拿到了加拿大滑铁卢大学的录取通知书,不枉我在大冬天的时候赶着考托福,下面就是等着普度的录取书了,真希望能"普度众生"我啊。

八一中学校庆日（3月1日））

今天是我的母校——北京市八一中学六十五周年校庆日。人人网上，中学的同学们都在刷这条状态。我们中学在1947年由聂荣臻元帅一手创立，有着优良的革命传统。五年前我亲身经历了六十年校庆的盛况。也许五年后我能以"优秀毕业生"的身份再参加一次校庆。说到优秀毕业生，我们学校的确"出产"很多人才，这么多人才中我最喜欢的是入选过国奥队，现在效力于北京国安足球俱乐部的张晓彬，他曾经是学校足球队的主力。

我中学六年都是在八一中学度过的，一回想当年的日子，总有说不完的乐事。在下不才，高中毕业的时候给纪念册写了个卷末语，今天没什么其他的大事更值得记录，而我写这个卷末语的时候又是个文学青年，所以自己再回味一次。

打开这本毕业纪念册，你已不再是北京市八一中学的学生。一页一页翻看，熟悉的面庞还在眼前，昨天的欢笑萦绕耳边，纪念册的淡淡墨香还可以清晰地嗅到。

不再在高中楼伏案奋笔疾书，不再在礼堂全神贯注参加集会，不再在操场挥洒汗水，然而，离开不是淡忘。晚自习你困倦的身影仍让我心疼，上课时你回答问题的积极仍让我佩服，考试后你"呼天抢地"般的"悲叹"仍让我"心悸"，做题你钻研到底的执著仍让我感动……军训我不小心烫伤，你放下水壶背我到医务室；运动会我面红耳赤地走下跑道，你三步并作两步跑过来递给我水和巧克力；艺术节我中午抓紧时间练习，你不顾自己咕咕叫的肚子给我买午饭；司马台长城我喝完了自己带的水，你不顾自己大汗淋漓需要补充水分，把运动饮料分给我……我没有忘记，三年来，你是我的同学、同伴，更是我的家人、挚友。

在翻看这本毕业纪念册时，是不是想起了许多往事？可是我们已经分离。

想起季羡林先生两篇文章《清华梦忆》和《梦萦未名湖》。

《清华梦忆》中说：人有人格，国有国格，校有校格。八一中学创建于战火

37

硝烟中，1947—2010，六十三年来八一中学的教学设备愈发先进，老师学生换了又换，但校格却愈发彰显。在这里，你会发现自己身上的那份强烈的爱国热情，你会发现自己敢于担当的责任意识，你会发现你严于律己、宽以待人的品质，你会发现曾经模糊的品格随着时间的流逝愈发清晰，而这些品格来自于母校对我们潜移默化的影响。

季羡林先生在《梦萦未名湖》中的一句话：母校像是一块大磁铁吸引住了他们的心，让他们那记忆的丝缕永远同母校挂在一起。是啊，我们记忆的丝缕，挂在实验楼顶的平台上面，挂在操场上的影子上面，挂在树木四时不同的枝丫上面：春天暴青的嫩芽，四五月盛开的白玉兰，秋天的红叶黄花，冬日的厚厚白雪，甚至高中楼边小小的回收箱，操场角落的双杠，晚自习后头顶的点点星光，所有这一切无不挂上我们回忆的丝缕，我们青春的梦永远萦绕在母校。

《沙恭达罗》中有两句著名的诗：

你无论走得多么远也不会走出了我的心，黄昏时刻的树影拖得再长也离不开树根。

我们不就是这样吗！

我们中有的在八一中学六年，有的三年，还有一两年的。在母校的每一天，都是对母校情感的积累，积累了几年，量变飞跃成质变，那一日又一日的感情变成一辈子，"朋友一生一起走，那些日子不再有，一句话，一辈子，一生情，一杯酒"。在母校的那些日子不再有，然而对母校的深情却跟随我们一辈子。

一晃毕业两年了，学校进行了大规模的翻修，学校的硬件发展得非常好，我已经不能找到当时的感觉，楼不是很新，教室里没有空调，但却是我心里最美好的时光，还好我用笔记录下那时最漂亮的日子。下午给高中老师短信，表达对学校校庆的祝贺，老师们也高兴地看到她当年的小班长，已经不再年少轻狂，而是脚踏实地，走在路上。

毕业两年，身在异乡，在母校的校庆日，总有一些伤感，时间过得太快，总是要看清前方的路。

施工运土车(3月2日)

又到了星期五，这个星期过得真快，上课时间很规律，在略有些死板的时间安排中日子显得更快。前天宿舍里一个师姐犯胃疼，在床上躺了一天。这个事件警示我吃饭要规律，也要保持运动量，我逐渐改变在便利吃饭的习惯，而在学校周围的小吃店搜寻美味。我昨天还在学校的健身房办了一张卡，1000台币可以随便使用六个月，很划算。

前一阵说过学校里的椰子树上挂着牌子，提示注意有椰子掉落，我当乐子看，结果早上看见一个椰子安然躺在一辆白色小本田车上，砸出个浅浅的坑。这才三月初，校园里越来越多的花竟然已经开了，姹紫嫣红，都是我不认识的种类。三月初，台中开的是鲜花，再看北京，也开"花"了——雪花。连着几年了，北京三月都会下雪。

学校里有几块施工工地，之前一直没太注意到。那里既没有尘土飞扬的盛况，也没有震耳欲聋的噪音。今儿我看见运土的大货车上有网布罩着，加之台中气候湿润，没有北京那种疯狂的沙尘暴。运土的货车上罩网布，北京也这样做，但是我今儿看见的货车用机械驱动的铁架子支网布，不费人力，这个很新鲜，强烈建议推广，不然货车司机老是要费劲盖网布。"机械代替手工"，这好像是第一次工业革命就提出来的口号，"科学技术是第一生产力"，是小平同志说的。

只要在运土大车上多加一个支架装置，就不用驾驶员每次费力盖网布了。不过比较乐的是，即便在我看来台中的空气质量很好，物理化学老师依旧觉得空气中尘土太多，由此我断定他没有见识过春秋两季的北京。北京风比较大，可吸入颗粒物是不可避免的污染，现在国家要求公布PM2.5的监测数据，也是说明我们正在逐渐强化空气质量意识。周围很多南方同学受不了北京的干燥，我倒是觉得干燥要比潮湿好。前几天台中又湿又冷，冷风简直要钻进骨髓。而北京的秋天冬天，虽然冷，但是当有阳光照耀的时候，身上还是暖洋洋的。

来台中有一小段时间了，除了上课，每天都泡在图书馆里，同学笑称我成"学霸"了。的确是这样，每天睡觉躺床上，觉得这一天一天过得真是充实。岛内的大学生课业压力不重，在这可以放羊，但是一旦回北京，就业压力、保研考研压力接踵而来。其实比起压力大、负担重，我更担心没有压力——没有压力就等于失去目标。

我把大部分时间用在英语上，小部分时间来看上课的内容，剩下的几乎也没什么时间了，坚持写写每日一记，即使生活逐渐归于平淡，愈发不知道写什么好，有时候只是写些对许多小事的看法，不足成议论。

今天比较有意思的事。昨晚和同学看一会儿星空，无奈光线太亮，只能看到上弦月，金星和木星，不过这又勾起我对星空的兴趣了。今天在图书馆搜关于天文和星空的书，结果有很大一部分图书资料是大陆的简体本，本想着了解一下岛内的天文发展，不过现在看来和大陆一样，处于方兴未艾的状态。天文系是稀有专业，与天文相关的书籍资源匮乏。

今天还有件让我提心吊胆的事。和父母确认订机票的事，结果给爹妈各发一条短信，都没有回复，我抄起电话就拨过去了，通了之后才放心了。人说儿行千里母担忧，其实，千里之外的儿也在深深担忧着父母。

宝岛眼镜店里当"大爷"（3月3日）

之前有个高中同学到台湾旅游，他跟我说台湾的服务非常好。直到今天，我觉得他说这句话很对，两件小事可以证明。

第一件，早上在邮局，我去缴由邮局代收的宿舍的水电费和清洁费。我排队的时候，一个花白卷发的奶奶缴水电费，邮局的工作人员一看到是这个奶奶，就直接从一大堆单据里找出她的缴费单，都不用再核对身份信息。排在我前面的一个阿姨，应该是个家庭主妇，在缴费过程中，一直在和邮局的工作人员攀谈。邮局工作人员问她家里小儿子上哪所高中了，她回答是立人中学，由此可以看出来邮局的这位工作人员和他们很熟悉，知道老奶奶是哪家的，知道那个主妇家里的简单情况，可见虽然只是提供服务和接受服务的关系，这位工作人员没有把这种关系搞得很僵化和"表面化"，而是提供周到服务，很热心地建立良好的关系。

轮到我缴费的时候，缴费单上写着中兴大学，很明显我是大学生。这位工作人员问今天学校要不要上课（因为公假占了周一周二的时间，今天补回来），我说要上课，她笑着说那今天周六岂不是有很多人不去上课。我笑着回答：是呀。"家常嗑"加台湾调，让人觉得心里暖暖的。而北京邮局，虽然服务态度也还可以，但是我几乎很难和邮局的人唠家常，也很难和银行、商店收银员或诸如此类地方的工作人员聊几句闲嗑。因为他们很忙，也因为我是个年轻的学生，他们觉得没什么可以和我聊的。顺便说说，我从这里寄一张明信片到美国只用11元新台币，在北京要4块5角人民币。

第二件，下午在宝岛眼镜店。我的眼镜是在北京的宝岛眼镜店配的，宝岛眼镜是台商开的。我的眼镜螺丝松了，趁着买东西顺便就去眼镜店调整一下。进门后我先确认北京的宝岛眼镜能不能在台中的店里保养，得到肯定的答案之后就被热情地请到柜台前坐着等。我还没坐下就有人端来红茶，还有一个应该是店长的人来和我攀谈，他还顺便把我同学的眼镜也清洗了一下，等都整利索了，他还"教育"我如何把眼镜放在眼睛盒里才能不影响塑料眼镜框的形状，还要求我过两个月再来调整一次眼镜框。

在整个过程中，我始终有一种被奉为"大爷"的感觉。宝岛眼镜在大陆也有很高的知名度，当初就是有同学推荐我才配的宝岛眼镜，用经管人爱用的一种句式就是：宝岛眼镜销售的是质量，是服务，是品牌。我决定在我回北京前，再来一次这家宝岛眼镜店，再当一次"大爷"。

大陆高端服务行业服务态度好得没得说，但是针对中低端消费人群的行业服务质量参差不齐，所以常有人说"花钱买服务"。然而我认为基本的服务是包含在花的钱里面的，除非像是一些高级甚至奢侈的地方对额外的服务索要额外的服务费。说起服务，有句话很流行："顾客就是上帝。"近些年这句话简直泛滥了，无论是奢侈品商店还是小饰品店、淘宝网店，无论是星级宾馆还是快捷旅店，都说要以这句话为服务原则，无论是MBA还是普通职员、商科学生，都接受过这样理念的教育。我不是做服务行业的，也不是商科学生，但从理科思维来看，这句话太夸张了。经济学中常说的"厂商"和消费者之间很难平等，而这个关系之间的不平等又是"厂商"可以"玩儿技巧、手段"的基础，不过平衡是两者共同追求的。

今天也有一些小事要记录。早上在7-11买牛奶，听到电台里播的新闻竟然有星座运程的内容。前几天在小吃店里看电视，新闻中也总是出现一些可能不算是新闻的家长里短、鸡毛蒜皮的事。我算是个天文爱好者，虽然业余，但我相信星座运程都是人编出来骗鬼的，这种内容能出现在新闻里，使我顿时有些不相信新闻的真实性了。

考"研究所"日（3月4日）

算上今天，我已经到台湾二十天了。

这个周末恰好是台湾大学生考"研究所"的日子。所谓研究所，就是研究生院。在学校里可以看见浩浩荡荡的"考研"大军，形色匆忙，大步流星。早上很多人都在问路，中午便利店挤满了人，下午成群结队的人走出校门。比起早上满脸的严肃，下午"考研"大军的脸色"丰富多彩"，自然是几家欢喜几家愁。去年冬天，我准备期末考试的时候，看见大四准备考研的人真是太痛苦了：考研自习室里是成箱的红牛饮料，经历高三的都知道，想提神醒脑，年轻人都爱喝咖啡，有些比较"养生"的喝茶，其实茶和咖啡一样，喝多了对身体都不好，茶里也含咖啡碱。

上学期有机化学实验课做过从茶叶里提取咖啡因的实验。但是咖啡喝多了，身体像是有"抗体"了，咖啡就不能起到提神的作用了。于是考生们开始喝红牛饮料，喝红牛据说营养元素流失很快，这些饮料还会让人上瘾。桌子上除了红牛，考研自习室里是成山的书，数学、英语、红宝书、专业书、卷子、笔记，一摞挨着一摞堆着，根本没有地方学习。教室里垃圾桶塞满了空的饮料罐和零食袋，因为冬天教室不暖和，还有很多揩鼻子用过的卫生纸。最震撼的是，考研前一周，恰好是学校的考试周，我看见楼道里全是考研的人在背政治或者英语，像机器人一样"读书"——把书上的字念出声来。

我不清楚岛内考研的具体形式和内容，但是从没有单独的"考研自习室"就可以知道，从学校的角度来讲，并没有特别重视本校学生考研究所，而听大四的师姐说，要考研究所的毕业生寥寥无几。我想原因有二：第一，本科生毕业可以找到养家糊口的工作。其实内地的"难就业"、"高房价"等问题同时存在于台湾，但在台湾岛内，本科生边读书、边打零工的现象十分普遍，而本科生毕业之后，如果没有"一步到位"找到心仪的工作，有很多专业不对口的服务性质的工作可以作为缓冲。不过无论在哪儿，想要高薪水，还是要考研获得学位。

第二，学校研究所少，资金不那么充裕。别的学校不了解，中兴大学虽然各系所很多，但是师资少，资金也不充裕，所以想要再花钱培养研究生、博士生会对科研资金造成很大影响，因此研究生录取名额少。在内地，本科生毕业考研究生是理科学生的较好出路，当然也是理科专业知识范围广造成的。另外，台湾也有很多人毕业后去留学。这些人中大部分是抱着留在当地的想法去留学的，尤其是去澳大利亚、新西兰和加拿大的学生，几乎是举家搬迁，父母亲先在当地联系熟人，找零工，然后孩子在当地读书，时间久了着手入籍。在这个问题上，我的主观感觉是台湾学生有更加强烈的移民愿望，而如今许多内地的留学生，出国的主要目的是"镀金"。

本来说今天没有出行计划，因为天气预报说下雨，结果是晴空万里。昨天气象学刚刚留作业要写如何提高气象预报的精准度这一话题，结果天气预报的不准确又一次影响了我。下午骑车去台中公园，一开始我以为会是一个很大很漂亮的公园，到了之后才发现感觉像是北京的紫竹院公园，是个市民活动中心，有个小湖可以划船。有一些老人在弹拉唱曲，小孩子在喂鸽子，大人们则是一脸轻松，无所事事。虽然没有预想中的"豪华"，但有花的点缀，公园还是五彩斑斓的。看见一个有意思的小东西，一棵树边上立着一个牌子，上面写"你知道这是什么树吗？"，这个牌子是活的，把外面一层的木牌子掀起来，里面是这个问题的答案。我觉得非常有趣，你要自己动手才能知道是什么树，虽然只是一个小动作，但是这个细节很有意思，我和同伴都在这块牌子边上留影。

今天在台中市里穿梭，路两边的店铺很有特点，槟榔店、机车店、24小时便利店和小吃店。由于我对槟榔的认识停留在"槟榔西施"和"槟榔致癌"的层面，所以不太关注槟榔店。机车是台中的大众交通工具，售车和修车的店自然很多，而台中的便利店多到"令人发指"的地步了，很多家长甚至会带着孩子到便利店解决一餐。

北京7-11里有现做的饭菜，而台湾的没有。至于小吃店，虽然不及一些夜市有名气，大多也是很美味的。我常能看到穿着西装革履的人坐在路边小吃店里津津有味地吃东西，和谐又不和谐。另外，路上有很多诊所，都是私人开的，一个医生和一些护士，而大型的医院却很少。这些诊所专治某一种疾病，我没发现太多药店，可能是因为在这里人们一生病就去诊所吧。

肥料学课（3月5日）

今天是"学雷锋"日，不过台湾当然是很难知道雷锋是谁了。我记得小时候，一说起谁是好人，小孩们第一反应都是雷锋。当年，雷锋是一个"偶像"。

今天也是周总理的诞辰之日，现在的大学女生心中的周总理，不光是国家领导人，还是"帅锅"、"模范丈夫"的代名词，尤其是周总理年轻时在黄埔军校的半身照，堪称经典。

今天早上第一节课是肥料学，是一门选修课。据我看，中兴大学星期一早上第一节课的时间大多没有课，就算有也不是必修课。我猜这样安排是避免因学生周末玩儿得太"High"，周一大清早起不来床耽误了课。而我想大部分内地大学生大一开学星期一早上第一节课都是传说中百考百挂，去不去上课都学不懂的"高等数学"。我记得我大一第一天上课，兴冲冲背着课本、笔记本去教学楼，一路上看见的学生全都拿着同济大学编的绿色高数书，大家在交流的大概是两件事儿：一个是高数书配套答案在哪儿有卖，另一个是高数会不会挂科。虽说周一早上爬起来上高等数学很困，可能会有迟到的、旷课的，但是我想周一早上爬起来上选修课更有难度。

如果是必修课，那还能咬咬牙爬起来去上；但要是选修课，一想反正也不那么重要，不去就不去了。大学里流传着一句话：选修课必逃，必修课选逃。有一部分人很好地证明了这句话。

肥料学老师是我上的这么多课程的老师里，唯一一个会说一些有关岛内政策方面话题的老师。当然这也是因为肥料学、农业生产本来就与政策息息相关，不像我上的其他课，比如物理化学、植物生理学，是纯粹的理科课程，适合"两耳不闻窗外事，一心只读圣贤书"的书呆子们念。通过肥料学老师，我了解到台湾的农业政策和土地政策同样存在很多问题。

我们都熟知的政客李登辉，是美国常春藤名校康奈尔大学农业经济管理博士生，他的博士论文《台湾农工部门间之资本流通》（Intersectional Capital Flows in the Economic Development of Taiwan）据说含金量很高，有理由相信在他执政时，台湾地区农业发展和农业经济发展有长足进步，可惜的是由于李登辉的"台独"主张和"亲日"做派，大陆对李登辉的关注似乎更集中在政治，而不是政策。

　　说起李登辉留学的康奈尔大学，是美国常春藤名校，也是万千中国农业大学学子梦寐以求的高校。说到农业经济管理，顾名思义，这个学科综合了农学、经济学和管理学，交叉学科最难学，而且农业、经济和管理都与政治息息相关，在政治的作用下，学以致用也会遇到很多难题。顺便提一句，中国农大的校长柯炳生教授是德国霍恩海姆大学农林经济管理学博士。

　　台湾岛海拔普遍较高，山地多，平原少，林业资源丰富，农业适用地少，气候多变，并不算是个适宜进行农业生产的地方。再加之人口密集，粮食需求大，土地的不合理使用现象较多，所以如何进行农林经济管理，制定相关政策是关键。农业是基础，肥料学老师说，美国称霸世界的一个重要原因是美国的粮食自给率是120%，也就是美国粮食能完全自给自足，并且还能对外出口。据说，美国是世界上水稻年产量最高的国家，听到这儿我非常惊讶，印象中美国人并不把米饭、粥作为最主要的主食，而是习惯吃面包、汉堡等面食。

　　我们一起玩儿的几个交换生里有一个是农大农林经济管理专业的，中国农业大学的农林经济管理是十分强的学科，但是因为台湾不接受学习农林经济管理的大陆交换生，他在这儿念应用经济学，而我交换到中兴大学土壤环境科学系。今天上物理化学，课间的时候物理化学老师从我前面走过去停了一下，问我：刘抒羽你能适应台湾这边上课的方式吗？我从听到他叫我名字，大脑就基本"当机"了。这么快记住我的名字，这个老师很用心。还有一个工科男生，他说同样因为学科限制，他不能上某个机械类课程，授课老师亲自去教务组求情，但还是被拒绝了。学校管理很细致，很温暖，也很严格。

食品安全（3月6日）

　　今天把选课的单子交上去了。随着学期深入，课程逐渐走上正轨，一天一天的虽说都是重复做固定的事儿，但是我觉得很踏实。日复一日绝不是未老先衰，我喜欢脚踏实地。

我的一天开始于在宿舍边上的7-11解决早饭，和我在北京见到的7-11不同，这儿的7-11有桌子椅子，可以"收容"没地方吃饭的人。解决早饭之后拿一份免费报纸，类似于北京地铁站早上发的免费的《信报》，内容不多，仅是供乘客在乘地铁时消遣。我早上收到的免费报纸，同样内容不多，而且八卦新闻占了很多版面。不过八卦和娱乐或许就是台湾这疙瘩的习惯。

今儿报纸上说台湾要停止从美国进口有"瘦肉精"的牛肉——看来食品安全问题困扰着每个人。"瘦肉精"对人体有没有危害？有些人说肯定有啊，本来不能有那么多瘦肉的，结果人造出很多瘦肉，反自然，一定是对人体有害的。就像转基因食物，无论大陆还是台湾，虽然没有对其作出硬性禁止的规定，但是很多食品包装上特意写上"非转基因"，就是在暗示非转基因食品较为安全。转基因到底好不好，目前没有定论，袁隆平院士放话愿意亲自试验转基因食物是否对人类有危害。

说实话我觉得"瘦肉精"、"转基因"都无所谓，瘦肉精是化学物质，可以被人体代谢掉，只要不过量食用，就没有大危害。退一步说，如果人吃太多了，就是过量使用碳水化合物、脂肪，人体代谢不掉这么多，于是就堆积成脂肪；如果适量摄入，适量排出，"收支平衡"，就可以保持好身材，道理是一样的。很多练健美的人也会吃降低脂肪比率的药，但是没怎么听说练健美的人死于奇怪的病。如果吃了转基因的食物，人的基因也能轻易发生转变，那全世界搞转基因的人都应该被赶回家去卖地瓜。

我的意思是，虽然一旦基因发生变化，就会带来翻天覆地的结果，但想让基因发生变化是很难的事儿，大可不必担心有什么严重后果。再说，就算"瘦肉精"、"转基因"有害，想要让其害体现出来，可能会要很长时间，那时候没准我们都见阎王了，今天况且把握不住，何必为明天的事瞎操心？当然我的说法一点都不服众，不过，可能很多人不了解，很多牲口是用转基因的大豆、玉米喂大的, 很难说这些猪牛羊对人有没有危害, 所以惜命的人最好别吃肉, 而很多蔬菜是用成分不完全明确的牲口粪便灌溉的, 惜命的人最好也别吃。

这两年总有人提吃肉会增加碳排放, 于是越来越多的人成为素食主义者, 这很好。但是我想人之所以统治了地球, 是因为人是杂食动物。恶劣条件下, 草食、肉食动物都极易灭绝, 杂食动物由于其食物来源广泛, 比较容易存活。所以说, 在现在气候条件越来越恶劣的情况下, 我们还是保持杂食属性为好, 不要因成为食草动物而被生物进化的浪潮拍死在沙滩上。

恐鸟症与"残疾人"（3月7日）

我来这之后有早上读英语的习惯, 也是因为校园里有个湖, 环境很适宜。我几乎每天早上都去湖边读英语, 而似乎每次去都能看见有意思的事儿。

这么多天, 我总能看见一个晨练的大爷。其实晨练的人很多, 之所以特别注意到这个大爷, 是因为在我读英语的时候, 大爷能和我坐在同一个四方桌边, 岿然不动地望着远方。我想我叽里呱啦读英语, 大爷估计是听不懂的, 但是能坐着不动, 这种抗干扰能力不是我们小辈能比的, 在这儿祝大爷身体健康吧。

《生活大爆炸》第五季有一集, 是以谢尔顿·库珀有"恐鸟症"为背景展开的。在下不幸也有"恐鸟症", 快二十岁了目前依旧不敢靠近各种鸟类, 不敢看、不敢吃禽类的头, 小时候更甚, 鸡蛋鸡翅都不吃。每年过年回农村爷爷奶奶家, 我都躲着鸡鸭鹅走。去年暑假在吉林农村做社会实践, 我给一户人家做调查的时候, 那家的鸡就在我身边晃悠, 大热天吓得我一身冷汗。谢尔顿说, 不久的将来, 恐鸟症会被列为一种残疾, 到时候我去领个残疾人证明。

中兴湖有很多水禽, 有鸭子和鹅, 还有几种我不认识的鸟。它们很悠闲地在水里游, 有时候还上岸散步。本着"热爱"鸟类的原则, 我都是躲着它们走。今儿早上我读英语, 听见一大堆鹅的叫声, 说实话那声音跟有人掐它们脖子似的难听, 我一抬头, 一大堆大白鹅扭搭扭搭往一个老头那走, 大白屁股洋洋得意地甩来甩去。那个老头骑了一个小车，车上全是蔬菜，看来这是常来喂食的。看着这个画面，很美好，人和动物和谐相处，但实际上这样喂动物剥夺了它们的野性。

学校里的水禽不能算是生活在纯自然环境中，它们的野性却足以让它们自给自足，人老是喂动物会让它们变"懒"。总有小朋友喜欢喂湖里的鱼，湖里排泄物就特别多，造成水偏碱性，有臭味。从生态学的角度讲，虽然中兴湖是人工湖，但是长时间以来，一个小型的生态系统已经形成了，在这个生态系统中，人的存在是个极大的威胁，因为中兴湖小，物种多样性低，自我调节能力差。水禽本可以靠捕食湖里小鱼、藻类为生，一方面水禽可以生存，另一方面防止湖水里小鱼、藻类泛滥。

如果人喂食水禽，直接的影响是排泄物污染湖水，间接的影响是破坏物种间的平衡。另外，电视上说，台湾地区"禽流感"又在流行。禽类相对来说比较杂食，如果只吃人喂食的蔬菜，没有"平衡饮食"，很容易生病，也很有可能使它们染上禽流感。一旦染病，由于这些鸟儿既不是公家所有，更不是私人所有，所以只能出于"人道主义"处死它们，以免对人类产生威胁。

所以说，想要给动物喂食，真要提前合计好是有利还是有害，免得好心办坏事，此外，还要先搞清楚当地法律是否允许给野生动物喂食，有很多西方国家很明智地立法禁止喂食动物。祝愿中兴湖的鸟儿们能逃过此番"禽流感"的劫数。当年北京闹禽流感，101中学外池塘里所有的鸭子都死了，之后那池塘就再也见不到鸭子的身影了。

牵强地说，还有件有意思的事算是发生在湖边。我查收邮件，看到一封滑铁卢大学给我2000加币奖学金的邮件，这真是好消息，让我美得不知道天高地厚。有水的地方果然有灵气，风水好。就像气象学老师在课上讲的，风水这个东西基于统计结果，是还有点值得信的东西。台中的大街小巷也有很多看风水的店铺，看来这边很信这个，不过不是原则性问题，信则有，不信则无，图个心理安慰。

事务组老师（3月8日）

今天是国际妇女节。不过台湾这边似乎不过这个节。前几年有人建议把"妇女节"改成"女人节"，因为"妇女"这个词在现在不好听了。有没有官方的更正不是很清楚，但是网络上"女人节"已经广泛应用了。想起一个乐事，初中数学组只有一个男老师，妇女节的时候每个女老师桌子上都有牛奶之类的慰问品，唯独那个男老师桌子上没有。学生们问学校是不是只给女老师发东西，女老师说那个男老师的东西已经送回家给老婆了。

我选课出了点小问题，于是到"大陆事务组"去解决问题。"大陆事务组"负责交换生的是个年轻的女老师，与其说是老师，不如说是个姐姐，细心并且好脾气。昨天她从注册组得知我选课出问题之后，先是给我打了电话，但是我的这几天用的还是移动全球通的卡，所以没接到电话。打电话不通就发邮件，但是我的旧邮箱总接到很多广告邮件，所以不经常查邮件。

邮件还是没找到我，老师直接拜托另外一个女生到宿舍找我，赶巧我在图书馆。最后的最后，老师找到了农大交换生里的联系人，这才通知到我要赶快解决选课的问题。昨晚我知道之后已经过了下班时间，就只好发邮件跟老师说明情况，今天上午赶在我上第一节课前到办公室再次说明情况。选课对于学生来说是大事，尤其课程植入系统之后，即便出现错误，注册组老师轻易不会更改。每学期选课的时候，大家都在疯狂地争着选课、改选、补选、退选，争先恐后，常常导致系统瘫痪，免得"一失足成千古恨，再回首已百年身"。

老师这么细心负责，不厌其烦选择各种途径找我，我很是感动。其实早在去年11月份、12月份，那个时候办理各种入台手续、交换生入校手续，我已经和"大陆事务组"的老师有了接触，虽然只是通过电子邮件，但是每次老师详细、清晰的邮件内容和一些额外的"Tips"已经让我觉得把手续交给老师代办很

"靠谱"。

除了中兴大学"大陆事务组"的老师很关心交换生，农大的港澳台事务组也会隔段时间发邮件来询问交换生的情况。农大负责交换生的也是个年轻的女老师，细心并且好脾气。

老师做事细致入微，让我从开始办手续到选课结束都很顺利，在此感谢中兴大学"大陆事务组"潘炜伦老师和中国农业大学港澳台办王燕老师。估计还有很多大学生都很想出去交流，如果想做交换生，一定要把握机会，提早准备。之前说过我拿到了滑铁卢大学的offer，三四月份恰好是外国大学发录取通知书的时候，数以百万计的学生都惴惴不安地等着收offer。想出国，也一定要提早规划。我本来没有特别明确的出国计划，只是稀里糊涂地在同学的怂恿下利用暑假学了托福，去年秋天考试，又顺便报了农大的"2+2"项目，按部就班进行网络申请、邮寄申请材料，然后我就拿到了一个offer。其实没有多费劲，但是最好及早准备别让机会溜走。

Eminem最拿手的著名歌曲——lose yourself是这么唱的：You only get one shot, do not miss your chance to blow. This opportunity comes once in lifetime（你只有一个机会，抓住机会，这个机会一生只一次）。就是这个道理。

水培种植（3月9日）

今天不幸又降温下雨了。我一大早坐在图书馆六层窗户边上，向外望去，高楼不多，视野很好，隐约能看到远处绵延的山，像是印象派的一副画作，光影变化得恰到好处。没有太阳，湿气很重，能见度不高，雾蒙蒙的景色反而更真实。

今天只有一节植物生理学实验课。上周老师还说希望这星期上课的时候别是大晴天或者大热天。这节课做水培植物，天气刚刚好。水培，顾名思义，就是把植株的根插在营养液里培养，是无土栽培的一种。不用土壤栽培，水培的营养液向植物提供必需的矿质元素。营养液是人工配制的，其中各元素的浓度也很有讲究，各种离子和离子团的浓度既不能过多，也不能太少，"过犹不及"这一成语在生物界十分适用。

所幸前人已经把通用的最佳营养液配方试验出来了，前人栽树，后人乘凉，现在在实验室做小规模的水培很简单：称水，计算配制营养液需要的各种化合物质量，称量，混匀营养液，插苗，放置到合适的环境中，只要按部就班，等两三个月，生长期短的果实就能成熟了。我们组选择了一个小西红柿苗儿和一个辣椒苗儿，这两种蔬菜三四个月就可以结果，并且是草本植物，适合做水培。一想到学期结束的时候能收获自己种的小西红柿和辣椒，我相当激动。

现在有很多人都觉得市场上卖的蔬菜化肥农药残留多、不安全，于是纷纷自己在家种菜。也有人是闲在家里没有什么事儿做，种种蔬菜打发时间很惬意。无论出于什么目的，能收获自己种的菜，我想一定满心是成就感。家里有些花花草草是水培植物，是大一我过生日的时候，室友送的礼物。它挺过了北京的冬天，也挺过了春节我家没有人伺候它的七天，希望它能挺过我的下一个生日。

课上老师说，世界上水培最发达的两个国家当属日本和荷兰。日本多高山，地震频发，土壤不适合农业栽培，人口又密集，所以很早以前日本的水培就很发达了。用水取代土，一方面节约了土地资源，另一方面也省去播种施肥的人力消耗。而荷兰，由于其地势低，海水倒灌，可用于农业的土地很少很珍贵，所以也用水来使种植用地得到最大化利用。台湾地区也有些小农在做水培种植，中兴大学有很多不同院系的老师也在研究水培种植产业化，但是据我了解，利用水培进行大规模作物生产并没有广泛应用在大陆地区，即便是在台湾地区，蔬菜还是种在土里或者是进口的。

水培没有广泛应用的一个原因是，上文提到的营养液，虽然有通用配方，但是由于各种植物对矿物质的需求各不相同，所以必须有专用配方，这个专用配方就像老字号饭馆里的"秘制酱料"，属于高级机密，不能外传。另外，水培过程中必须实时监测营养液中各种成分的浓度，及时补充养分。在大规模生产中，这个过程耗时耗力。日本发明了用传感器监测营养液成分，程序控制补充矿物质的自动化机器，值得借鉴。

从无土栽培技术被开发出来到现在，人们一直在争论不用天然土壤种出来的蔬菜会不会和正常的蔬菜有所不同，会不会导致人体缺乏某些特定元素。这的确是一个大问题，而且是地方性的致命问题，像加碘盐、加铁酱油，都是为了防止地方性元素缺乏而设计的"食疗药膳"，这不失为一个好办法。

说到这个，又牵扯到食品安全问题。现在人总是瞎担心，一旦哪个营养专家、食品专家说果汁饮料里有塑化剂，会导致男性分泌过多的雌性激素，说的好像喝果汁饮料的男的可以自己变成人妖一样邪乎。但实际上，如果其中塑化剂在人体可以接受的含量以下时，人体可以把它代谢掉，很难"化为己有"。还有我们都知道亚硝酸钠、苯甲酸钠时常用作食品防腐剂，它们能致癌，于是乎妈妈们杜绝自家餐桌有任何含有亚硝酸钠、苯甲酸钠的食物，但是又发现这样的食物市面上几乎没有。老说致癌致癌，意思是提高癌变的几率，但实际上人体内的癌变不是件容易事。

如果吃点火腿肠就能得癌症，搞基因突变的生物学家就不用费劲巴力地用各种方法诱导基因变异了。我个人看法是，"致癌"的可怕在于，癌细胞无限增值，痛苦是无止境的；另外基因变异是不定向的，也就是自己身上的东西会变成不知道是什么的新玩意儿，不在自己的掌控之中，那样才是很痛苦的。

网游与聊天（3月10日）

今天依旧下雨，没有出行计划。不过即便是小雨天，中午我和农大交换生还有他室友出去吃饭的时候，看见中兴湖畔有好几对新人借景拍婚纱照。看看新娘们香肩小露的婚纱，看看我身上穿的大棉袄，再看看我身边俩大男生穿的大外套，我不得不感叹爱情的力量真伟大。

　　这俩男生都是宅男，其实似乎大部分男生没事儿的时候都比较喜欢待在屋里打游戏。在内地比较流行的游戏有魔兽世界WOW和DOTA，我都没玩过，我只知道"魔兽世界"是上海申花的老板朱骏首先从美国引进大陆的。而仅从中兴大学的男生们来看，他们不常玩WOW、DOTA，而是玩"英雄联盟"，我没见我什么同学玩这个，但是我在网上看过这个游戏的广告页。

　　听同学的室友说，英雄联盟和DOTA很相似，叫"网路竞技场战斗游戏"，有趣的是英雄联盟的英文名是League of Legends，简称叫"lol"，外国人喜欢用的笑脸表情。反正无论玩什么游戏，网络游戏是所有宅男们的第一选择。因为中兴大学没有晚上断电的政策，所以很多男生会通宵打游戏，他们周末也不怎么回家，而是聚在一起打游戏。

　　看过一个笑话说某男买了顶级配置的MAC之后，快乐地上网玩斗地主，朋友不解，问这是不是高射炮打蚊子，该男回答：配置高的系统发出来的牌比较好。这个笑话告诉我们，打游戏需要好配置。通常大陆的大学生人手一个笔记本电脑，方便携带，避免假期离校时候电脑被破坏或者被偷，也避免离校搬家的时候没办法处理台式机。但是用笔记本电脑打游戏终归不如用台式机方便，于是从同学室友口中听说他们宿舍和他的男同学用台式机，就是为了方便打游戏。所幸这儿大学没有熄灯断电这么一说，不然一到晚上十一点或者十二点断电了，无论多高配置的台式机，也不能打游戏了。多说一句，台湾把笔记本电脑叫笔记型电脑，简称"笔电"。在北京，笔记本电脑叫"本儿"，驾驶证叫"本儿"，结婚证也叫"本儿"。

　　吃饭总是要聊天的，我们也没有什么固定的主题，大学生的话题无非就是学习、游戏和讲乐子。我们抱怨了这下不停的雨和骤降的气温，台湾的宅男家住台北，他说台北几乎整个三月都会连天下雨，温度也很低，风一刮刺骨的冷。然后，我们面面相觑，等着上菜，尴尬的空当，我感叹了一下周末还泡在图书馆学习的苦命，我和我同学是因为下雨没处可去所以泡图书馆，而他是因为要参加七月份的转学考试，考到台湾大学历史系，才抓紧周末时间学习。据我观察，周末图书馆里的人要比平时多，有很多校外的人拖一个拉杆箱那么多的书来学习，中午也不出去吃饭，而是在休息区啃面包或者从便利店买的其他速食，我猜这些人也是要参加转学考试的人，为了能改变自己的命运而拼命。

阴天下雨说"知识改变命运"的话题真是太沉重了，恰好老板把香味四溢的咖喱乌冬面端上来了。这一碗咖喱乌冬面汤是咖喱色的，面上铺了菜叶、豆芽、牛肉片、鱼泥片和鱿鱼卷。我们又接了杯店里免费送的热红茶，大冷天这么吃饭很舒服。就着香喷喷的面，我们总算是把话题带到轻松点儿的讲乐子上了。讲乐事的时候，可以明显发现我们三个人由于来自不同地方，所以讲出来的笑话风格、内容迥异。

我是北京的，我讲的笑话是关于男同性恋为什么叫"老玻璃"的段子，男同性恋通常叫"BL"，放汉语拼音里是"玻璃"的首字母，加个"老"字纯粹为了增加趣味性。我同学是湖北的，他总在强调湖北孩子"伤不起"，周末在图书馆学习不算什么，我问为什么，他说黄冈是湖北的，我就明白了，原来他来自一个"学霸"省。而这个台湾的宅男说的是他念男中的时候，一个上年纪的男老师被学生摸屁股的事儿，结合《我爱台妹》的歌词，这个笑话有浓厚的"台风"。不过最后他自爆他出生在美国，是美国公民，不过英语比较烂。也不知道怎么的，我们聊天的话题提到了韩国，我们一致对韩国认为端午节是韩国的有很大的看法。韩国明明有LG、SAMSUNG、整容术和韩剧等很多可以引以为豪的自己的东西，但是却要抢别人的东西，不知是何缘故。

虽然我们三个人各自背景不同，但是年纪相仿，所以总是有一些共同的话题。这些共同话题使我们能坐在一起聊起来，而有个性的话题让我们能凑在一起聊很长时间——交朋友先是求同存异，再求异存同。

妈祖（3月11日）

一大早，刚刚醒，听到外面有敲锣打鼓的声音，到阳台一看，好像是个小庙有活动。不到七点，敲锣打鼓着实很吵，但是我想一定是什么重要的礼仪，才会赶着清晨来举行。台湾的民间信仰主要是妈祖，几次骑车在台中转悠，总能看到很多小庙堂，不愧是"百米一宫，千米一庙"。中午问了"台北宅男"关于妈祖信奉的事，可惜他也不太了解，但是他讲了一个比较有趣的事。台湾男孩们在小时候，他们的妈妈会告诉他们不可以进"姑娘庙"，因为"姑娘庙"供的不是神，而是没有嫁过人便去世的姑娘，里面聚集着许多"大龄待嫁女鬼"，如果单身男子出现在姑娘庙附近，很可能会被拉过去上演"倩女幽魂"的戏码，被逼着和女鬼"冥婚"。

据我了解，妈祖是保佑出海平安的神，并且是有真人的，虽然妈祖不是"官方信仰"，但是却在民间有最广泛的信徒。过去的时候人们可能认为妈祖真的能保佑出海平安，因而虔诚地祭拜妈祖，现在出海打渔的人虽然也有，但是不多了，更多的信徒为的是求得心理上的抚慰和回应。大陆刚刚拍了一部《妈祖》的电视连续剧，由刘涛饰演妈祖，不知道"古装女神"刘涛能不能展现出保佑渔民平安的美丽女神的善良与博爱。好像这几个月以来，索马里海盗在苏伊士运河附近打劫的新闻少了，但是我国渔船正常打渔被韩国海警非法逮捕的新闻多了起来，维护我国海上合法权益，建立国人对国家海上主权的认知很重要。初中上军事国防课，老师说我国的主权不仅限于辽阔的960万平方公里的土地，还有广阔的领海、领空，我们的主权不容侵犯。

早上吃着手工麻薯，喝咖啡，好不畅快。麻薯作为台湾小吃，在大陆已经很常见了，不过在北京大多只能吃到包装好的麻薯，就算有大的"台湾手工麻薯"的小门脸，也一定不正宗。想起北京卖的台湾烤肠、台湾珍珠奶茶，到台中发现都不是正宗的。第一，我没在台中发现有卖"台湾烤肠"的店，不仅小吃店没有，超市里也没有长得像"台湾烤肠"那样的香肠，不过几乎每个大陆人都对"台湾烤肠"有共同的印象。

第二，台湾的奶茶喝起来像是王老吉兑牛奶，红茶味重，而在大陆喝的奶茶偏内蒙古的口味，奶味很重。我在台湾喝到的奶茶都是红茶和牛奶现兑出来的，"珍珠"也是店家自己做出来的，甚至在一些奶茶店，珍珠奶茶里不仅有珍珠，还有沉底的许多茶叶，货真价实——还是正儿八经的台湾珍珠奶茶更美味。不过话说回来，这个手工麻薯和在北京吃的倒是没什么不同，但是一想到这是手工做的，还是觉得很特别。

手工制作总是很贵，比如说一双手工做的NIKE AIR FORCE1可以飙价到几千美金，一块手工皂可以比普通香皂贵十几倍甚至几十倍。但是如今，手工制作往往是精良制作、限款限量的代名词，与过去手工制作通常又粗又糙的概念截然相反了。

今天有个大乌龙事件。路过管理学院的大楼，楼前的两根柱子倚着两个挺高的"花圈"，在我看来，像是死人的时候摆的花圈，只不过这两个"花圈"颜色比较艳丽。不过用后脚跟也能想出来有人去世不会把这种东西放在学院楼的大门口，还不够丧气的，后来走近了一看才知道是恭迎一个教授莅临演讲。据"台北宅男"说，只有比较重要的人物才配得起这种"花圈"。有点像莲花乡赤水沟子迎接"毕姥爷"的形制，"搁一个大照片在中间，周围摆满白的黄的花"。

今天周日，原本会有很多附近的居民带着小孩子来中兴大学里玩，但是下着小雨，打消了许多人出行的念头。不过后来才发现，学校书店里有很多小孩子，乖乖地坐着看书。在台中没发现像中关村图书大厦那样的大型书店，倒是有很多类似光合作用书店的小书屋。无论是图书大厦还是书店，有很多人在里面读书，说明有很多人都在向往内心的充实和幸福，并且为之奋斗。

台湾手机（3月12日）

连续的雨天，"天街小雨润如酥，草色遥看近却无"。路上行人有打伞的，也有带着帽子的，骑摩托车的人披着薄薄的塑料雨衣。台中的雨一直不大，有件厚点的棉毛衫或者户外运动外套，连雨伞都省了。

昨天和同学还有"台北宅男"一起吃饭，相处得很快乐，所以今天我们还是一起吃的午饭。吃饭的时候看新闻说"中华电信"手机上网费用降价99%，借此吸引消费者。我看到这个99%，觉得特别惊讶，但是"台北宅男"解释说台湾手机通讯费在他看来很贵，他很少会发短讯息（大陆叫短信），打电话也省着用，因为话费是按秒计的，不像大陆都是按整分钟计费。

另外，他说岛内打电话也有"网内"、"网外"这么一说，假如我用"中华电信"的手机卡给"中华电信"手机号打电话，就要比我给"台湾大哥大"的手机号打电话便宜快一半。他说发短信一条要5台币，折成人民币要一块多，这个价格可是大陆的十倍，真是消费不起，这也难怪很少看见这儿的年轻人抱着手机疯狂发短信。比发短信还贵的是手机上网，这不是我能支付得起的。"中华电信"通过降低手机流量费来吸引年轻消费者，与岛内的通讯业龙头"台湾大哥大"竞争。

说来有趣，我是看一个大陆学者的文章才知道，"台湾大哥大"是岛内最大的通讯公司。对于没有享受过移动、联通流量包月的广大岛内人民来说，中华电信这个99%的降价幅度可能十分劲爆，但是细一看降价之后的价格，在我看来有些见怪不怪了，大陆手机流量费相比之下几乎就是白菜价。现在大陆和岛内民间交往甚繁，大陆的手机计费方式也很可能影响到台湾地区的手机通讯业的发展。如果有岛内媒体爆料出大陆手机通讯费，再有很多台湾人得知大陆手机发短信有包月套餐，不论他们会不会抓狂，反正如果我是台湾人，我会抓狂。

说到手机，"台北宅男"看到我和我同学都用的iPhone，觉得有点儿奢侈。他说在台湾一般都是家里有钱的年轻人用家里的钱买iPhone，或者是商务人士签约套餐送iPhone，这个情况和大陆颇为一致。但是有台媒报道说，签约套餐是个陷阱，签约从两年使用期起跳，算下来两年的手机费足够买一个iPhone，再单交手机费了，一点儿都不划算，真是无商不奸。

走在大陆的城市大街上，周围无时无刻不是举着iPhone或者andriod手机在玩游戏或者上网的人，但是台中的大街上没多少人玩手机、发短信、打电话。在内地iPhone价格要略高于台湾的价格，但是人们购买iPhone的热情极高，在北京，iPhone已经沦落为"街机"了。似乎苹果公司也抓住这种心理，总是把大陆列为最后一批新品上市的地区。明明是苹果公司在"强奸"内地消费者，但是内地消费者还屁颠屁颠地逢迎着。

中午恰好有一条新闻也是关于手机的：台湾媒体呼吁立法禁止骑机车玩手机app。我完全赞成骑机车的时候禁止玩手机app，这么做特别分神，只顾着切水果而不知道前方红绿灯变化，或者是光看着愤怒的小鸟能不能消灭所有的猪，而没看见周围有车或者行人。我觉得从某种程度说，开车发短信、玩游戏比开车打电话还危险，至少打电话的时候眼睛还可以目视前方，但是发短信或者玩游戏的时候眼睛就掉进屏幕里了。

最近的新闻总少不了林书豪，最近尼克斯五连败，希望林书豪还能再接再励，带领尼克斯队走出颓势。"台北宅男"说，姚明在岛内也有很高的人气，"台北宅男"几乎说不出几支NBA队伍的名字，但是却知道挺多关于姚明的消息。年轻人，特别是男生，应该热爱运动，肥料学老师说，喜欢体育的小孩不会学坏，虽然不知道有没有什么根据，但是我喜欢体育，我是好少年。

台湾小吃（3月13日）

写这么多天的记录，我都没有仔细写台湾小吃，今天简单说说我吃过的当地小吃。

旅行，有些人喜欢看自然风景，站在海边大吼，站在高山狼嗥；有些人喜欢人文景观，博物馆、古代建筑，体验"文化之旅"，但是我相信游客最向往的一定是吃当地美食。老北京的豆汁、焦圈，天津的麻花、狗不理包子，山西的面食，西藏的青稞酒，这是在国内。在国外，日本的寿司，韩国的烤肉，法国的鹅肝，俄罗斯的大列巴，都是家喻户晓的名吃，虽然可能没有全部品尝过，但是也对其内容略知一二。台湾小吃可以算是大陆了解台湾的一个媒介。中央电视台中文国际频道《走进台湾》总是在介绍台湾夜市小吃，当时坐电视前看真是"口水直流三千尺"。著名的逢甲夜市便在台中，我记得我还看过一个台商的故事，讲的是元祖糕点的发家和在大陆的发展。

我对台湾小吃只是略知皮毛，只能从我的一日三餐说起。先说几个有趣的。学校附近的每家小吃店都有排骨饭卖，这个"排骨饭"，是一块炸肉排和饭，再加上一点儿蔬菜组成的"套餐"。台湾的排骨只是排，没有骨，各种排其实价格还算公道，只不过台湾这边一方面闹着禽流感，新闻里每天都在大肆报道，另一方面又停止进口美国的牛肉，结果炸各种肉排的店铺竟然涨了价，不理解。这边也常吃咖喱，北京的泰国餐馆很多，来之前和同学在蕉叶吃的泰国菜，应该是很正宗的，咖喱味道浓重醇厚。我有天中午觉得"口淡"，就要了一份咖喱拉面，结果咖喱味很轻，只是汤的颜色很重。说到这个面，台湾这里会把意面煮成汤面吃，我理解的意面做法就是"意大利打卤面"，结果意面在台湾也被改良了。意大利的"意面"是玉米粉做的，久煮不烂，很筋道。而台湾的意面，是玉米粉和小麦粉混在一起做的，但通常是煮成汤面或者炒着吃的，没有意大利的意面筋道。还有米粉，这里的米粉绝对和大陆西南地区的米粉不同，这儿的米粉看着更像是粉丝，非常细，透明的，我没吃过，但是同学说味道不错。学校外还有一家唐山刀削面，我们几个同学都没吃过，我很怀疑唐山有没有刀削面，但是唐山人似乎和台湾有很多关联。看着生意很火爆，而它边上的韩国拉面就门可罗雀了。还有一家卖"日式丼饭"，"丼"据说就念"井"，除了名字比较新鲜之外，其实就是盖饭。总之，学校附近的小吃店主要是方便，并没有太多特别有特色的台湾吃食。

前一阵去逢甲夜市，小吃又多又全。逢甲夜市是台中最大的夜市，夜市里人头攒动，往里一走挤得看不见自己的脚。我记得当时还没走进夜市里，就看见一条长长的队，人们在等"大肠包小肠"，香肠和米饭做的，香肠外用米饭包着，再用薄饼裹着饭，一煎就齐活了，口味轻，很管饱。里面我觉得最好吃的是炸鱿鱼，便宜，鱿鱼鲜嫩，而且有很多口味可供选择。台湾这也有臭豆腐，但和王致和臭豆腐是完全不一样的，看起来就像一块炸豆腐，没有尝试，不知道口味如何。我同学里有一个湖北的，好辣，我给他推荐吃"鸡脚冻"，就是鸡爪子去骨腌成的小零嘴，口味辣中微甜，不像是台湾辣椒酱那样特别甜，比较对我的口味。

蚵仔煎也是台湾名吃，尤其是罗志祥、徐熙媛演的《转角遇到爱》这个电视剧，罗志祥男主角从台湾到上海去卖蚵仔煎。蚵仔煎大概是一个蛋皮上有贝类和菜，也是甜口，如果刚出锅的时候吃，味道很好，放凉了会很腥。炒面面包，把煮好的面放在面包中间，有点像"炒面热狗"，还有炸鱿鱼、炒年糕、章鱼烧。台湾小吃口味偏甜，辣椒酱都是甜辣的。台湾小吃绝不仅仅是在大陆看到的"台湾烤肠"、"台湾奶茶"、"蚵仔煎"，它在不断吸收其他地方菜的特色，花样越来越多，顾客也越来越多。

在台湾最快乐的事莫过于吃小吃，我们吃到的台湾小吃目前只是九牛一毛，品尝尚未圆满，同志们仍要继续。

陈培堃（3月14日）

今天温家宝总理完成了一次答记者问，我清楚地记得，有次答记者问，翻译官翻译出现了错误，温家宝总理当时在喝水，听到了马上指正。这是何等的英文水平啊！

今天台中的天气终于有转晴的意思了。晚上，金星和木星并排，遥遥挂在天上，璀璨夺目。金星是天空最亮的行星，中国古人把金星叫成太白金星，道家的太上老君指的就是金星。中国古人给金星起了很多名字，有时候金星在清晨出现，是"晨星"，古人称"启明"。有时候在傍晚出现，是"昏星"，古人称"长庚"。而木星，虽不及金星耀眼，但是也要比其他的恒星看起来亮。木星是太阳系中最大的行星，年纪稍长的人可能听说过，1994年苏梅克–列维9号彗星撞击到木星的新闻。我之所以知道一些天文知识，是因为我是一个不"入流"的业余天文爱好者。

当初想参加交换生项目，要在提交的个人陈述材料里写想交换到台湾学习的原因。我写的一条原因是：想到台湾这种低纬度的地方看星星。看到其他像参加交换生计划的同学写的都是"了解台湾风土人情"、"学习台湾地区的相关专业知识"等理由，再看看我这个理由，虽然我写得有些"无厘头"，但这是发自肺腑的。

我常年住在北京这个北纬四十度左右的地方，由于建筑物的遮挡和视线问题，我在北京几乎看不到南半球的星空，而在台湾，理论上就可以看到南半球绝大部分星空和北半球全部的星空（在北京理论上可以看到北半球全天和南半球南纬五十度以下星空，在台中可以看到北半球全天和南半球南纬六十五度以下星空）。看南半球的星空对我是极大的诱惑，人始终渴望抬头看星空，就像伊曼努尔·康德说的：世界上有两件东西能够深深地震撼人们的心灵，一件是我们心中崇高的道德准则，另一件是我们头顶上灿烂的星空。我的终极目标是在埃及等横跨赤道的国家看星星，到那时候我可以看到当季整个天球的星空。

我还写了另外一条原因，内容也很奇怪。我很喜欢著名的天文摄影家陈培堃，他是台湾人。2006年的9月29日晚上，我之所以记得这么清楚是因为那是我初三时候秋季运动会的一天晚上，原本初三是中考的关键时期，老师会千方百计要学生学习，但是那天我的班主任强烈建议我去听一个晚上9点开始、在学校举行的天文讲座。一开始我还不知道主讲人是谁，开始之后发现是个台湾同胞，头回见台湾人，觉得很有意思，就认真听了，整个过程主讲人一直以P.K.自称，我当时才疏学浅，根本不知道他是谁，等过了几个月，我在《天文爱好者》杂志上看见了"陈P.K."的天体摄影作品，方才觉悟，真是追悔莫及。

陈培堃拍摄了许多的星空、天体的照片，那天他讲他有次一个人晚上爬到台湾岛最高峰——玉山去拍星空。因为玉山海拔较高，比平原地带温度低了十多度，再加之是晚上，他和他的相机都受了冻。这使得我也想去玉山看星星——虽然这几乎是不可能的。玉山离台中太远，对我来说又太陌生。不过我倒是可以去乡下住一晚，看星星，背起我心爱的小相机，也装模作样地拍星空。我在大陆没怎么见到P.K.的书，他的书有很多是他的天文照片集，非常漂亮，本想着在台湾能多找到几本，结果在学校图书馆一搜，只发现了两本，还都是科普性质的"教你认星星"一类的书，非常遗憾。最乐的是，搜索"天文"，竟然大部分是大陆出的电子版本，本地的大多是台北的天文台出版的天文年历和年鉴。

这个结果让我觉得很泄气，天文在大陆和台湾都不是很流行的学科，太多的人把星座运程和天文学混淆在一起。微博上，北京天文馆馆长朱进博士多次说了星座运程、占星学是没有科学依据的，不要太迷信，而天文学则是一门严谨的、历史悠久的自然科学。我在北京天文馆做志愿者的时候，被问到最多的就是为什么北京天文馆展区里十二星座的日期和生日的不同，原因是天文馆展示的是真实的太阳运动经过十二星座（十三星座）的日期，而星座运程是把十二个月等分成十二份之后的日子。

多说一句，有很多家长会带很小的小孩子来天文馆玩，虽然其实小孩子根本看不懂里面的东西，但留个念想也是好的，而且大人们也可以从中学到很多东西。暑假的时候还遇到了许多外地的游客，家长也是特地带着孩子来天文馆看看。所以说，无论是直奔天文馆，还是到动物园顺便来天文馆看看，或者是到"动批"上货来天文馆歇脚，天文馆充满了乐趣。我每次去天文馆，都能找到新的亮点。

我想就算是熟悉的地方，也总还是有新的发现的。就像史铁生老师的地坛，史铁生老师在地坛多年，却是常去常新的。然而，说到这里有个疑问，为什么人们想把铁生老师葬在地坛的愿望如此难以实现？

性骚扰（3月15日）

今天是消费者权益日。作为郭德纲、于谦的粉丝，"藏秘排油"事件我还记忆犹新，由此引发的明星代言问题也受到广泛关注。中午吃饭看电视说，有个日本品牌的服装公司找了一个刚刚出狱的台湾男艺人做代言，顶替了原来的林依晨。虽然我没有看过林依晨的作品，但在我的印象中林依晨是可爱的邻家女孩的形象，放弃一个正面的代言人而选择一个有负面新闻的艺人，真是需要这个服装公司下很大的决心，冒巨大的风险。

最近吃饭的时候会特别关注一下新闻，这样比较好了解当地的情况。每天看的新闻似乎少不了三个内容：禽流感与"美牛"、林书豪和性骚扰。第一个、第二个不多解释，第三个需要重点说。扯几句题外话，我们对日本这个国家有很多种看法、认识，其中有一个是关于其第二大产业——色情产业的。日本色情产业很发达，据我同学中的消息灵通人士说，台湾是日本"片子"流传到大陆的"中转站"，台湾把原版片子压缩，把日文字幕翻译成中文，再刻成光盘走私到大陆。话说回来，在日本，无论是十几岁、二十多岁的的小姑娘，还是三四十岁的"人妻"，清一色爱穿短裙，而且通常裙摆很短，再加上日本电车上人多，所以总是流传着在电车上会有"痴汉"趁着人多对女性进行性骚扰的奇闻异事，萨苏也在《与鬼为邻》里写过一个日本女人用高跟鞋打在电车里骚扰她的男人的故事。

台湾的捷运和电车差不多，有的时候人也熙熙攘攘，也很有可能发生性骚扰。连着几天，我都听新闻里在报导关于性骚扰的新闻。昨天说的是一个长相斯文的男军医利用职业之便多次偷拍女护士。这个男军医级别比女护士高，还用职位和"艳照"威胁女护士，不过最后还是东窗事发。媒体报道说，这个军医不仅要被开除军籍，还面临牢狱之灾。而今天说的是一个年轻的模特被人下药而遭侵犯，不知道这是不是模特自我炒作，似乎娱乐圈里充斥着性交易，让我觉得"水很深"。媒体可能是夸张了新闻，但我依旧感觉台湾是个性骚扰多发的地区。

中兴大学图书馆的女洗手间里张贴了"禁止性骚扰"的小标语，像是一个专门的组织在做宣传的样子，每次洗手的时候看见这个小标语，我都不知道自己该作何感想，不过我长得很"安全"，不用太担心。我发现，现在性骚扰的对象已经不局限于女性了，有些男性会反过来被女性骚扰，比如说天热的时候女性穿着暴露，"强奸"男性的眼球。也有些男性会被男性骚扰，男人女人都一样弱势。

话说这几天总是听到"水耕"这个词，也就是"无土栽培"。有天看美国之音的新闻，说有个卖无土栽培蔬菜的商贩生意很好，她的温室吸引了世界各地，尤其是中东地区国家的人来参观、学习她的技术。现在广泛应用的很多技术可能很成熟，但是其理论基础却还在发展，"砖家叫兽"们不要被媒体诱惑得向群众松口，媒体也不要失了良心，为了噱头而让不懂个中原委的记者把暂时找不到答案的问题扔给读者。

永和豆浆（3月16日）

今天的早饭换了花样，吃了小吃店里卖的吐司加火腿和豆浆，之所以把平时的牛奶加面包换了，一是因为在小吃店里吃很划算，作为肉食动物的我可以吃到肉，另一方面也是同学推荐，说是物美价廉，吃得舒心。学校外面小吃很多，我可以常换常新。经过对比，学校附近卖的豆浆和牛奶都远贵于大陆，豆浆比牛奶稍微便宜点。不清楚个中原委，但是我还是想念原来一块多一袋的牛奶了，就算现在涨价到2块左右一袋，也要比台湾250ml的鲜奶25新台币便宜多了。

在大陆，很多人都吃过"永和豆浆"，就算没吃过，也有很多人见过或者听说过。永和是台湾的一个地方，据说这个地方做豆浆是一绝。大陆的"永和豆浆"连锁便利店是台商集团的产业，不过最初在永和地区开早餐店卖豆浆油条的人是退守台湾的国民党老兵。和平年代老兵落魄了，只好以此为营生。萨苏与北宸合著的《家国何处不入梦》一书中，北宸也提到了小时候总在一个操山东口音的老兵那里买馒头。多说一嘴，为什么老兵们会落魄，引用黄仁宇先生《万历十五年》一书中的一段话似乎很恰当：……然而事情适得其反，我们的军官在长期训练中所培养的严格和精确，退伍以后竟毫无用武之地。他会发现在军队以外，人们重视的是安详的仪表、华丽的文辞、口若悬河的辩才以及圆通无碍的机智——总而言之，和他已经取得的能力恰恰相反。

中兴大学附近也有一个"永和豆浆"，当然不是连锁的快餐店的那个永和豆浆，似乎全名叫"四海永和豆浆"，估计是借"永和豆浆"的名气。我还没去吃过，有空可以去尝尝。台湾的米卖得比面便宜，炒饭要比炒面、汤面便宜5台币左右，虽然便宜不多，但是说明台湾产的水稻很多，并且有些很好的品种，即便是一年三熟，仍可以保证比较好的口感。

今天看报纸说台湾本地的大豆和花生基本是转基因的，岛内管这个叫基因改造。今晚买了袋零食，上面也写着"基因改造"大豆。同大陆一样，这里凡是不以转基因大豆为原料的豆浆等豆制品，外包装上都有醒目的"非基因改造"的标识。转基因食品好不好？这是悬而未决的问题。高中生物课本上对于转基因也是有褒有贬，没有绝对的定论。一方面转基因可以改良品种，比如说培育抗病、抗倒伏的作物；另一方面，转基因可能对人类有危害，也可能触犯了道德的界限。前些年，袁隆平院士说，如果要在人体上进行转基因危害性的试验，他愿意做"小白鼠"，而昨天看手机版的《京华时报》称，转基因食品可能会影响生育，但是不是百分之百，仍不确定，所以，选择转基因食物的难题最终抛给了广大的消费者。

　　台湾岛大部分是山脉，平原少，并且靠海，又在亚欧大陆板块和太平洋板块的交界，火山地震台风多发，不十分适合农业生产，但是台湾的农业，尤其是有机农业发展得欣欣向荣，而中兴大学是岛内首屈一指的农科院校。可以说从古至今，岛内的居民都在和自然对抗，发展农业，而我呢，学农爱农了。

　　今天是周五，到了晚上，学校简直都空了，机车少了很多，连自行车都少了很多，各学院的楼也很早就全灭灯了，唯独化学楼、农资楼和生命科学楼还有亮灯，估计是在做实验。我发现今天晚上洗澡时，水压明显不够，估计是宿舍服务中心预见到周末很多人回家了，"留守人群"比较少，热水可以马虎点。

　　今天意外发现便利店里有燕京啤酒和青岛啤酒卖，很激动，尤其是看到燕京啤酒生产厂商在顺义区的时候，顿时有"他乡遇故知"的满足感。今天中超第2轮，国安主场对阵申花，北京有惊无险地赢了比赛。我竟然又像高中时候那样，看的文字直播，不过可以想象出毛剑卿头球破门时的英姿，毛剑卿自打离开申花，总是能完成对老东家的致命一击，国安是冠军！

日月潭（3月17日）

　　今天终于如愿以偿地去了日月潭。阿里山、日月潭绝对是大陆人心目中岛内最著名的景观。上周末因为天很冷，而且下雨，就撞大运把计划推后了一周，企盼这周末能有好天气，结果老天眷恋，今天最高气温有三十度，日月潭阳光灿烂，是个出行的好日子。

　　坐在客运车上，两边全是一片片的水稻田，正是刚刚插秧的时节，郁郁葱葱充满活力。与我在吉林看到的大片大片、一望无际的苞米地不同，这边的水稻田就挨在住家边上，甚至逼近公路，小块小块的水田像是一块一块拼接的布料。去往日月潭的时候，我们没坐直达的客运，而是做火车辗转到竹山、逐水、水里，然后才到日月潭。虽然这本不在行程中，但是看看意外收获的景色也很美。小火车票价很便宜，单程坐下来也就10块钱人民币。竹山名如其地，车站边大大的竹笋雕塑昭示着这个地方盛产竹子，这边的竹子不是我在北京看到的细细的旱地竹，而是茎很粗、茎节很长的竹子，具体是什么品种不太清楚，应该也不是四川盛产的毛竹。而在逐水，小小的车站边有大片的农地种着芭蕉，来到台湾才知道芭蕉和香蕉很相似，但是香蕉是四个棱，芭蕉三个棱；香蕉防便秘，芭蕉却促便秘。岛内产的香蕉部分卖到大陆，部分卖到日本，部分在本地卖。

今天重点说日月潭。日月潭的得名，据说是因为湖中恰好有一小岛，把湖分成一个太阳和一个月牙的形状，因而得名日月潭。走在湖边的人行步道上，你会发现路灯上有小小的月牙和太阳的图案，应了"日"与"月"名字，想必金庸先生《笑傲江湖》的日月神教的得名也源于此吧，不是还有《射雕英雄传》和《神雕侠侣》中的"桃花岛"，指的就是台湾岛的说法吗？我们没有租自行车，也没有坐环湖观光车，而是徒步环湖。

日月潭被围在山里，有诗说日月潭：山中有水水中山，山自凌空水自闲。我们走在山路上，一边是透蓝的湖水，另一边是翠绿的山林，时时还有山风、水风拂面，实在惬意。有水的地方有灵气，我们不放过每一个美景，咔嚓咔嚓摄影留念，但是人和景色的合影真是有些降低了景色的"美感"。不过虽然是山中一潭水，类似日月潭"正门"的位置有一小片河滩，白色的沙子又细又软，水很干净，阳光下波光闪闪，像是一大块蓝宝石，我们在步道上俯视日月潭时，日月潭又像一块大镜子。

日月潭周围有很多人文景观，因为时间有限，我们放弃了所有的人文景观，只让自己进入自然里，这可能是理科生的特点，不喜欢"人文"，喜欢"自然"。同行有一个生物专业的男生，他一路上都十分"变态"地要求和蜘蛛合影。事情是这样的，走在路上，我总觉得胳膊上黏黏的，后来发现是刮在蜘蛛网上了，我们这才发现日月潭的蜘蛛长得特别强壮，一看就知道平时"大鱼大肉"

的，好多蜘蛛网能有椰子树高，蜘蛛的个头儿比我眼睛还大。除了蜘蛛，这儿的蜜蜂也都是变态的大，有点拍惊悚科幻电影的意思。不过比较快乐的是这儿有很多蝴蝶，台湾岛以蝴蝶种类多著称。不过无奈我拍照技术不行，而且"反射弧偏长"，不能抓拍到蝴蝶的翩翩舞姿。有很多蝴蝶是我只在标本里见过的大花蝴蝶，十分漂亮。很多电视节目和旅游攻略都详细地介绍了日月潭的景观，但是我们几乎完全放弃了"攻略"，随着性子走，每走一步，都是一个印记，每走一步，都对日月潭有更深的喜爱，我收获了自由穿行的满足。

日月潭真美，美在她静静俯卧在山间，不外露；美在她温柔地抚慰着山和山间行人；美在她养育一方水土、一方人。台湾本地人鲜有去日月潭游玩儿的，如果我有机会再来，我要去看看"九族文化村"，去感受一下台湾原住民的风情。

林书豪（3月18日）

北京昨晚下雪了，而昨天台中最高气温三十度，热得让人想裸奔。北京和台中差了十五个纬度，别说我没见过世面，这还是我头一回在三月份穿着短衣短裤满大街地跑。即便台中气温很高，街上竟还有穿着毛衣的人，台中也是一个"乱穿衣"的地方，有人穿热裤，也有人披着大风衣。各得其所便是好。

北京金隅男篮今晚改写历史，首次进入CBA总决赛。我印象中北京金隅男篮是一直徘徊在季后赛门口的球队，不过这么多年来球队没有放弃闵鹿蕾，闵鹿蕾也没有放弃球队，重要的京媒和北京球迷没放弃，这么多的不放弃，北京男篮今天让人刮目相看。首钢旧址里有个介绍优秀员工的宣传栏，里面还有闵鹿蕾教练的版面呢，这是六年前的事儿了，不知道现在还有没有。

这几天看报纸、电视，我发现如果没有林书豪，篮球在台湾的影响力真是无足挂齿。说实在的，早在我上初中的时候有一部叫《MVP情人》的台湾偶像剧很流行，由张韶涵、颜行书主演，这个偶像剧就是演一个家境贫寒的篮球运动员追求梦想的故事，其间夹杂了和女生的爱情，可惜这部收视率很高的电视剧没有引发岛内的篮球热潮，倒是主演颜行书，后来辗转到CBA的俱乐部打球，目前退役了，在美国进修。这部电视剧就像当年井上雄彦画的《灌篮高手》，虽然风靡全日本，但是并没有使很多日本年轻人投身于篮球，反而使很多大陆的男生爱上了篮球。

岛内最有影响力的运动是棒球，这一点深受日本影响。报纸上除了棒球比赛新闻，几乎就是零零散散的高中、大学联赛的战报了。不过有了"豪小子"，校园里最热闹的地方非篮球场莫属。我坐在图书馆靠南边的时候，正对着篮球场，几乎每时每刻都有人在打球，有时候三三两两，大部分时候是热热闹闹。估计也正是因为运动太多，老看见男生一瘸一拐地走在路上，不过我想就算有伤病，也无法阻止他们对体育的爱。

不过现在，因为有了林书豪，岛内似乎掀起了轰轰烈烈的"振兴篮球"的风潮。但在这个节骨眼上，中兴大学计划要拆除一部分篮球场，建造一栋很高的标志性建筑，提升学校知名度。结果学生们马上召开了"新闻发布会"，要求校方对此事给出合理解释，要求老师学生们去听会。电梯里张贴了这个"新闻发布会"的海报，内容无非是要求学生们要行使自己的权利，维护自己的权益，不要让学校把财力物力用在可能损害学生利益的"面子工程"上。不知道如果大部分学生不同意盖这个标志性建筑，学校会不会放弃这个"面子工程"。

大学生课外活动（3月19日）

我原本是学院学生会的人，来前，主席特地嘱咐我要多多注意岛内大学生活动，将好的经验传回学院。来这儿后我发现，这里活动和农大的学生活动"套路"差不多，但还是有值得一说的地方。

中兴大学一个系的本科生统共也就两三百人，学系里组织的活动都不算大规模的活动，而社团的活动影响力会更大一些。刚开学那阵子，摄影社举办一个照片冲洗的体验活动，"入会"要800台币，不到200人民币，这个活动的海报贴满了校园，甚至在离学校十分钟步程的牛肉面馆里也张贴了这个活动的海报。我看到数以百计的彩喷油印海报"随风飘扬"，再想想农大学院里办个活动，宣传人员自己画的海报，真是天上一个，地上一个。这个洗像体验的活动得到了一家卖相机耗材的商店的赞助，资金一下子就充裕了。而农大学院的活动大部分资金靠学院里拨的学生活动经费，外来的赞助有，但是少，大公司的赞助攀不上，小商店由于总是被各大学的学生会"揩油"，所以也难以再捐出更多的钱。

除了这个活动，还有一个主要内容应该是讲"中兴大学鬼故事"的活动也有很强的宣传力度，为了配合活动主题，海报颇有"午夜凶铃"、"咒怨"的风格，晚上从沟通校园和女生宿舍区的地下通道过，两边墙上全是这个海报，那感觉还真是飘飘欲仙，打对面过来个长发飘飘的姑娘，真像倩女幽魂。

中午收到两张宣传单，看来学生办活动都躲不开发"小广告"的宿命，这些小广告最后都逃不过卖废品或者当草稿纸。我们宿舍光大一下学期，攒的废纸空瓶就卖了十多块钱，然后拿这个钱买了实验报告纸分了，然后再把写完没用的实验报告再卖废品。最后我们发展成，如果"小广告"是双面的不能做草稿纸，我们就看它是不是质量特别好的纸，如果不是就不要。有一次我去中关村买书，好像是被当成高中生了，就被塞了一大堆的课外辅导的宣传单，都是铜版纸的小册子，卖废品特别值钱。

下午上课的时候，有一拨K歌大赛拉人参加的团体趁着上课前的几分钟来宣传。主要负责人无所不用其极地宣传他们的活动，首先是摆出一张大幅的海报，这幅海报很吸引人，是手绘的。再是"忽悠"大家参赛的号召，无非是我们的活动多么多么好，来参加有丰厚奖品之类的话，没什么新鲜招数。无奈大家不给力，没有什么人呼应台上的人，于是主要负责的那个男生就问：谁是系里篮球队的，不报名K歌比赛的话以后没有上场机会，师弟们表示毫无压力，依旧淡定地坐在后面不理讲台上唱独角戏的师兄。最后这个男生说：谁报名可以和

7

他出去约会，一堆女生笑了，估计是笑这句话真是"适得其反"。时间有限，上课之后老师又帮着鼓动了几句，估计看在这个男生这么卖力的份儿上，会有很多人课后去报名。

学生办一个活动很难，资金、场地、时间、人力等，有很多制约因素，想让人去参加活动更难，大家虽然平时无所事事，但是却不愿意去参加集体活动。我想说的是，如果可以去看一看有什么好玩的活动，还是去体验体验，别窝在屋里，抱着电脑当媳妇儿。

地质学考试（3月20日）

今天是春分日，是天文学和农业生产中重要的一天。都说立春吃春饼，虽然今天不是立春，但人在外还真是格外想念来前在家老娘做的春饼。我家老娘做饼是一绝，馅饼、春饼、葱花饼、糖饼和东北呼饼都做得特别好吃。我不是郭德纲，不用发面饼卷着当春饼吃，而是用的正宗的小薄饼，卷豆芽或者土豆丝吃，咬一口，菜汤顺着卷饼淌下来，甭提多诱人了。

今天地质学有小考试，考试内容是描述岩石特征和判断岩石种类，这算是鉴别类的考试。我原来上过植物分类学实验，考试形式和内容跟这个差不多。通过解剖观察一朵花，借助植物检索表，判断该植物属于什么科什么种。这种考试最无奈的情况是能准确描述很多特征，却判断不出来到底是什么东西。而应付这种考试最好办法——博闻强记，如果知道是什么，就可以反向答题，先断定是什么岩石或者植物，再写出它的特征。其实这种方法很投机取巧，和老师出这类题目的目的背道而驰。这种题就是一个"神农尝百草"的过程，深一脚浅一脚地往下走，直到目的地。这些鉴别题的思维过程就是一个科研过程，搜索证据，从未知到已知，从条件推出结论。现在想来，神农氏敢于尝百草，要有很大的勇气和坚定的探索精神。农大西区有一个神农氏的雕塑，就是纪念神农氏，鼓舞农大师生。还有李时珍撰写《本草纲目》时候尝遍各种动植物，也是发现的过程。

再说这个考试。对于一个经历过中考、高考，有可能会经历考研、国考的人，这个小测验真是不算啥。我临时抱佛脚，找了一些火成岩的图片存在手机里，随时翻览，加深印象。考试分两组，第一组有三块岩石，分别是黑曜岩、玄武岩和浮石。澎湖列岛主要是由玄武岩构成的，第二组两块岩石，应该是花岗岩和橄榄岩。花岗岩我大部分都很熟悉，是应用很广泛的石材，花岗岩在金门分布很多。这些岩石都属于火成岩，就是火山的岩浆冷却之后形成的岩石。从其分布来看，也可以推断出来它的来源。台湾岛和周围列岛处在亚欧大陆板块和太平洋板块交界处，正是板块运动活跃的地方，曾经有很多火山，火山活动产生了这些岛屿。

说到台湾岛由火山活动产生，让我联想起昨天肥料学课上的一个内容。火山活动不乏硫元素，所以台湾岛的土壤中硫的含量不低。硫是植物生长的必须元素，但是施肥讲究的是过犹不及，因而按理说，岛内施肥时不应该再大量施用含硫的肥料，但是硫酸钾、过磷酸钙等含硫肥料都是推荐使用的肥料，原因是它们价格低廉。也就是说，明知道这样施肥对土壤不好，也可能会影响作物健康生长，但是由于经济原因，还是要这样做。现在世界上大部分人还是在以破坏环境为代价来搞发展，尴尬的是，环境科学之所以发展得越来越好，也是因为有环境问题。如果有一天环境问题都得到了妥善解决，那么环境科学就会"失宠"。不过我倒是不太担心这种情况的发生，自从有了农业，环境问题就相伴而生了。而且照目前这样的情况，我们学环境科学的人估计能成"救世主"。作为"救世主"梯队里的一员，我是不是该神神叨叨地说"能救你们人类的只有人类自己"这种话呢？

了解到岛内也有"少子化"的趋势，大陆地区经济比较发达的城市也有人口负增长的趋势，而德国，人口负增长已经有些年头了，人口数量既不能太多，也不能太少，真不好控制。

电脑·电梯(3月21日)

今天同时听到几个人在抱怨中兴大学男生宿舍住宿条件不太好,其中有个男生竟然说,兴大的男生宿舍像监狱。怎么会这么说呢?据知情人描述,男生宿舍的床是用水泥砌成的上下铺,现在通常上下铺都是床的宿舍不多了,中兴大学女生宿舍都是"上床下桌"。一旦不幸住在上铺,估计每天基本都是和床在一起,永不分离。男生宿舍没有阳台,洗衣服也不方便晾晒,只能挂在水房或者厕所。除此之外,男生宿舍地方很小,有几张桌子并排挨着墙放,桌上放几台台式机,几乎就没有剩余空间了。别惊讶,这边同学用笔记本电脑的不多,大多是放一个台式机在宿舍,像我这样拎着电脑满街跑的更少。只能说是一个地方一个习惯吧,也可能是因为这边大学不熄灯断电,不必担心拉闸之后台式机瞬间断电。

说到笔记本电脑,华硕和宏基都是很著名的台湾品牌,但是我看到的用这两个牌子的人并不多,可能是因为价格比较昂贵吧。华硕和宏基的电脑价格普遍在20000到25000台币,也就是5000人民币左右,而联想是在15000到20000台币,惠普的笔记本电脑比联想略贵,但是不及华硕和宏基。华硕和宏基占了笔记本电脑货架的大部分位置,而其他品牌的电脑少得可怜。这也难怪,全世界能有几个地方像中关村一样,是电子产品的批发市场,就算美国的Best Buy能有海龙电子城、鼎好电子城的规模,也不可能有中关村的"客流量"。

说到电脑,顺带提一句电脑病毒和杀毒软件。我一直很担心大陆发布的杀毒软件对台湾的电脑病毒不起作用,但是我同学今天的一段话让我放了一百个心。

先提句别的。物理化学课我一直坐在第一排,清楚地看见老师电脑上防火墙过期的警告,开学一个月了,这个警告就没变过。我同学说的话大概是这样的场景:

地点:兴大男生宿舍某寝室。

我的同学:我电脑有点慢,可能是中病毒了,这杀毒软件不太好用。

其室友:你们都会在电脑上装杀毒软件吗?我们都不装啊。

是岛内的网络安全搞得好,还是网民们的安全意识不够呢?我高一的时候做过一个名为"U盘病毒防治"这么一个研究性学习报告,我对编写病毒什么的完全不懂,就是组内搞一搞后勤工作的人。当时组里剩下的两个人都是这方面的高手,他们编写了一个无害的U盘病毒,放在班级公用电脑里,来感染U盘,以测试病毒的传播路径和范围。去年,我回高中看老师,恰好也帮老师打打杂,发现语文老师的U盘里赫然出现我们当时的测试病毒。现在除了电脑病毒,手机病毒、U盘病毒都十分猖獗,不防不行。

还有一件事儿值得一写。早上去图书馆,最近都混在英文书籍所在的六层,因为背着电脑犯懒,所以都是坐电梯上去。今天电梯停到四层后,就剩下我和一个男生,之后电梯门虽然关了,但是死活不动换。我一开始没太注意,那个男生一脸无奈地对玩手机的我说,电梯坏了,我一时间有点死机,他不慌不忙地按了紧急联络,说了电梯的情况,不到五分钟,我们俩就到了一层,出了电梯,工作人员还来了一句:做得很好。我整个过程都十分轻松淡定,因为直到我出了电梯,才发觉我跟姜昆老师被困电梯的情况差不多,反应有点迟钝。真正做得好的是那个男生,他似乎也每天在图书馆看书,是熟面孔。不过这样看来,以后还是多爬楼梯少坐电梯吧,多锻炼,节能减排,也省得再被关在电梯里。

"中国化"(3月22日)

今天上午是地质学课,这门课在我们农大资环学院是重要的学科基础课,有4.5学分,但在中兴大学,地质学不幸沦为专业选修课。周二上课的时候,因为要考试,所以人来得异常齐,结果今天再看,教室里上课的同学零零星星坐在各个角落。虽说老师不点名,但是人多人少,瞄一眼就能看出来。不得不说,逃课是没有"种族差异"的:不分地区,不分性别,不分性别取向,每个学生要么逃过课，要么上课迟到过，谁都撇不干净。早年间传说北京大学上选修课不点名，于是有的时候敬业的教授会对着空教室的椅子讲一节课，这估计是夸张，不过"选修课必逃，必修课选逃"这句话流传甚广，被广大大学生奉为经典。到了课间，一个屋里的人几乎都倒下了，趴桌子睡觉。现在台中的气温和北京六月中旬差不多，温度高，就像老话说春困秋乏，人总是迷迷瞪瞪的。下午上课更是打不起精神，虽然教室里的空调冷风我第一天上课就是开着的，奈何眼皮不给力，管它冷风飕飕吹过。

今天地质学老师讲着讲着扯到"代沟"这一问题。老师讲了个故事：一位詹先生去餐厅预订位置，服务小姐问贵姓，詹先生说是"詹天佑"的"詹"，结果年轻的服务小姐不明白，后来年纪稍老一点的领班指出这个"詹天佑"的"詹"就是"詹姆斯"的"詹"，年轻的小姐才知道是什么字。大陆和岛内三十岁以上的人都知道詹天佑是修铁路的，中学历史讲过詹天佑修建了我国第一条铁路——北京到张家口的铁路。如果年龄足够大，一定还在小学的时候学过《詹天佑》这篇课文，主要内容是讲留洋归来的詹天佑如何利用智慧克服地形劣势，用"人字形"的铁轨完成火车的转弯。

地质学老师说台湾原来也会重点学这段历史，毕竟这算是发生在清末民初。他们知道刘铭传——清政府时期委任到台湾进行建设发展的大臣。但是年轻人不知道詹天佑，对其他生活在中华民国时期的人物也了解不多。与之相比，大陆学生也基本不了解岛内的"日据时期"，我来台中之前看萨苏和北宸合著的《家国何处不入梦》才知道"日据时期"，作者北宸说，台湾像是个被母亲丢弃的孩子。

我没看过初中生、高中生的历史课本，但是我相信其中一定有"去中国化"的内容，这是让我觉得很无奈的一件事，一方面在刻意回避一些历史，另一方面却自露马脚。我的意思是，台湾历史课本想"去中国化"，但是他们却又是从郑成功从荷兰人手中收复台湾这段历史讲起，包括南明退居台湾金门一带之后，清康熙年间收复台湾、发展建设台湾的历史，这又明显地加强了"中国化"的内容。再看日本，他们篡改历史教科书，拒绝承认二战时日本法西斯犯下的罪行，但是年年日本有隆重地祭奠死于原子弹的日本人的仪式。如果日本年轻人仔细想想，为什么美国人要投放这两颗原子弹，就不难了解日本的兽行了。包括大陆，说实话，大陆学生在学习历史的时候很少能了解到国民党的历史。

美国一位黑人作家哈雷克斯用了几十年的时间回到非洲，追寻他祖先从非洲被贩卖到美国的历史，写成了一部黑奴的血泪史《根》。在这本书的最后，他写了这么一段很有意思的话：即便历史是由胜利者所书写的，但是每一个人都是历史的一部分，人在做，天在看。

时值国民党荣誉主席吴伯雄访问大陆，祝他一路顺风。

"五最"（3月23日）

今天有很多"之最"。

最吓人的，是两件事，也可以说是意外。第一件，中午同学走着去吃饭，半路上只听"咣当"一声，一个骑自行车的女生连人带车砸在地上，姑娘直接"挺尸"，一动不动，路人估计都吓傻了。我楞了一会儿，才连忙跑过去，把压在她身上的自行车扶起来，这时候一伙男生也过来嘘寒问暖。还好这个女生穿的是长衣长裤，至少身上没挂彩，但不幸的是一边的腮帮子有刮痕，看来就算愈合，也可能留下淡淡的痕迹，破相对于女生来说是致命的伤害。我猜之所以她会栽在地上，可能是骑车速度太快了，过减速带的时候捏的前轮闸，由于惯性作用，就栽到地上了。校园里的减速带很多，而校外由于路大多有点坡度，所以骑自行车的时候总是需要捏闸。校园里人多，机动车开不快，所以很难发生机动车伤人的事故，但是学生骑自行车，有时候赶时间会骑得很快，没准儿就自己摔了或者撞到别人了，虽然不是啥大事故，但是骑自行车也要注意"行车安全"啊。

　　第二件吓人的事。晚上回宿舍已经九点多了，坐了一天累得半死，我拎着电脑迷迷瞪瞪地走，结果又听见"咣当"一声，一棵几层楼高的椰子树上掉下一大块树皮似的东西。这一大块东西摔在地上，我算是完全清醒了。之前说过椰子树上贴了小心"高空坠物"的牌子，也说过有辆倒霉的车被砸到，但是今天我算是赶上"现场直播"了。发生的时间之短，根本不足以躲开，如果我站在椰子树下，只能傻不啦叽地尖叫，等着被砸。如果真的砸在人脑袋上了，脑壳直接撞碎，脑浆马上成豆腐脑，我很"恶趣味"地联想到椰子掉地上的场景：椰子壳就是脑壳，椰肉是脑子，椰汁是脑浆。今天看新闻说北京刮了巨大的风，有很多人因风大而受伤，甚至还有人丧命，看来行人走路也要注意"道路安全"。

　　最好玩的，是条新闻。中午看新闻说，有位母亲因为受不了女儿"啃老"而把自己的亲生女儿告上了法庭，我这才知道"啃老"一词台湾也用。二是"啃老"这种社会现象似乎也很普遍，失业率高，物价飞涨，年轻人缺乏担当意识，"宅"在家里靠父母似乎很是"方便"。不过儿女都是母亲身上掉下来的肉，能把母亲逼得把心肝宝贝告上法庭，不知道个中真正的原委。前一阵说有个高中男生因为压力过大而把母亲杀死，并且毫无悔意。不论是真是假，这种事都让人十分寒心。与西方人不同，东方人十分看重上下代之间关系，"百善孝为先"。

　　最意想不到的，是下午的实验课。用分光光度计测光和色素的吸收光谱。类似实验大一分析化学实验课做过，所以再来做很是得心应手。因为我很熟悉这类实验，所以很快我们组就做完了，三个人就坐着聊天。上周的时候，我和她们俩说要去日月潭，还计划去台中的大坑风景区，结果组里有个没去过大坑风景区的女生在我的"怂恿"下去了，她建议我找个好天儿，好放松放松。我想在我的怂恿下，她很可能会去爬玉山吧。

　　今天最激动人心的是，北京客场赢了卫冕冠军广东宏远，真是一件"连老天都感动得哭了"的事，北京能不能首进季后赛就获得总冠军呢？

警察POLICE（3月24日）

台中周末老降温、下雨，今天最高气温只有十九度，晚上的气温是十五度以下。想着昨天热得让人裸奔的高温，再看看今天冻得让我想裹着被褥出去，这温差也忒大了。来台中前，我"百度"了一下台中的概况，"度娘"说台中年平均气温二十度，但是度娘应该加上这么一句，周平均气温也是二十多度。我穿着最后的外套，畏畏缩缩在图书馆里看书，准备周一物理化学考试。即便气温很低了，图书馆里冷气大开，两个台湾妹子说，这么做太浪费电了。很多人都感冒了，鼻涕纸满天飞，宿舍里两个师姐也在接连打喷嚏。

昨天在网上看一个笑话，说如果有在广东的朋友，最近多关心他，因为他可能会被热死，也可能被冻死，还可能被冷热交替整死，这话同样适用于台中。我不相信台中本来就是这么个气候状况，我相信是全球气候的变化导致的天气剧变。台中要为台中多变的气候买单，亚洲要为台中多变的天气买单，世界要为多变的天气买单。大洋洲的岛国图瓦卢被海水淹没，罪魁祸首一定不是图瓦卢国。

虽然天气不好，岛内研究所的面试还是要如期进行。一个一个面试者穿得西装革履，好不正式。岛内具体怎么个"考研"情况我不太了解，但从漫天遍地的课程补习班的广告来看，岛内也有"考研热"。除了考研补习班，还有英语培训班、乐器培训班，最乐的是有一些大学也会打出很商业化的广告，吸引高中生报考，那种感觉像是拉人进贼窝，我还是坚信酒香不怕巷子深。这几天也是大陆考研复试的日子，听老师说，很多人以为过了笔试分数线就万事大吉了，结果在面试的时候"阴沟翻船"。据可靠线报，现在考研即便考本校也越来越不容易了，中国农业大学的本科生考研要和各地方农业大学竞争。夸张点儿讲，很多地方农业大学学生在大一被灌输了一定要考上中国农业大学研究生的思想，据说有很多山东农业大学的本科生进学校那天起就励志要考上中国农业大学的研究生，也不知道是真是假。所以，从来没有上大学就解放了这么一说儿。责任越来越重，怎么可能变得轻松，不过还有这么一句话，能力越强，责任越大。

之前说过有成班的小朋友来中兴大学院里玩，我深深希望这不是他们的春游之类，而只是个随意的踏青。似乎一到周末，中兴湖畔就全是来自四面八方的游客，简直成了一个"旅游景点"，早上有很多老年人在附近，举着相机左拍拍，右照照。这样挺好，一个大学福泽附近的社区。今天图书馆里还有一家子人特地来看书，真好。今天学校好像有什么活动，来了好多人，校园内有几个交警疏通车辆。我离远了以为是学校的大爷、保安之类的，走进了才看见荧光背心上印着"警察POLICE"，说实话，骑小摩托车，举一个电棒的形象，和我心中的交警形象不太相符。我心目中理想的交警形象，是美国那种巡警，佩枪在路上维护治安。北京的交警也不错，无论天气多恶劣，都要坚持在路上，十分辛苦。试想你喝完酒特别high开在路上，交警为了更多不喝酒的在路上的人的安全，再晚再冷也要坚守着。交警不是只开单罚钱，之前记录过，有天有个误食水银的小姑娘晚高峰时段用40分钟从顺义送到儿童医院的事件，之所以可以完成这么不可能的任务，是有交警在其中疏导，向大檐帽叔叔阿姨、哥哥姐姐致敬！

EMS快件（3月25日）

周五早上，我用邮政特快专递EMS把护照和照片寄回家，然后父母就可以帮我办加拿大学习许可证和签证的申请。赶紧开始办，先下手为强，"早死早超生"。邮局的工作人员说是3~7天才能收到，具体几天不能确定，看着我一脸着急的神情，工作人员特意补充一句："寄到北京会快一点儿，北京是中转站。"

昨天早上，我收到邮政系统短信提示，说我的EMS快件已经安排航班飞出台湾岛，具体的物流号一大串数字，而转到大陆之后我就查不到具体的物流信息了。我本来是按照七天才能寄到打算的，因为即便EMS能很快飞出台湾岛到达北京，一旦再转陆路运输，谁都不敢保证用多长时间能寄到。结果今天下午我母亲发短信说收到护照和照片了，这样就可以赶着下周马上开始操刀申请了，我心里为快递打了一个高分。同宿舍的师姐得知我用邮政寄快件，觉得很不解，她说她从来不用邮政，因为速度很慢而且贵，还建议我去找顺丰快递的收货点。我在顺丰快递的网站上查到这是所有大陆快递公司中唯一一家有发送到台湾服务的公司，而台湾的物流公司没有一家有到大陆的快递业务，只有美国的联邦快递有这种业务。在大陆越来越多的人使用快递，但是因为有些偏远地区和海外地区快递公司很难送到，所以快递不能取代邮政，并且快递收货点儿少，而邮局网点遍布各个地方，所以走邮政比较方便。

之前我寄了两张明信片出去。旅游可以说是台湾极重要的产业，每个城市、小镇都有旅客服务中心，那里有地方特色的卡片卖，还有表示"某某到此一游"的印章，写好地址，扣一个戳儿，交邮费，这张卡片就像是质检合格的猪，可以"送上路"了。而且寄明信片很便宜，寄到美国，只需要11台币。而在北京，走中国邮政寄卡片到美国要4块5角人民币。我从台中寄卡片到美国得克萨斯州，三个星期寄到，因为是走海运，相对来说速度还是很快的。

我注意到邮政的硬质信封和包裹盒上都印着白鸽子，估计是取鸽子的"信使"意象。而大陆EMS的信封上印着地球，应该是表示中国邮政EMS可以通达全球，而大陆包裹的盒子就是朴素的硬纸盒箱子，方便在上面写地址。

明天有物理化学的段考，这个周末泡在图书馆里看书。来台湾五个星期了，300块台币的手机费终于"倒下"了。我基本没怎么使过手机，架不住手机费太贵。遥想当年我用全球通的时候，一个月也就60多块大洋，其中还有50块钱是打电话免费的那种月租啊。不过稍欣慰的是，买一张300台币的充值卡，实际充进去380台币话费，求个心理安慰吧。

岛内"高考"（3月26日）

今天总算是把物理化学考了，除了英文的题目读起来会有不太确定什么意思的地方，总的来说自我感觉良好。试卷的难度，这个不好说，我也没参加过农大的物理化学考试，但从我做中科院物理化学考研题的情况来看，今天的试卷真简单。

这两天不仅是考研究所的复试，好像还有高三学生免试升学的一系列测试和"高考"。所谓"高考"，就是公务员考试。

我到现在也没太搞明白岛内升大学的机制究竟是怎么个情况。岛内把升大学的考试叫"联考"，大学也分公立和私立，私立大学教学质量普遍不如公立大学，但是也有例外，比如逢甲大学。高三学生升大学，有不止一种方式，比如有免试推优入学，像是保送生，还有类似自主招生似的一类考生，具体叫什么暂时没记住，有体育特长生，这和大陆几乎是一样的，剩下的广大同学就是要参加入学考的了。与大陆有所不同的是，由于岛内大学一个专业每年招人都很少，几乎不过一百人，所以假设"保送生"很多，那么高考招上来的学生名额就会相应减少。这么一看，感觉入学考就不是"决定学生一生"的考试了。今天下午收到一张小广告，上面印的是距离大学转学考试四个月的补习班，看这架势，似乎这个大学转学考和高考一样重要，甚至可以说是考生们的"再造父母"。

岛内把"考公职"叫"高考"，报纸上说今年有一大堆博士竞争一个职位，结果十几个人都没考上。从报纸来看，岛内的考公职也充满"黑暗的内幕"。从报纸上了解到，台湾的公务员考试有级别之分，只有博士可以报考一级考试，博士和硕士可以报考二级考试，只要有本科学位就可以考三级考试。具体这三个级别的考试有什么不同就不得而知了。可以推断的是，级别越高，考试难度越大，公务职位越高，薪酬待遇越好。另外，虽然报纸上没有明确说台湾有"考公职"的热潮，但是从"一大堆博士竞争一个职位"这则新闻来看，即便台湾不像大陆那样，年轻人对考公务员有"特别的热情"，做公务员也不失为就业压力大的社会大背景下，一个稳定而体面的出路。

说到报纸，宿舍楼一层有几份报纸可以随意看，上周五晚上在一楼翻了翻报纸才上楼，上面有一些言论是在宣传大陆的种种不好，大部分是岛内的新闻，还算齐全，我计划着每天都翻看一下报纸。等我周六晚上再去看报纸，发现还是周五看的那几份，结果我仔细一瞄，这分明是周四的报纸。今天周一，报纸终于更新了。

刚说岛内报纸关于大陆的新闻基本是宣传大陆的不好，比如说周四那份报纸上写了江浙一带民间信贷，很多债主携款而逃。我记得这好像是我来台湾之前就发生的事，结果我都在台湾这么久了，这新闻才传到台湾。除了负面新闻，台媒永远少不了八卦，各媒体都会报导一些大陆很不"入流"的网络新闻。在春节前后，网上疯传一个小男孩翻唱成人的一些情歌，比如《好久不见》、《最熟悉的陌生人》等，十分忧郁悲伤，让人不禁疑惑他那么小遭受过什么情感打击。前一阵也有岛内媒体报道这个小孩，又是晚了一两个月的消息。但是网上转发小男孩唱歌的视频本来只是为了娱乐，岛内把这个作为新闻来报导，有失新闻重要性之要素。

白岩松前几年做了一个《岩松看日本》的节目，同时也出版了同名的书籍。白岩松特别注意到日本新闻媒体是怎样报道中国的。他写到日本的报纸，除了详尽地报道日本发生的新闻事件和国际大事之外，写中国新闻，不仅报道中国的政治事件和人物，而且详尽地报道中国的经济、科技和民生新闻。

有些新闻人说：不能把所有事件都真实地报道出来，但是报道出来的事件都是真实的。这么说我能理解。

吃素救地球（3月27日）

今儿中午吃饭，是在一家比较熟悉的小店。老板娘很热情，之前她是长发，前几天剪短了，我付账的时候随便说了一句"您理发了啊"，她简直满面红光，激动不已。今天中午又去这家吃饭，她挺大声叫了一声"小姐"，引得一圈男生回头看我，最乐的是我反应了一会儿才发现这是在和我打招呼，这才迟迟回了微笑。我内心其实是十分激动的，岛内对女性的称谓一律是"小姐"，没有什么更深的"内涵"了。想当年我短头发的时候，通常听到的都是："小伙子，哪哪哪怎么走？"

今天媒体又爆出新的食品安全问题了，整得我心里都没底了。刚到台中的时候，报纸、电视铺天盖地地在讲瘦肉精和多巴胺对人体有多么多么不好，台湾应该马上停止从美国进口牛肉，整得我不敢吃牛肉，转投鸡肉和猪肉。上个星期，"禽流感"顶替了"美牛"，还有新闻说禽类饲料里铜、铬等作为杀毒剂出现的重金属超标，我又不敢吃鸡肉了。我特别担心下星期再出现个口蹄疫，我连猪肉都吃不了了。这些各种各样的食品安全问题促使一些本地人改吃素食，我发现有很多素食馆生意火爆，各种商品上也印着"全素"或者"奶素"，不同级别的素食主义者各取所需。

中兴大学外面有很多家素食馆，我从来没吃过，我看似乎里面的顾客主要是中老年人，我想可能是中老年人更注重养生，也更有闲心去执行"吃素救地球"的使命。所谓"吃素救地球"，就是因为养牲口过程中碳排放远远高于种粮食和蔬菜，会间接加剧全球变暖，所以改吃素。"没有需求就没有人养牲口"，其道理和姚明代言禁止捕猎鲨鱼的"没有买卖就没有杀害"是一个意思。但是像我这样的年轻人很少会出现在素食馆，估计不可能再长个儿了，但我们对肉的需求很大，所以也不管吃了会不会生病死人，先解决温饱再说。关于吃素，我还要补充一下，蔬菜并不能提供所有人体需要的营养，这也是大部分和尚尼姑们脸色苍白的原因之一。据肥料学老师说，台湾地区土壤污染情况严重，有很多蔬菜就种在被重金属污染的土壤上，蔬菜有吸收重金属、净化土壤的功能，这虽然对土壤是好事儿，但是对吃菜的牲口或者人就不是好事儿了。另外，农民过度施用化肥，间接招致病虫害，所以又常喷农药，蔬菜上的化肥农药残留多，这样看来，即便吃素，也有很大风险。用我妈的话说，吃什么都不安全，不如扎脖等死得了。

这几天事出在塑化剂，报道说有十种食品的塑化剂含量超标，另外是泡澡的那种塑胶小鸭子塑化剂含量超标多少多少倍，对婴儿将来的性发育有影响。但是这个塑化剂事件，影响到了好多包装食品，总不能今后所有人都不吃零食、不买酱料之类的商品了吧？出事的商品不乏统一这种大公司的食品，本以为大公司可信度会比较高，"结果天下乌鸦一般黑"让人更加无所适从。我记得去年统一在大陆已经出过塑化剂的问题了，结果今年在台湾还会出现。

食品安全问题搞得我很不安，生怕吃不好就死在异乡了，今天算得上好事的也就剩下我那件利用淘宝网买的西班牙代购的裙子到了。岛内好像是没有淘宝、当当、京东这么大规模的网购网站，也没有"通"字辈的一流物流公司，所以也不会有大学校园里人头攒动取快递的场景。究其原因是没有阿里巴巴、马云这样的开发第三方金钱担保的公司或老板，这么一想，马云在我心中的形象又高大了许多。

狗（3月28日）

来这一个多月了，我发现这边养狗成风，大街上老能看见老年人出来遛狗。尤其是晚饭后，虽然校园里挂着"禁止遛狗"的告示，但是一家一家带着狗宝宝到中兴大学散步的非常多。有些人养狗是害怕寂寞，有些人养狗是因为特别喜欢小动物，有些人养狗是为了炫耀自己有钱，所以买一个纯种的"贵族狗"。常有爱狗人士呼吁：您拥有世间一切美好，您的狗狗只拥有您。无论出于什么目的，既然选择了它，就不要抛弃它，更不要像网上虐猫虐狗视频里那样对待一条活生生的生命。

我在中兴大学里看见很多流浪狗，这些流浪狗还都特别大个儿，猛一看还有点害怕。今天中午看见有一块牌子写着"禁止喂食流浪狗",不知道到底是为什么要禁止喂食流浪狗,但是就算挂牌子,也不能阻止爱狗人士喂食。就像中兴湖边也立牌子不许喂食水里的鱼和水禽,可是小朋友们扔面包扔得特别high,大人们也不管,于是中兴湖边也挂了一个新牌子,春假的时候中兴湖水要有个比较大型的清洁,敬告游人远离湖岸。因为吃太多,动物们排泄得也多,把湖水污染了。

有四五个水泵日夜不停地翻腾湖水,为的就是把氨气、硫化氢之类的气体及时排放到大气中,虽然对空气也有一定污染,但是不严重。狗是人类最好的朋友,养只通人性的小狗还是能给生活带来很多乐趣的。这两天微博上说,美国有个男子离职前,老板的宠物狗用自己的玩具想去挽留他。依旧是美国,一只宠物狗身负为小主人背氧气瓶的重任。很多人缺乏与人交流的能力,就和狗结成好朋友。

我初一的时候参加学校学生会一个为流浪动物募集粮食的活动,我跟着学生会的师兄师姐们一起去航天桥附近一个流浪动物收容所。那些流浪动物大多是因为残疾或者生病才被抛弃的,由于收容所是公益性的,所以地方很小,但是这些猫猫狗狗在那儿生活得很快乐。我记得一只只有三条腿的萨摩看见我手里拎的狗粮,伸着舌头一跳就扑到我怀里,根本不像是残疾的狗,所幸那时候我比较胖乎,不然根本支撑不住这只胖萨摩。我也挺喜欢狗,但是我没有心思养狗。大学生连自己都养不活,根本无法承担养活另一条生命的责任。

同宿舍有个师姐交换到中兴大学兽医学院,她周末会去兽医学院下设的动物医院参加动物手术,平时也总去帮忙照顾动物。她说动物医院收养了很多流浪动物,一方面是避免它们饿死街头,另一方面是怕它们染病,传染给其他动物或者人类。这个师姐虽然人看着瘦瘦弱弱的,但是动起手术刀来毫不含糊,每到周末参加完一场手术,她总会向我们展示一些"血腥场面",全是各种动物"开膛破肚"的照片。我问她怕不怕这些,师姐说她很喜欢小动物,所以觉得能给它们治病很快乐。

我看过一个日本电影叫《我与狗狗的十个约定》，具体这十个约定都是什么我已经记不清楚了，但大概剧情是一只狗狗陪着女主角长大，把自己的一生献给女主角，成为女主角童年生活中重要的一部分，很多宠物都把自己的一生献给了人。在微博上看，一哥们儿养了很多年巴西龟，有几天巴西龟老在他睡觉的时候往他床边儿爬，他醒了就对巴西龟说是不是想他了，然后再把巴西龟放回玻璃缸里。结果几天之后巴西龟死了，这哥们儿才意识到原来巴西龟老往他床那儿爬是在向他告别。想来如果有一个生命能完全信任我，那是生命对我多大的期望啊，那又是我多大的荣幸啊。

清洁达人（3月29日）

今天是星期四，我发现似乎每个星期四的下午都有学生打扫校园，一开始我以为可能要准备迎接什么仪式、活动之类的，今儿下午终于知道是每一个星期四下午，中兴大学大一学生都要打扫校园。为什么要学生来清扫校园呢？原因很简单，学校里没有负责打扫道路卫生的环卫人员。

事实上，好像大街上也没有环卫工人。一开始我以为穿橘黄色带黄色荧光条马甲的是环卫工人，后来发现这马甲后面还印了"POLICE"，是交警，学校里似乎只有各栋楼里有保洁人员。

话说回来，虽说校园里道路很干净，而且台中也不是大西北，铺天盖地的沙子，路上浮土都不多，但是工作量绝对不小。中兴大学里很多植物掉叶子，这些大一的小孩儿不得不把落在各处的落叶清扫干净，而事实上如果这些落叶可以就地当肥料，落叶归根，可能植物会长得更好。刚才说的各栋楼里的清洁人员没有"门前三包"，所以学院楼前一小片地和台阶也由学生们打扫，上周四下午看见一个男生拿着水管子冲台阶。可能是台中不缺水吧，反正在北京是没有人那么着用水的，太浪费。说到这，不禁让我想起来中学的时候周五下午的大扫除，当时觉得美好的周五不能放学立马回家，还要在学校干苦力，十分痛苦，但是现在和中兴大学大一的学生一比，我们打扫个教室，一会儿就齐活了，根本不算什么。当时扫除时大家打打闹闹的，不完全是认真干活儿，很是有乐子的事。

我几乎每天都在图书馆，图书馆的清洁人员似乎又不同于各学院楼里的清洁人员，他们都穿着"清洁达人"的马甲，看起来像是一个专门的清洁公司的员工下设到中兴大学图书馆来搞清洁工作，宿舍楼的清洁好像也是由清洁公司负责的。在农大，清洁人员都是"学校的人"。需要说的是，农大宿舍费里不含"清洁费"，结果中兴大学宿舍还要有"清洁费"，一开始我以为会有人进到宿舍里来打扫，后来发现这个清洁费是清洁楼道的"物业费"。楼道总的来说很干净，这个"物业费"我实在不乐意交。

顺便再提一下，大陆很不好的一点是各处的卫生间的环境和卫生亟待提高。岛内大部分的卫生间环境还不错，也很干净。比较有趣的一点是，每个隔间里有个"紧急按钮"，我估计就是如果出什么危险，或者是实在没带纸，按下这个"紧急按钮"，会有人来"救人于水火之中"。微博上老是推荐什么小手机软件，可以在上厕所没有纸的情况下利用网络找人送纸。也可能有大神利用10086通知同学送纸，但是这都太神话，只能存在于网络空间。大陆的公共卫生间不妨也设置一个"紧急按钮"，和监控录像终端放在一起，如果有什么紧急状况，能马上联系工作人员，方便了很多人，也十分贴心。比较乐的是，农大学校里需要门禁才能进去的学院楼的卫生间有卫生纸，不需要门禁就能进去的学院楼卫生间没有卫生纸。

今天下午上植物生理学课，发现同是大陆交换生的一男一女确立了恋爱关系。祝福他们吧，独在异乡，互相帮衬。

台中公交（3月30日）

晚上又去了逢甲夜市，这回是坐公共汽车去的。简单说说台中的公共汽车，公共汽车没有售票员，可以投币，也可以刷卡。如果用台中的一种公交卡，无论什么公交线路坐八公里或以内距离的路程免费。老年人在享受这个优惠的基础上，车费半价，这些都算是鼓励公共交通的方式吧。

北京在2006年也开始推行"市政交通一卡通"的制度，使用"一卡通"坐公交车，可以打四折，学生卡可以打两折。加之北京市政府投入大笔资金扶持公交系统，票价也有大幅下调，所以坐一回公交车只要两毛钱，跟没花钱似的。而六十五岁以上老年人，可以免费坐车。据说现在九十岁以上老人医疗费用全免，有网友讽刺说活到九十岁之后，用不用政府掏钱治病已经无所谓了，活不到九十岁的老年人却还要自己掏钱。我倒是觉得政策都是一步一步推进的。就像"计划生育"，一开始的时候是所有家庭必须只能生一个孩子，但是后来逐渐放宽到双独生子女的夫妻可以生二胎，再之后再婚夫妻如果一方没有孩子，可以生二胎。很多时候不能一步到位，慢慢走，只要方向不错就是好的。黄仁宇先生在其著作《万历十五年》中形容万历朝廷：在我们形式化的政府中，表面即是实质。如今我们的政府是不是形式化的，我不能妄下评论，但是"表面即是实质"，在很多时候，虽然看似简单，但的确是事实。

台中的公交车是营利性质的，所以如果不用卡，交通费还是挺贵的。同样是为了营利，台中的公交线路不多，覆盖重要的地方，不可能和北京公交运输系统相提并论。另外，由于客流量不是很大，所以发车间隔大，如果倒霉，可能要等很久才能等到车。在国外，公交车发车时间间距长，每站都有电子屏显示还有多长时间公交车能到站，也有的小站会张贴公交车发车时间，方便乘客等车。北京由于公交线路多，路上交通复杂，所以不必要有明确的时间，不过台中应该设置这样一个发车时间表，免得让人傻等很长时间。

有些公共汽车比较老旧，开起来稀里哗啦的，感觉窗户都要掉了，像是几年前北京的300路，有些公交车明显是刚刚"更新换代"的。今天坐的是台中市内的公交线路，除此之外，还有城市之间的公交车，类似美国的"灰狗"。比如去日月潭那天，我们搭的客运车是专门的旅游线路，从各大旅游景点到各大城市。台中到日月潭的单程票价190台币，时间是一个多小时，十分方便，这个时间就相当于坐北京公交车从始发站到终点站的时间。

今儿晚上去逢甲，结果错过了CBA总决赛第五场，如果这场北京能在五棵松体育馆获胜，那么北京就将夺得总冠军。而就在同一时间，工人体育场上演中超联赛北京国安对天津泰达的比赛。之前我一直猜北京卫视体育频道会直播哪场比赛，我打如意算盘是CCTV体育频道直播CBA总决赛，北京卫视直播中超，这样就两不耽误了，结果北京卫视直播了CBA。无论怎样吧，等我从逢甲回到宿舍，已经知道两场比赛的结果了。北京金隅男篮以总比分4：1勇夺2011-2012赛季CBA总冠军！北京从卫冕冠军广东宏远的手中生生抢走了冠军，一分一分死死咬住，拼赢了最后一场比赛！

几年以前，易建联还在广东宏远的时候，中国男篮国家队队员主要来自于八一男篮和广东男篮，而八一男篮和广东男篮是CBA两只"猛虎"，每年只要看这两只猛虎互斗就可以了，而现在，越来越多年轻的队伍有能力和八一男篮、广东男篮抗衡，这说明CBA整体水平在提高。我想随着足球"打黑风暴"的深入，中超的整体水平也能提高。今晚，北京国安3:1击败天津泰达，迎来联赛开赛以来第二场胜利。同时，七年了，天津没有在北京赢过球。据说足球赛先比完，然后工体大屏幕开始转播CBA总决赛，等到金隅夺冠后，五棵松的篮球赛观众从北京的西边出发，工人体育场的球迷从东边儿出发，要在天安门会师！

作为北京人，今夜无眠，今夜是一生中荣耀的一夜！

北京，北京！

《联合报》·《自由时报》(3月31日)

今天没有出行计划，因为天气预报说今天又要降温下雨。结果今天上午不仅风和日丽，而且小风吹着特别惬意，昨晚上洗的衣服很快也都干了。刚来台湾的时候，大陆的天气预报比岛内的预报准，最近这段时间，岛内的比大陆的准，结果今天，海峡两岸商量好了都不准。美好的周六，窝在图书馆，坑爹啊！不过这也说明一件事，人想去征服自然，很难。人定胜天，应该是句励志的话，不是在描述事实。

自打在报纸上看到了"考公职"的新闻之后，这几天我一直都在翻看宿舍楼下提供的报纸。报纸固然不如电视和网络媒体灵活，但是信息丰富而全面。宿舍提供的中文版报纸有两份，一份是《联合报》，另一份是《自由时报》。这两份报纸的政治立场可以从其名字上推断出来。《联合报》比较"蓝"，《自由时报》很"绿"。两份报纸的政治立场与其背后的"政治势力"密切相关。《联合报》是由一些大陆退踞台湾的文化界人士共同创办的；而林荣三，《自由时报》的主要创始人，一直力挺李登辉，《自由时报》也是在李登辉当政时，发展壮大，成为可以与《联合报》和《中国时报》竞争的大型报纸。《中国时报》的创始人余纪忠先生也是大陆退居台湾的文化人士。

周四的《联合报》刊登了一个大陆老人千里迢迢到岛内忠烈祠祭拜父亲，感谢"国军"对父亲照顾的新闻，正面地宣传大陆，而《自由时报》正相反。两种报纸想看哪份任君挑选，我是两份都看，大部分新闻就是看热闹，我也不了解情况，更不了解内幕，就是为了知道有哪方面的事件发生。岛内最近也有石油涨价的困扰，也出现征用土地过程中出现的"强拆"现象，还有很多电话诈骗、中奖圈套等事件。

之前说台中也有像北京地铁《信报》那种的免费发放的报纸，在台中这个免费发放的报纸叫《爽报》。说实在的这个名给我的感觉有点不伦不类的，里面的内容也主要是大台中地区的民生新闻和岛内的娱乐新闻。我发现无论是报纸还是电视新闻，林书豪和娱乐新闻占了整个新闻的绝大部分内容，在大陆看不到的台湾明星八卦，在这算是能看全了。

到台湾之后，总有同学问我有没有吃热带水果，台湾比较特色的水果应该属莲雾和芭乐。莲雾这种水果我真是到台湾才听说过，吃起来清淡的甜，很沙口，有点儿像西红柿。而芭乐，一开始我以为也是岛内独特的水果呢，后来上网一查发现芭乐就是番木瓜。我在北京没吃过番木瓜，但有些果汁饮料里有番木瓜的成分，岛内人管芭乐叫"拔辣"（音），是方言。通常卖的番木瓜，店家会把整个番木瓜切成块卖，中间的瓤直接扔了，因为里面的瓤会让人便秘。但我倒是觉得外面的肉和里面的瓤都挺好吃，各有各的口感，可能我这种吃法不正宗，只要吃着高兴就妥了。大陆现在很容易买到岛内产的水果，两岸贸易很多，所以不存在"一定要在台中吃什么，不然就吃不到"这种情况。

这应该归功于越来越开放的政策，两岸百姓从中获益匪浅。

大坑风景区（4月1日）

4月1日是西方的愚人节，作为正儿八经中国人的我不过这个节。这天也是"哥哥"张国荣的祭日，小时候看过好几遍《满汉全席》，由张国荣、袁咏仪、钟镇涛、赵文卓、罗家英、熊欣欣主演，全是响当当的"腕儿"，这是个喜剧，可能不如张国荣出演的《霸王别姬》、《倩女幽魂》经典，但是我特别喜欢这部电影。最近网上在热传赵文卓和甄子丹"口水战"的新闻，有网友感叹说梅艳芳和张国荣都去世了，如果这两位在世，一定会为赵文卓讨公道。关于口水战的内幕，孰是孰非，当事人自己明白，我们升斗小民不了解内幕。作为公众人物和很多年轻人的偶像，应该多树立正面形象。

4月1日还是空军英雄王伟的祭日，他的飞机与美国侦察机发生碰撞后，美机不得不迫降到我国的军用机场。

今天天气不热，去了台中附近的大坑风景区。说是风景区，其实就是一片山，没有什么特别惊艳的景点，但是风景却十分宜人。天有些阴沉，走在路上倒是不晒，同行的同学有些失望，说被大坑给"坑"了。我很好奇为什么一片清秀的山要起名叫"大坑"？不过山的中间确实有一片地势低洼的"坑"，"坑"里面全是高高的槟榔树，从坑里长到半山腰的步道那么高。

虽然没有阳明山上杜鹃开放的鲜艳，没有富士山樱花缤纷的浪漫，也没有香山枫叶变红的热情，走在步道上，吹着山风，看着满眼的绿色，我倒觉得很惬意，有点"采菊东篱下，悠然见南山"的意思。我想当时陶渊明住在一个安静的地方，周围环境一定不是给人以热情感觉的，而就是在很恬静的环境下，陶渊明才每天都自得其乐。说起陶渊明，前一阵出去在街上看见一家叫"陶源居"的餐馆，明显是综合了"陶渊明"和"桃花源"，老板应该是个很有趣味的人。羽泉有首歌也叫《桃花源》，里面有两句歌词特别的巧：忘记世间尘与烦，想起心中湖海泉。堪称经典。

沿路有很多很多植物，大部分都是我不认识的。我们在路边看到一棵结了果子的枇杷树，我是根据上面黄色的小果子判断的。只有一颗枇杷树突兀地立在路边，看着结得满满的果实，在春天这个不是收获的季节，我从中拾到一种满足感。路边还有一些花椒树，离得老远就闻见花椒的香味，走近一看，一簇簇高粱米粒大小的绿色的果实坠在树枝上。可能许多人对花椒的认识都局限于这是一种味道很浓烈的香料，可能难以想象，花椒和柚子、橙子同属于植物分类学中的芸香科。花椒树散发着迷人的香气，花椒还挂在树上的时候，是绿色的小圆粒，满满地堆在枝头。

路边还有一些紫色和白色的小花，无奈我们没有人认识，只知道它们开得很恣意，丝毫不理会有柏油路对它们领地的"侵占"，甚至可以说是有些执着地往公路上"进攻"，小小的花漫山遍野，迸发出生命力，路边还有不知到底是芭蕉还是香蕉的树。

今天有个发现，大坑风景区的流浪狗简直是成群结队的，走一段时间就会看见三五成群的流浪狗，路边也有提示标牌敬告游人不要喂食流浪狗。短短一段路程，看到几十只流浪狗。之前说过流浪动物的问题，既然选择要供养一个生命，就要对它负责啊！

简体字的"爱"，相对于繁体，少了中间的一个"心"字。岛内也有趋势，简体字逐渐代替了一些写法很繁琐的繁体字。

"台湾正名"运动（4月2日）

春假前的最后一天，我恰好星期一课最多，早上六点半爬起来，宿舍里其他三位师姐还在梦周公。

照例，周一早上第一节课是肥料学。肥料学老师总是喜欢在课上针砭时弊，今天老师提到了岛内两家石油公司最近在涨价，我看了，其实这两家石油公司的油价真没有中石油、中石化贵，但是的的确确全世界的油价都在上涨，而大部分石油市场都被垄断了。我上学期就石油上涨引发一系列的经济问题这一主题，做了一个"毛概"课的展示，写了一篇《西方经济学》的课程论文，"毛概"课的展示得了一个什么二等奖，而西方经济学的论文分数就很惨淡了，最终这两门课的分数都"全线飘红，再创新低"。

说回石油。石化产品生产过程中，有大量含重金属的工业废液需要排放到水体中，为了达到规定的浓度标准，石化工厂需要大量的水资源稀释废液。这致使许多农地没有了充足的地上水源，无奈，农民朋友不得不做高成本的事，抽取地下水灌溉农田，而抽取地下水又使得地层塌陷。尤其是岛内，由于地震多发，岛内没有发达的地铁，而由于抽取地下水造成的地层塌陷，应该对地震有影响。

岛内最大的石油公司是公家所有的"台湾中油股份有限公司"，这家公司原名叫"中国石油股份有限公司"，虽然和大陆的"中国石油天然气集团"不同，但是因为都可以简称为"中石油"，所以容易混淆。陈水扁执政期间，推动了"台湾正名"运动，将许多台湾岛内容易与大陆混淆的名字，或者有"中国"字眼的名字统统改成"台湾"。表面上，这一运动只是改名字，而实际上，这是"去中国化"的做法。最明显的做法是，"台湾正名"运动后签发的台湾地区护照，由原来的"中华民国台湾签发"改成了直接在护照封面印上"TAIWAN"。我在申请加拿大留学签证的时候发现，持有台湾地区的一种早期护照的人拥有很多国家的"免签"权。虽然持有现在台湾地区护照的人也比持有内地护照的人有更多的"免签"或者"落地签"权，但是早期的护照基本就像联合国护照一样"一路畅通"。

在"正名"活动中，很多公家企业都被迫改名，"中华邮政"在这个运动中，被迫改名叫"台湾邮政"，然而中华邮政刚刚改名，大陆的中国邮政就在官方网站的各省邮政网页链接地址一栏上添加了"台湾邮政"。据说，虽然"台湾邮政"是在"tw"的域名下，但是大陆的网络用户可以轻而易举地登录"台湾邮政"的网页，网上有很多人说，绿营的如意算盘打错了，想着"去中国化"，结果反而"便宜"了中国大陆。后来马英九竞选成功后，"台湾邮政"又改回了"中华邮政"。而台湾地区最大的航空公司，就是《我们台湾这些年》作者提到的，隔三差五会掉飞机的"中华航空公司"，因为是民营企业（竟然是民营），且公司的头头们不想改名，所以就没有改名。"倒霉"得都是公家的企业。

物理化学老师上课时提到了三聚氰胺。说实话我真是井底之蛙，一度以为瘦肉精、三聚氰胺只是在大陆会出现，不法商贩为了牟利，耍手段欺骗善良的消费者，后来发现岛内这些问题也很严重，谁都不干净。三聚氰胺用于食品添加之所以猖獗，其中一个原因是目前常用的测定蛋白质含量的方法不精确，被商家钻了空子，检测蛋白质含量的时候，氮含量是检测对象，而三聚氰胺由于氮含量高，价格低廉，吃不死人，所以就被用作提高"蛋白质"含量的"添加剂"。老师说，很多快餐店使用的不易损坏的塑料餐具主要成分也是三聚氰胺，很耐用，但是如果盛过热的食品，也会有微量的三聚氰胺溶解，最后随着食物被人体吸收。所以，虽然可能"三鹿""毒奶粉"过去很久了，以三聚氰胺为代表的个中高分子制品对人类的威胁仍在。

物理化学今天发布了段考的成绩，我的分数比较惨淡，但放在整个班级来看，还是属于中上等。即便如此，我还要再接再厉。物化老师说了件很"惊悚"的事情，每年化学系学生上物理化学，有至少三分之一的人会被"挡"掉，来年重修；不是化学系的，也有四分之一的人需要"再来一瓶"。肥料学课上，也有十几个人是去年肥料学挂科今年来重修的。十几个人，肥料学是门选修课啊，在农大，选修课是没有重修这么一说的，连补考都没有，而中兴大学好像不兴补考，都是重修。

我需要澄清一下，中兴大学有一个食堂，只不过比较小，像是北大里面的小餐厅。今天中午在学生餐厅吃的饭，很便宜，口味就比较差，不过相对于外面，因为蔬菜多，不会有很多油，所以可能更健康，适合对体重有严格要求的广大女性同胞。看来想吃到价格低廉口味好的食堂饭菜，只能等回到农大了，网上盛传中国农业大学东校区公主楼二层食堂是北京市最好的食堂，鄙人阅历有限没在多少大学食堂吃过饭，不过我觉得农大食堂最好的是西校区颐园二层和三层，有机会可以来尝尝，包您满意。

二十岁生日（4月3日）

今天我过二十岁生日，恰好赶上了春假第一天，搭上高铁南下去垦丁。用一个词来形容二十岁生日——跌宕起伏。欲知原因如何，且听下文分解。

一大早我们就搭公交车去高铁站，买了票在麦当劳简单解决早饭后，我们就上月台去等高铁。为了能和从台北过来的同是农大到台湾交换生的姑娘们一起，我们要坐八点五十四的高铁，不一会儿就到了。我们买的自由座车票，自由座通常是有座位的，比有固定座的车票便宜。坐到自由座上还没坐热乎，我发现我相机包不见了，里面有相机和手机，我急急忙忙下车发现月台上也没有，高铁马上开车，我不得不又上了高铁。

在高铁上，我马上就找到了"乘警"——当时比较着急，没仔细看他臂章上的字，就以大陆的叫法来说。在"警察"叔叔的帮助下，我找到列车长填写遗失物品单。插一句，一列高铁一个列车长，这个列车长也同时好像是这列高铁的唯一的乘务员，扮演"啤酒饮料矿泉水，花生瓜子牛肉干"的角色。填写了遗失物品清单之后，有另一个似乎专门负责这方面事物的列车人员仔细询问了我包的形态特征和里面的东西，然后表示会马上和台中高铁站联系。大概是九点十分，我得知我的包已经找到了，大概是九点二十，我知道我的包会在十点三十到达高雄的左营车站，这颇有些武汉警方找自行车的意思。

到左营之后，有接驳车拉我们到恒春镇。因为接驳车司机来晚了整整一个小时，他说要请我们吃东西。这个来晚了一小时，是相对于我们将近十点下车后，等到十点半我取回遗失的相机包之后，等了一个小时。开这个接驳车的司机一看就是常年在路上跑的人，聊起天来内容很杂。我们一共五个人，坐的接驳车是六人座的商务车，很舒服，如果坐客运要三四个小时。我坐在副驾驶位子上，看见路边全是植物，就随口问了一句，结果司机很认真地逢特色植物就会介绍。之前我们见到很多像椰子一样高大，但是茎没有椰子粗，叶片也没有椰子大的植物，今天才知道这就是著名的槟榔。今儿还知道，莲雾品种中当属黑珍珠最好。

下午总算是到了民宿，民宿是一个将近七十岁的阿妈开的，我之前打电话，包括我见到她，都以为她是五十多岁，直到她自己说自己快七十岁爬上爬下的膝盖很疼，我听了之后眼珠子都快掉出来了。这个阿妈保养得很好，再加上穿大红玫瑰印花的长袖，涂粉粉嫩嫩的糖果色的指甲油，心态很年轻，所以人就很显年轻。最想说的是，这个阿妈人十分热情，我们坐的接驳车是她帮忙联系的，之后又帮我们联系了在垦丁玩的电动自行车。不仅如此，不知是阿妈一个人很寂寞没有说话的伴儿，还是她就是一个喜欢说话的、外向的人，我们聊了很多其他的东西，比如阿妈说台湾的小孩有些不认真读书，她的民宿里十分干净，垦丁的海产是从高雄运来的，不新鲜，还有很多很多。最感动的，是晚上我们出去玩，因为晚上起风而我们没有厚外套，阿妈找出了自己的厚衣服给我们，而且再三叮嘱我们小心感冒。

今天虽然有些小插曲，但是可能因为我过生日，所以遇到了几个好人，让我这个异乡人心里很舒服。

岛内清明节（4月4日）

昨天下午开始，我们骑着电动自行车在路上溜达，计划路线是白沙——猫鼻头——关山。下午一开始的时候天气多云，骑着自行车兜起来的风特别清爽，而等我们到了白沙的海边，天气又晴朗了，所以海十分蓝。我们在沙滩上玩了很久的水，约莫快四点，我们就离开白沙，驾驶着心爱的坐骑继续南下。骑了很久很久，路牌指示的和我们想去的地方方向不同，不仅如此，我们的小坐骑快没有电了，所以，我们不得不改计划，去关山。关山夕照是一景，无奈天公不作美，天气阴沉，看不见完整的太阳。整个回恒春的路上，我们都提心吊胆。

晚上在垦丁大街吃了烤肉和别的小吃，总之过得很充实。回到民宿，栽到床上，眼睛一闭，一睁，一天就过去了。

今天一大早就起床了，计划依旧在垦丁公园玩，在路上我看到挺多有意思的事儿。

今天在大陆是清明节假期的最后一天，也是岛内的清明节。昨天骑车路过了一片坟地，这片坟地依山而建，一个坟包挨着另外一个坟包，整整齐齐有好几排。坐火车或者走高速公路，路过唐山那边，会很容易发现路边、田地边上全是小坟包，这些小坟包像是野坟，因为很多都没有立碑。而垦丁这儿的坟极其豪华，立碑是最最基本的，除了有个做工很精美的墓碑，还有用砖砌的小棚子为坟包遮风挡雨，这个小棚子外贴了瓷砖，这样看起来很豪华而且也算是寄托让先人在地底世界能有个好房子的想法。

我没敢太仔细看到底每个坟包是怎么个情况，但是好像摆了满满一小桌的祭品。由此可见，垦丁十分重视丧葬文化（后来发现全岛的坟墓都很豪华）。

尤其是今天早上,恰逢扫墓高潮,我们骑车路过这片坟地的时候,浓浓的烧香的烟笼罩了我们,使我们简直难以看清前方道路。今天还是"保生大帝"的诞辰,路上我听见了敲锣打鼓的声音,看电视新闻说今天是保生大帝整百年的诞辰,又恰好赶上了清明节,所以庆贺活动十分隆重,岛内很多舞队都聚集在一处表演,同时各地的保安宫也有小型的庆祝活动。我想有必要解释一下保生大帝是谁,我也是在网上查到的:保生大帝据说是个医生,有真身,后来发展成为闽南地区和东南亚地区人们信奉的医神,保生大帝同妈祖一样,也是一个重要的民间信仰。

我们上午去的是鹅銮鼻,台湾岛最南端,路上路过了"海角七号"。《海角七号》是岛内一部很著名的电影,我只听说过,听过它的主题曲,没看过电影,据说取景就是在垦丁这一大片儿。最近几年有很多岛内的电影在经过剪辑后在大陆上映,让大陆观众了解到岛内年轻人的生活。台湾电影金马奖上也会有一些大陆的电影和电影明星,比如前几年李冰冰、陈坤主演的《云水谣》。我的感觉是,大陆演员、明星在岛内的影响力和知名度不如岛内明星在大陆的影响力,不过也是有几位大陆明星在台湾很吃香的,男明星当属黄晓明。黄晓明、大S和何润东主演的《泡沫之夏》在岛内热播,黄晓明的大眼睛"电"倒了大批台湾妹子,岛内班尼路店里全是巨幅黄晓明的海报。女明星当属刘亦菲,超市、商店里卡尼尔的广告全是刘亦菲的海报。而其他的化妆品品牌如欧莱雅、玉兰油,海报上都是印的台湾本土明星,比如林志玲、林依晨等。

晚上回到高雄之后,我再经转高雄回台中。从高雄火车站到高铁站,坐捷运十分方便,所谓捷运,就是地铁、城铁。"捷运"是公司的名字,我发现高雄捷运不同于台北的捷运,高雄捷运是地下的。之前说过,因为害怕对地层结构产生影响引发地震,岛内地铁不多。而台中,岛内第三大城市,压根儿就没有捷运。

今晚就算是结束了这个三天春假的旅游,明天要好好整修一番,以迎接即将到来的期中考试。虽说老师不会让我们挂科，但是也不能太混着了。

速食文化（4月5日）

今天是春假的最后一天，没有出行计划，好好休息一下，而且也要为下下周的期中考试做准备了。

春假前收到植物生理学助教的邮件，有课业辅导时间安排明细。能有植物生理学课业辅导，实在是太好了。上了大学之后，各种生物学要背诵的东西变得比高中还多。想当年高三生物只占理综300分里的80分，但是要背诵的东西感觉上比物理和化学加起来还多。到了大学，上生物课我都没有画重点的习惯了，因为几乎每一句话都是重点，考试的时候无论巨细全都是范围，真是苦了生物专业的娃娃们了。不过，转眼期中考试就快到了，时间过得太快。

对于期中考试，我觉得心里很没底，一方面不知道各科怎样考试，一方面繁体字会认但是不太会写，另一方面没有什么复习资料，想在农大，考试之前学院学生会学习部会下发各种各样的复习材料，这些救命稻草可以帮助我在复习的时候搞清重点，最后考一个对得起人民对得起党的分数。教概率论的老师说，上大学一方面要平时好好念书，另一方面考前一定要突击一两个星期，我理解她的话就是上大学平时和考前都要好好念书。

今天有两个台湾的师姐来宿舍玩，聊着聊着就说到电视剧，她们最近在熬夜看《步步惊心》，似乎《新还珠格格》、《宫》这些电视剧在岛内享有很高的人气。她们说有个朋友很喜欢《步步惊心》里十三阿哥，于是就被起外号叫"十三福晋"。我在农大的室友们也很喜欢看《步步惊心》，一集不落，那段时间天天晚上守在电脑前看网络电视，她们每天在说"老四"、"老八"、"小十四"，我也耳濡目染了。从这俩台湾姐姐嘴里听到"小十四"，又是另一番感觉了。《步步惊心》和《宫》里汇集了两岸明星，剧情也是缠绵悱恻的爱情故事，虽然"穿越"有些不靠谱，皇子们天天不务正业追求同一个女人也有些"瞎掰"，但这样的剧情就是吸引年轻的女生。既没有国仇家恨，也没有深刻的内涵，属于"速食文化"，纯粹的娱乐性质。

杨幂和刘诗诗这对《仙剑奇侠传三》里的一对小姐妹现在算是红透了，陆陆续续由她们俩主演的电视剧都被台湾的年轻人接受，由霍建华和刘诗诗主演的电视剧《怪侠一枝梅》在台湾也火了一阵。这俩台湾的师姐还说过段时间《轩辕剑》要上映了——我都不知道这个事儿。《仙剑奇侠传》里的男主角胡歌，因为和台湾明星林依晨一起出演《射雕英雄传》，被许多台湾姑娘熟知。这些由两岸明星共同主演的电视剧，因为剧情新颖，演员们又非常好看，所以很容易就打入了台湾市场，而且，因为大陆电视剧制作的大手笔，市场前景又很好，有很多原先在台湾拍偶像剧的编剧、导演和制片也纷纷加入大陆影视制作团队，他们的经验被大陆的偶像剧吸引。现在打开电视，铺天盖地的是大陆自制的电视剧，无论水准是否达到美剧、英剧的水平，这种情况要比我上初中时候，疯狂的"韩剧热"和"台剧热"，要好很多。

除了穿越剧，她们刚刚看完《北京爱情故事》，用里面的一些桥段向我求证是不是真的贴合北京年轻人，无奈我没看过《北京爱情故事》这电视剧。她们俩还要求我推荐一些大陆的电视剧，我想来想去，觉得《千山暮雪》、《佳期如梦》、《来不及说我爱你》这三部由匪我思存的小说改编而成的电视剧比较适合她们"进阶"，尤其是《佳期如梦》和《来不及说我爱你》中的主角也有台湾的明星。我还推荐了由明晓溪小说《泡沫之夏》改编的同名电视剧，由大S、黄晓明和何润东主演，结果她们说这个电视剧早就"看烂"了，特别喜欢"黄教主"。

说到了匪我思存和言情小说，"匪大"可以算得上是极成功的言情小说作家了，最擅长的就是写悲剧。《千山暮雪》无论是小说版还是电视剧版的结局都看得我是涕泪横流，还好电视剧版的《来不及说我爱你》算是喜剧结局，不然按原著那样拍成悲剧，估计有很多观众都要砸电视了。"台湾小言"在大陆也是有一定市场的，由于"台言"大多篇幅短，而且描写不如大陆的一些小说大气，所以读者不是特别多，不过楼雨晴、郑媛这些作者也是耳熟能详的。很多大陆言情小说网站有繁体版，台湾有些小说网站也有简体版，甚至支持用人民币直接付费看书。两岸在言情小说上的交流走得很前沿，也很近，值得一提。

最重要的就是安全（4月6日）

　　春假之后的第一天，赶得巧，明天又是周末，同是农大过来的同学说上课的时候明显觉得人少了很多，估计都是旷课回家或者出去玩了。如果真能狠下心来这星期周一和周五的课都旷了，再算上两个周末，那就是九天的假期，这简直是一个到台湾岛内旅行团的标准时间。不过我狠不下心，学生还是要乖乖上课，以学习为重，旷课可不是我们的"权利义务"。

　　昨天看新闻说，有几十个大学生坐船游太湖，船出了事故，有两个大学生不幸身亡。我记得去年也是清明节假期，有四五个女大学生一起去海边玩，其中有两个人因为没有遵守安全提示，进入了危险区，然后发生意外罹难。出门在外，最重要的就是安全，出了这个事，我最近不打算出去玩了，以免父母把这件悲剧和我出去玩联系起来，徒增担忧。尤其是岛内也有一些旅游景点，比如阿里山、太鲁阁，本来就是容易发生危险的山区。据说阿里山、太鲁阁发生事故之后，游客少了很多，尤其是大陆旅行团，在有段时间都取消了阿里山和太鲁阁的游览计划，对这两个地方的经济造成了一定的影响。像我看到的，我们去垦丁公园，住在恒春，恒春除了小吃店、机车店，就全是民宿，提供给游人住宿。可以想象，倘若没有游客，一个小镇里可能有将近一半的人没有钱赚。在从高雄到恒春的路上，接驳车司机也说了最多的时候一天有几千大陆游客进入垦丁公园，旅游是当地经济重要的组成部分。

　　今天只有实验课，下午到实验室的第一件事是看一个月之前做的无土栽培的苗儿。远远就看到西红柿苗儿已经长得很高了，并且朝着太阳健康生长。

当时种下西红柿苗的时候，我们组最后拿的西红柿苗，没机会挑一个"卖相"好的，只能用一个矮矮小小的苗儿，本来我还担心它可能长得不会太好，下午一看就释怀了。不过比较不好的是植物上长了虫子，尤其是蚂蚁很高兴地在茎上"散步"，那闲庭信步的架势，好像是在它的地盘儿里，叶片上也星罗棋布着大大小小的虫子洞。有虫子说明我们的水耕植物长得好，但是我们不得不想办法除虫，农药绝不在考虑范围内。由此应该知道种蔬菜的时候，大批量生产一定要喷农药，不然菜都被虫子吃光了。与其说担心买到有农药的菜，不如回家之后把菜认真洗干净。另外，从这个简单的实验来看，想做水耕其实也不是很难，在家可以少量地种着玩，掌握好营养液的成分就行，这个比较适合退休之后没什么事儿做的中老年人打发时间。自己种的菜，自己吃着也放心。

下午做实验的时候，同组的一个姑娘问到清明的时候大陆是不是也有扫墓的活动。我说会有，并且烧纸钱什么的讲究十分多，有些有钱人在清明的时候会花很多钱祭奠先人。今年清明，似乎大陆和台湾都出现了"纸iphone"、"纸ipad"等"地底世界版"高档电子产品，地上的人各种电子产品不断更新换代，地下的先人也要享受一下科技新生活。不过，下面的内容仅供娱乐，很多人疑惑，先人会不会用苹果系列的产品。有人说，如果不会用，就直接去找乔布斯咨询一下，反正乔帮主也"下去"了。

风如茶（4月7日）

今天听郭德纲的相声，有一段子，说于谦老师喝茶很讲究，泡茶的时候第一泡的水要倒掉，从第二泡开始喝。这个段子用文字写不出来喜感，必须用嘴说才能听出来包袱在哪儿。简单解释一下，乐子在于"泡"是多音字，郭德纲在说的时候，第一个"泡"念成"炮"，而第二个"泡"就念成了"抛"，个中乐子只要您读出来自然就清楚了。

说到这个"泡"，宿舍师姐去澎湖玩带回来了澎湖的"风如茶"，这是我头一回听到这种茶，看包装上的介绍说，这种茶是风茹草的叶，而风茹草不同于普遍认为的茶树，它是草本植物。包装上还说这种茶含有很多的微量元素，对人体健康很有益处，这个大概是所有食品包装上都印的，大同小异。我冲了这风如茶，茶色青黄，淡香扑鼻，不同于我喝过的任何茶。其实我没喝过太多的茶，但是形容一下，相比于饭店里提供的那种免费茶，风如茶不苦，茶水的颜色没有那么浊；相比于菊花茶，菊花茶有浓重的花香，茶水颜色浅，而风如茶带草香，颜色略重；相比于普洱和其他红茶，我猜风如茶不是熟茶；相比于龙井，风如茶的味道更软。我最喜欢的是碧螺春，可能是因为名字太好听了，我觉得碧螺春的茶香总给我一种世外高人的感觉，飘逸、自由、悠闲，而风如茶的香，如果用人来形容，像是个小家碧玉，温温柔柔，不尖不利。

包装上还说，这个茶越泡味道越香，茶包可以放在水里，不用取出来。这个也是我头回听说，一般茶泡到四五泡几乎就没有茶味了，像立顿这个牌子卖的那些茶包，包装上都注明说是泡过水马上要取出茶包的。但是这风如茶竟然敢称越泡越香，不用拿出茶包。我换了几回水，发现果真不假，茶香依旧，茶色还是青黄色，味道也不苦。

台湾岛和周边列岛的土壤呈酸性，铝元素含量高，很适合种茶。据说，台湾的茶，其种植海拔越高，口味越好，价钱越贵，岛内第一高峰玉山上的茶，价格堪比黄金，阿里山的茶也备受追捧。昨天喝了一个路边饮料店卖的茶饮料，岛内无论是台北、台中，还是彰化、恒春，我去过的地方街上饮料店特别多，那个茶饮料写的是"阿里山青茶"。20台币一大杯，是不是阿里山的茶有待商榷，不过我想说的是这些茶饮料不仅受中老年人欢迎，年轻人也很爱喝。

我的感觉是，在大陆，像我这个年龄的年轻人，总体上来说对茶并不感冒。有些人爱喝茶，打着为了身体健康，不喝咖啡，以茶代替咖啡的旗号——其实茶里也有大量的咖啡因，咖啡也有很多有益功效。商店里买的饮料，有一半以上都是茶饮料，想在大陆，碳酸饮料和果汁饮料几乎占了绝大部分，茶饮料只占一小部分。

风如茶包装上也说可以在茶水里加入适量的冰糖，冷藏之后喝，味道估计像是凉茶。每个小吃店里都会提供凉茶，味道几乎是一样的。一开始喝有点不习惯，以前我也从来不喝"王老吉"和"和其正"，但是时间长了就适应这个味儿了。有些小吃店会提供奶茶，就是凉茶里放牛奶，味道却与内蒙古的奶茶完全不一样。果然一个地方有一个地方的特色，都是独一无二，无法复制的。

"古早味"食品（4月8日）

春假只是在海边待了两天，我今儿发现竟然晒黑了。早上本计划去屈臣氏买面膜抢救一下，结果好像周末屈臣氏不开门，只好转投到7-11去买了。比较好的是7-11卖的我的美丽日记面膜，两片一盒装的买一盒送一盒，折出来的价格比淘宝价略便宜不到一块钱人民币。7-11最近好像一直在搞这个促销，我在恒春的7-11也看见了这个活动。

我还注意到前一阵张贴在7-11门口的阮经天代言的什么广告好像撤了，看来那个促销已经结束了。说到阮经天，之前我着实分不清阮经天和彭于晏，后来看了一系列的"是你的益达"广告之后，彭于晏的形象便深深烙印在我脑海里了。不过好像这边嚼口香糖的人不太多，真遗憾。至于阮经天，他已经去服兵役了。岛内服兵役是成年男子的义务，当然，如果有什么身体上的疾病，可以免服兵役。现在岛内成年男子大多选择大学毕业之后去服兵役，而前些年高中毕业之后服兵役的居多。最近在大陆上映的《晚秋》的男主角，韩国男演员玄彬刚刚服完兵役。在韩国，服兵役也是义务。网上有很多男演员服兵役之后的照片，像玄彬，参军后瘦了很多，而李准基，不复《王的男人》中倾国倾城的相貌，可见服兵役之辛苦。不过据说，在相关部门"勒令"之下，今年Rain也要去服兵役了，难得我还挺喜欢这个眼睛和我眼睛差不多大的韩国明星的，祝他好运吧！

小S又生了个女儿，五月份就要复出了。大S主持《康熙来了》的日子要进入倒计时了，我没看过《康熙来了》，但这个节目我还是知道的。我比较疑惑的是，大S按理说应该常住北京，还要代替妹妹主持节目，飞来飞去的很麻烦啊。我问了几个本地的同学，他们都不知道大S的婆家具体是干什么的，像大S以后肯定常住北京，不知道以后的岛内年轻人会不会都不知道大S是岛内的明星了。

说了这么多无根无据的八卦，来点不那么玄乎的。台中街头有很多卖"古早味"食品的小吃店，我以为这个"古早味"是哪个地方或者哪个流派的风味，后来才知道，这个"古早"就是"老式"、"传统"的意思，也就是"古老的"、"早年的"意思，挺好玩。这些"古早味"，有臭豆腐、鸡排、大肠包小肠等各式小吃。古早味我吃不出来，我吃台湾小吃就是图个乐、图个新鲜，这个目的和在北京喝豆汁儿、吃焦圈儿是不太一样的。古早味里，还有凤梨酥，我在这儿吃到的凤梨酥，都不如在北京吃的稻香村的甜。我一直都不觉得凤梨酥是台湾小吃的代表，因为这凤梨酥是宫廷点心，不过可能是岛内把凤梨酥改良了吧，或是源于闽南地区的凤梨酥传到宫里被御膳房的师傅改良了。像是煎饼果子，源于天津，但是北京的煎饼果子也还算有特色，不同地方的人，喜好不同地方的口味，时间长了，也就无所谓哪个是正宗、哪个是旁系了。

瑞穗鲜奶（4月9日）

最近在校外的小吃店吃腻了，改在食堂吃饭。在食堂见到老师和同学的几率大大增加，见面打个招呼聊两句，沟通感情，挺好。今天中午看见一个把盘子吃得连菜汤都不剩的男生，习惯很好，嫁人就要嫁这种不浪费粮食的男生。想起小时候念得头头是道的"谁知盘中餐，粒粒皆辛苦"，现在我不得不惭愧地说这诗都被我念到狗肚子里了，农田越来越少，人越来越多，作为学农的人，我还"执著"地浪费粮食，真丢脸。我决定以后无论菜饭可口与否，都尽量不浪费。

食堂外面有个饮料自动贩卖机，正好在食堂吃饱了，再喝点饮料解解渴，很好的营销方法。自动贩卖机里的饮料价格比包装上建议的零售价格便宜一点儿，不知道为啥。这些自动贩卖机里的商品大部分是统一旗下的，准确地说，无论是超市还是便利店，大部分商品都是统一旗下的。岛内最常见的牛奶——瑞穗鲜奶是统一的，由这个奶制作的奶茶、面包、饼干等各种产品也是统一旗下的。据说统一还卖肥料，做房地产，有物流公司，从种到收，再到加工和运输，统一似乎建立了一条比较完整的产业链，而我感觉统一在台湾简直建了个商业小帝国。岛内的瑞穗鲜乳价格很贵，250ml要25台币，因为人们主要就是选择瑞穗鲜乳。而在大陆，伊利、蒙牛、光明、三元、雀巢等很多种牛奶可供选择，所以，大陆的牛奶价格比岛内便宜很多。

千万别说大陆的牛奶便宜是因为添加了很多不该加的东西，成本低——咱们又不百分百确定岛内牛奶里没有不该加的东西。而在大陆，食品企业，有中粮集团，所以在大陆，统一在食品市场还不能呼风唤雨；房地产，有各种巨头，统一很难打通关系；物流公司，顺丰和几大"通"字辈的公司平分秋色，也没留给统一多少肉分。

除了统一，味全也是一个大型的企业，在食品市场，统一和味全能相互抗衡。比如鲜乳，味全公司有林凤营鲜乳和味全鲜乳，林凤营鲜乳价格稍贵，味全鲜乳稍便宜，完全可以与瑞穗鲜乳竞争。在大型超市和卖场，这两种品牌的食品都有销售，而小一点儿的超市和便利店，只单独出售其中一种品牌的食品。

另外我发现，像宝岛眼镜，宏基和华硕的电脑，捷安特的自行车和统一的食品，在岛内价格都不低，而在大陆这些就是一般价格。甚至像宏基和华硕电脑，老给我"山寨"的感觉。我猜是这些品牌在岛内先圈了足够的资本，然后才到大陆市场发展的，而为了打入大陆市场，除了质量，还必须在价格上与大陆货和外国货抗衡。联想电脑和惠普电脑在岛内报价都比较低，很可能也是这个原因。但是，普通的商品，一般美国货在大陆卖的价格都要比在美国卖的贵很多，美国货似乎不需要用低价格，单纯用"美国货"这个名号就能轻易打入大陆市场。Levi's的牛仔裤、哈根达斯的冰淇淋、Vans的帆布鞋，在大陆都是比较"潮"的人青睐的，但在美国都是"摊儿货"。什么时候中国货在美国也能卖出高价，什么时候中国货就真无敌了，从中国制造到中国创造的品牌，任重而道远啊。

越南新娘（4月10日）

上周发现我的学生卡被消磁了，今天终于取回新的卡了，上个星期亏得有几天春假，不然进出图书馆特别麻烦。我也不知道为什么学生卡会被消磁，按理说我身边没什么强磁场，而且别的卡也没出问题。说实在的，所有现代人无论是主动的还是被动的，都是"卡奴"，不管有没有大用处，哪哪都有会员卡，连银行都有黄金会员、白金会员卡。之前的交换生建议我们使用华夏银行的卡，因为在岛内每天第一笔取出不要手续费，因为华夏银行网点少、离家远，我没用这卡，所以现在每次取钱都支付高额的手续费。说到手续费，去年交加拿大一所大学的申请费，因为银行没有对加元的业务，只能用汇票汇到中间银行，再由中间银行转到大学，申请费是90加元，加元现在比美金略贵，结果我等于多交了200多元人民币的手续费。

今天上午在超市看见一个好像是"越南新娘"的妈妈，带着自己的小孩儿买东西。肤色比较黑，有点儿像印度人的肤色，但头发是黑色的直发，眼镜和中国人没有区别，所以不是印度人。长得还挺漂亮，购物车里坐着的小孩儿肤色不是很深，眼睛还挺大，由此我大胆假设，小心验证，得出她是"越南新娘"的结论。我是通过《我们台湾这些年》了解到"越南新娘"这么一个事儿的。据说早年间岛内有些人会花几十万新台币"买"一个越南的姑娘，这个价钱相当于是十几万人民币。这个姑娘被"卖"到台湾，只身一人，无依无靠，结婚之后，"越南新娘"就算彻底脱离了越南籍，过段时间，可能一两年，也可能五六年，她就会获得台湾的合法身份。我想之所以要"买"新娘，可能是因为娶本地的新娘彩礼太高，几十万台币"搞不定"，也可能是因为越南新娘既漂亮又贤惠，嫁入公婆家就不再回娘家，没有丈母娘的约束，女婿很自由，还有个像仆人一样伺候自己的女人，何乐而不为。

这么一说，我愈发觉得"买新娘"有点儿封建社会和旧社会买丫鬟的感觉。签了卖身契，姑娘就没有自己的自由了，只能从夫从子，就算在公婆家受了欺负，也要遵从五讲四美。前一阵看新闻说有个"越南新娘"沦为丈夫和公公的性奴隶——其实有很多本地的姑娘也沦为了奴隶。今儿在超市除了看见"越南新娘"，还看见一个五十岁左右的男人，似乎在买东西这件事情上和妻子有分歧，吵了几句之后就把购物的篮子扔在地上走了——够剽悍。

昨天看《看天下》说有个二十年前嫁到岛内的大陆新娘，用了十年时间才获得合法身份。她觉得岛内的政策对大陆新娘和其他外来的新娘很不公平，于是在岛内组织了一个党派，党员基本上是外籍新娘。她要逐步将这个党派发展成政党，甚至执政党。我是用手机看的《看天下》，不知道这个党目前在台湾有多大影响力，但是如果这位大陆新娘有心，这个党派很容易发展壮大。我没在台媒上看见过这个党的任何消息，我觉得可能是因为岛内的人了解信息的时候，先由自己的政见去筛选媒体，然后再看由媒体筛选后的新闻。世界各地的人都在看由政府和媒体共同筛选后的新闻，结果谁也不知道事实真相是什么。

植物病理周（4月11日）

中午在学生餐厅门口，有几个搞怪的扮演"植物人"的学生，仔细一看是植物病理系的同学在宣传他们即将举办的"植物病理周"。他们的宣传手段很新颖，海报是必不可少的，也是司空见惯的，比较吸引人的就是几个"植物人"。他们用手边的一些材料制作成植物的形状，用颜料上色之后做成像迪斯尼乐园里扮动画片儿人物那样的戏服套在身上和脑袋上，离得老远就能看见。

我了解到他们植物病理周要在一个大楼地下的大厅里举办，本来大家就对非娱乐性质的活动不那么上心，加之是在地下，更是削减了预计参观的人数。我想可能是学校的政策原因使他们只能用地下的场地。

今天中午餐厅外很热闹，不仅有一帮"植物人"，还有另一伙人在搭小舞台的铁架子，类似《欢乐中国行》、《同一首歌》那种的舞台架子，只不过比较小。明显是学生们在搭架子、调试音响和灯光，每个人看起来都不是那么专业，但是等我吃饭完，他们已经把舞台有模有样地搭好了。在农大，如果要搭个舞台或者调试灯光、音响，通常都雇外面的人或者有专门的工作人员来负责，所以我们办一个活动的人力成本很高。我原来是学院学生会文艺部的人，通常我们办一个文艺活动，预算大概是2000~4000块钱，而想用学校的礼堂、学生活动中心和里面的设备，价格从1000到3000块钱不等，如果是露天的，租用灯光音响要2500块钱，剩下的预算也只够糊弄糊弄阎王爷了。我一直不太理解学校为什么不削减租用学校场地的费用，学校花钱建这些设备，不就是为了让学生用的吗？而且学生办活动的钱，虽然有一部分是外来赞助的，但大部分还是由学校掏钱，反正也是用学校的钱交使用费，何必通过学生绕一个大圈，而不直接由学校的行政部门之间协调解决？

吃完午饭去做申请加拿大留学签证的体检，体检内容无非就是身高、体重、视力，抽血和尿检。一开始我有点儿意外，下午体检还可以吃午饭，医生说吃饭没有关系，所以我就不用饿肚子了。我去的地方是个诊所，环境很好，因为是专门做体检的，不是看诊，所以就我一个"顾客"。诊所的地方也不大，一层有个前台，一个医师的办公室，一个小手术室，一个抽血的地方，地下一层是做分析和X光片的地方。总体来说，相比在北京和平里医院边上的旅游体检中心，这个诊所因为人少而让我觉得很舒适，前台漂亮的护士姐姐一直带着我干这干那的，不像在旅游体检中心那样跟无头苍蝇似的乱撞。而我似乎也是这个诊所第一个大陆"顾客"。我做的体检，费用是4000新台币，比在北京做便宜些，北京好像是1000多人民币，不知道为什么价格会有差别。

　　体检过程中，比较纠结的是尿检，这是我第二次做尿检，第一次是在北京旅游体检中心，是给了两个容器，一个接，一个装，而且装的容器是有盖的塑料试管，这样给医生的时候不会很尴尬。在这儿是给了我一个塑料的一次性杯子，一开始我以为是让我喝水来"催一催"，后来发现是让我来"放"的，当我把这杯子递给那个男医生，看着他往里插了一个测pH的试纸的时候，我觉得很奇怪。想起郭德纲的一个段子，有次他在李菁车上尿急，就只好先变个"魔术"把空瓶子变满，他下车之后就提拎着这个瓶子一时半会儿没找到扔哪儿，因为正值奥运期间，警察对液体查得严，就拦住老郭问他手里拿的什么，老郭说饮料，警察说喝一口，老郭说：不，太甜，我有糖尿病。

　　体检还有个亮点，诊所里最大的医师叫吴淑贞，不知道那个检尿的男医生是不是叫陈水扁。只是玩笑，重名是很普遍的事情。不过台湾人几乎没有两个字的名字，即便是伍佰、张宇，也都是他们的艺名，本名也都是三个字的。

大买家超市（4月12日）

　　期中考试逐渐逼近了，时间很紧张，我今天还是匀出一点儿去买吃的。

　　学校附近最大的超市是一个叫"大买家"的卖场，刚到台中那天晚上，我就是在这儿置办齐全生活用品的。因为"买"和"卖"这两个字在繁体中文里也只是在上面差了一个"十"，再加上我对单个出现的繁体字不是很熟悉，我自然而然地认为这个超市叫"大卖家"，表示说规模很大，东西齐全。对繁体字熟悉之后发现正确的名字是"大买家"，我有点儿不太理解其意思。

　　超市一共有两层，地上一层卖吃的，地下一层卖生活用品、衣服等不是食品的东西，和我在大陆见过的超市不同。大买家地下一层有几个玻璃柜台，里面锁着一些COACH牌的包，虽然COACH不算奢侈品，但是也价格不菲，而我所理解的，超市里卖的东西都是"地摊货"、"白菜价"。大陆的家乐福、沃尔玛里有自行车卖，但是绝对不会有摩托车卖。而大买家里的的确确摆了几辆摩托车，不过几乎台中人人都有机车，大街上每走几十米就能看见一个卖机车的店铺，犯不着到超市买机车。还有一点不同的是，虽然大陆的超市也卖衣服，但是不是"outlet's"性质的，也就是不是名牌打折出清货，但是大买家里有几个货架的衣服是名牌出清货，比如李维斯、纽约扬基等打折的运动服。

地下一层的开架化妆品货架还有个小细节，资生堂（shiseido）的产品在大陆都是出现在商场的专柜里的，在超市是不可能见到的。资生堂是一个日本品牌的化妆品、护肤品牌子。我认识的日本姑娘似乎并不把资生堂作为她的最优选择，但是资生堂在大陆有一批"死忠"，最近我妈妈也抛弃了欧莱雅，改投资生堂。大买家的货架上摆着很多资生堂的产品，洗发水、护发素、卸妆油、洗面奶，等等。更让我意外的是这些资生堂的产品价格跟旁氏差不多，赶上特价的话比旁氏还要便宜。仔细一看才发现，资生堂的产品都产自台北县的资生堂工厂，而其他的化妆品大多产自大陆，通常原产于台湾的商品要比大陆的便宜。比如染发剂，台湾原产的染发剂包装盒特别简陋，有些大陆改革开放前的感觉。而从大陆来的欧莱雅、卡尼尔染发剂，和日本原装来的染发剂包装盒就很高档，价格也要高一些。

我去大买家，通常都是从地下一层开始逛，而上到地上之后首先看见的是水果区。不得不说，虽然在北京也可以吃到热带水果，但还是在台中吃当地产的热带水果比较好，新鲜且便宜。我比较喜欢吃香蕉和芭乐。台湾产的香蕉又大又甜，有很多出口到日本。而芭乐是我在北京很难见到的水果，味道不是特别甜，但是很脆很爽口。据说大陆游客最喜欢的是释迦和凤梨，释迦长得像佛祖的头，凤梨长得像菠萝，但不是菠萝，这两种水果都特别甜。水果边儿上是蔬菜，比较特别的是有冷鲜柜专门卖"有机蔬菜"，这些蔬菜都通过了中兴大学农资学院的有机认证，在生产过程中没有使用化学肥料和农药。有机蔬菜比普通蔬菜价格贵，但是仍然受到很多人青睐。

转了一整个超市，我发现好像这个超市里没有太多乐天旗下的食品，乐天是韩国牌子。之所以注意到这个，是因为恰好看见一个Rain、宋承宪、朴容夏、姜志焕、池城和Big Bang给乐天免税店录的广告歌，全是在韩国以外的国家或地区有影响力的大美男，这个广告是绝对的"声色诱惑"。这里面除了池城和Big Bang我不知道，其他三位我都比较喜欢，我不是"哈韩族"，但是也有一些了解。最令我心痛的是朴容夏在2010年夏天自杀了，深深打击了大批中日韩歌迷。这个视频拍摄时间很早了，那时候的Big Bang还很"嫩"，而现在Big Bang已经红遍亚洲了。

这个超市里卖的鲜乳，最近有个叫"光泉鲜乳"的新品，除了鲜乳，还有红茶绿茶上新，这样就打破了鲜乳只有瑞穗鲜乳和林凤营（也可能是林凤营）鲜乳两家竞争的局面。之前我看见光泉都是保久乳，现在也要进军超市的鲜乳产业了，给市场注入新活力总是好的。

结账的时候也有个乐事。我前面有一个看起来像是刚还俗的姑子的中年妇女，之所以说是像姑子，是因为她是光头，之所以说是刚还俗，是因为她穿着便装。因为她买的东西太多，她就好心地让我先结账，重点不是这个，重点在于她和她前面不认识的家庭主妇说这个家庭主妇太瘦了，要多吃，不然会像她一样穿衣服都不好看，还说这个主妇买的豆奶很好，她总喝。我看到这个主妇听得脸都绿了，匆匆结账就走了，这个"姑子"可能本意是好的，只不过话一说出来就不太"中听"了。在超市总有一些很热心，甚至有些热心过了头的阿姨教我挑水果，劝我买促销商品，搞得我现在发展到非促销不买的地步了，不过我还是很感谢这些热心肠的阿姨们，迟早有一天我也要当家，虚心学习了。

抗生素（4月13日）

又是一个周五，今晚北京国安主场对山东鲁能，在开局客队先入一球的不利情况下，国安连入两球，取得本赛季以来主场三连胜，想这三场胜利，分别是对阵上海申花、天津泰达和山东鲁能，都是堪称国家级别的经典场次。北京电视台生活频道《7日》节目的广告语是：生活就是一个7日，接着又一个7日。而对于北京球迷来讲，生活就是一场国安比赛，接着又一场国安比赛。

下午是一周中的最后一门课——植物生理学实验，其悬而未决的期中考试形式终于揭晓，结果是下周把试卷带回去写，下下周交。听见这个结果我觉得算是喜忧参半，喜的是不用提前花时间复习植物生理学实验了，可以把时间花在植物生理学上，忧的是这种形式我就没有优势了。我的最大优势就是不怕考试，而且有时候在比较难的考试中更能出其不意地得高分。不过无论怎样，也算是松了一口气。

和我同组做实验的姑娘今天带着大大的口罩来上课，不时地还咳嗽。她说去看病，医生给她做了一个X光片，说没有什么大问题，不用抽血，但有没有诊断出到底是什么病我没太听清楚，不过我觉得我听清楚的几句话有点前言不搭后语，我觉得可能就是气温异常感冒了或者是伤风了，喝儿天藿香正气散就好了。说到戴口罩，大街上有很多人都戴口罩，都是那种一次性的口罩，主要是为了预防流行病。在女生宿舍区里的宿舍服务中心，也有电子屏滚动预防流感、登革热的标语，提示大家注意身体健康。

近年来，一些流行病，尤其是流感，致病的病毒已经进化得有很强的抗药性了，科学家正在研制新的抗生素和干扰素，对抗越来越强的细菌、真菌和病毒，但是想研发一种新药，困难重重，很有可能新药还没上市，细菌、真菌和病毒已经对它有抗药性了，而这也让人们十分恐慌。作为学过生物的人，我也再来澄清一下，抗生素对抗的是细菌和真菌，而干扰素对抗的是病毒。通俗讲，如果得了病毒性感冒，吃抗生素类药物是没有什么效果的，所以不要一感冒就吃像头孢这样的强效抗生素，容易使自己产生抗药性。

我对青霉素过敏，我自己不太清楚应该用什么来代替青霉素，不过比较幸运的是我很少发烧、发炎，感冒了要么就干挺着，通常吃药或不吃药，感冒一星期就能好利索,如果想来点心理安慰,就喝感冒冲剂或者藿香正气散这种有点中药意思的药,而不是用见效快的西药。说到中药和中医,台中街头中医诊所出现的频率远比北京大街上中医医院多。在北京,我知道的比较著名的是同仁堂,我家附近还有一个西苑中医院,剩下的都是西医。而在台中,或者说岛内,有一部分人靠中医养生。人们老说西医治标不治本,但是因为西医效果快而显著,所以大部分人都选择西医,而现在在欧美国家,中医很热门,有钱人会选择中医养生。

中医,尤其是针灸和阴阳五行那一套,没准真能延年益寿。无论真假,至少中医讲求的阴阳相合,不仅适用于中医,还适用于各行各业;中医的思想,也能在其他领域对人有所启发,看来可以抽空学习学习中医的思想,用在企业管理、科学研究等一些看似不沾边儿的领域里。

日用品(4月14日)

看网上说大陆一季度CPI同比增长3.6%,各种日化用品最近又要涨价。台媒也报道了大陆民生用品涨价的新闻,但是台媒没有报道具体是从什么价格水平涨到什么价格水平,可能是不想让老百姓知道大陆和台湾在民生用品上价格的差异吧。不过要想人不知,除非己莫为。看台湾的网站新闻说,岛内的手机通讯费平均要比大陆高八倍,引起了岛内居民强烈不满。我的亲身体验是:在台湾用移动的全球通比用当地号便宜。

其实不是只有大陆在涨价,岛内各种商品也在涨价。有多家超市为了保护客流量,纷纷打出"抗涨"的标语,像我常去的大买家,在促销商品区正对的天花板上挂了一圈"抗涨"的大标语,黄底红字,还挺震撼。便利店里也有促销,比如新品上市的时候会有促销来吸引消费者,还有就是39、49、59、69元大概这么四种商品组合,意思就是搭配着买两样东西可以有优惠,这种商品组合大多是主食加饮料,提供给人一餐饭的量。现在各家7-11里在搞的是我的美丽日记面膜买一送一的促销活动，按买一送一的价格来算，平均下来，一片面膜的价格和淘宝价持平。我趁着促销买了四片面膜，囤着备用。

岛内的各种化妆品很发达，光是《女人我最大》这个节目不断向观众推荐的化妆品、护肤品就不计其数。我在屈臣氏发现好玩的事，凡是外国牌子的商品，都是直接进口的。比如资生堂的化妆品，包装上印的就是日语，一看就是在日本卖的商品，而台湾产的资生堂化妆品只能出现在超市里，还不够"级别"进屈臣氏。我买的妮维雅防晒霜，后面印的都是英语，还有一大堆印着日文的，印韩文的不多，有少部分是印着法语的。在这些外文商品外都会再有一层压膜包装，印着中文，翻译一下外文的内容。

今天吃了一袋话梅，上面印的配料有阿斯巴甜，阿斯巴甜是一种甜味剂，大陆也在用。不同于大陆的是，我吃的这袋话梅在阿斯巴甜后面注解说有苯酮尿症的人不建议食用。苯酮尿症是种遗传病，患者代谢有问题，代谢不正常的话尿液是偏黑色的。这么一个注解，是对苯酮尿症患者的关爱和尊重，避免他们受不必要的痛苦，值得推荐。

这几天似乎有学生在宿舍区门口发中兴大学学生的"校报"，两张A4纸大小，铜版纸很高级。上面的内容分成了四版：第一版校园资讯，仍在讨论学校要不要兴建一个可以为学校带来"正面收益"的大型标志性建筑；第二版是"不可不知"，在讨论由于岛内物价上涨，学校周围小吃店也纷纷涨价，增加了学生吃饭的开销；第三版是美食手札，介绍学校附近新开的小吃店、饮品店；第四版是校内活动，介绍了社团的活动。

与农大有所不同，农大虽然也有学校新闻站和学院新闻站，新闻站的学生记者们写完的新闻都发在校园网或者学院网上，所以打开农大的网页，滚动的就是学校新闻，既有社会上的媒体写的关于农大的新闻，也有农大自产自销的新闻，而中兴大学的首页没有这样的滚动新闻。农大的网页上还会有一些通知，比如遴选交换生赴台、校运会报名、停电通知等。而在中兴大学，这样的通知都是以班为单位通过班级固定的教室来传达。在农大，每个班级没有自己固定的教室，并且学生太多，以班为单位传达通知没有效率，所以都是以网上公告和以院为单位传达通知。

去年年底学院换了一个院长，在新院长见面会上，我提出了学院网页太土的问题，建议学院对院网进行大规模的整改，前段时间学院就已经在征求对新院网的意见和建议了。目前院网还没改版，希望等回去的时候院网有个新面目。

工读生（4月15日）

今天看书复习整得我头都憋大了，图书馆楼上楼下的跑了几趟找参考资料。图书馆有无线网络，所以我都是电脑和手机同时上网的，结果我一进电梯，无线网就断了，通讯的信号很微弱。想起来本地的同学说，中华电信信号塔比较多，信号覆盖面广，这就好像是曾经的"小灵通"信号不好一样。

图书馆里很多书是大陆出版的，不过更新不多，都是比较早的了。而我想找的气象学、地质学中文的教材，基本都是泛黄的老书了，一翻才知道是五十多年前国民党当局组织一批人特意编写的大学教材，没有其他的版本了，而老师同学用的早就不是这些"老古董"了，而是美国或者英国的原版教材。用这种教材最大的不利是，数据和实验可能只适用于作者所在的国家或地区。

周五下午我把体检表寄回北京，手机短信显示的是周六早上飞向北京的，结果今儿早上不到九点，家里就收到了，还真是快。我寄两次EMS回北京，每次邮局的工作人员都特意问一句，寄这个EMS要390台币，似乎那意思是费用太高，要么改普通航空件吧，但是我着急，不得不多花钱求快。寄EMS的好处在于：一是通常比较快；二是有据可查。像我申请滑铁卢大学的时候，第一次寄国际航空的东西没经验，就用的平邮，结果同时寄出去的两封邮件，一封很快到了，另外一封到现在还没到。而且平邮也不能查物流，所以无奈我只好又寄了一回申请。我从北京寄EMS，一份寄到滑铁卢大学，一份寄到普度大学，这两所学校在一个时区，但是一个在加拿大，一个在美国，就隔着一个五大湖，结果寄普度要比寄滑铁卢便宜一百多块钱。

这两天到图书馆念书的人明显多起来了，为了方便本校学生使用，图书馆暂停对外开放，并且把闭馆时间延长到午夜十二点。这极大地方便了同学们的期中复习，但是苦了图书馆的工读生，他们要坚持到十二点才能回家。中兴大学有很多工读生，他们一部分时间学习，另外一部分时间在学校里上班。我不确定这些工读生拿的学位和普通学生是不是一样，像图书馆门口的服务台、借还书处，体育馆的门口、宿舍服务中心的工作人员都是工读生，这样的话减少了在校职工的编制，我想是可以大大削减学校的支出的，同时也帮助了家庭条件不是很好的同学。

在农大虽然也有提供给本科生勤工俭学的工作机会，但是工作性质不同于工读生。而班级辅导员和学院分团委书记，有些是"工作保研"的研究生，所谓"工作保研"，就是先工作两年之后，再开始念研究生。虽然看似耽误了两年时间，但其实据我们学院工作保研的师姐说，这两年的工作不仅使她积累了工作经验，还有助于她的学术研究。据我所知，美国和加拿大的大学里有很多工作都是学生做的，比如学生服务中心快餐店的服务员、校园书店的收银员、校报记者等，有些占地比较大的学校，比如我去过的加州大学戴维斯分校，连校车的驾驶员也是学生。

今天下午在农资学院楼边上有个小车卖有机茶叶蛋，这是农资院自己搞的"有机食品"，吸引了大批的人。和中兴大市集一样，主打的商品都是有机农产品。前几天看农大的校网，新闻上说加拿大农业部的人去参观指导农大的有机农业什么的，有机农业是全世界农业发展的热潮。但是，我的看法是，有机农业的界定还不算成熟，搞有机农业，是对环境更友好，还是对人更"友好"，并没有达成一致说法，人们对有机农业的认识不深，以为用有机肥就叫有机农业，而消费者对有机农产品认识也不深，所以，有机农业发展的方向还需要再好好考虑，做有机农业也需要不断学习。

实验安全（4月16日）

植物病理学系的同学还在宣传他们的"植物病理学周"，这回的宣传方法是每个植物病理系同学的自行车后面挂一个小纸牌，写着植病周的主题和时间。因为小纸牌画得很好看，同时因为挂在自行车后面很显眼，所以几乎只要从这样的自行车旁经过，就一定会多看这个小广告一眼。像中午在学生餐厅外面，有个老师盯着这个小广告看了许久才走进餐厅。这么一个特别的宣传方式让我想起两个美国的小伙为了还债，在脸上给人做广告，成了"移动广告牌"，然后把广告费拿去还债，因为这种手段很新奇，所以十分吸引人，也就轻易达到了"广而告之"的目的，因而很多商家花钱"打广告"，债务轻而易举就还清了。

今天考了两门课，肥料学和气象学。我依旧按平常的时间去教室，结果发现教室里满满当当的全是人，不像平时上课的时候，有很多人都旷课，完全不担心没地方坐。肥料学是开卷考试，说实话听到是开卷考试，我有点失望，因为我花了挺多时间看讲义，闭卷考也不成问题。不过做题的过程中我发现，基本考题都不是讲义上的而是老师课上再补充的内容。这样的出题方式最有难度，因为老师上课"随口"说的内容太多，几乎都是一晃而过，很难做笔记，复习的时候也注意不到，不过这样的方式才是考察学生到底有没有上课、有没有认真听课的好方式。再说气象学考试，有难度。我是用繁体字作答的，来了两个月，上课用得到的繁体字都基本会写了。

物理化学今天没有考试，正常上课。因为是和食品科学系的同学一起上，老师上课的时候会举一些关于食品的例子。今天讲到渗透压，老师就提到了腌咸菜、酱菜，说到最后，老师来了一句，你们食品系的同学，知道什么东西加到食物里对人不好，以后你做了老板就不要加在你工厂生产的食品里了。食品安全问题到处都是，人人都恨恐慌。现在好像是，一部分食品专业的人在往食品里加东西，然后这些人的同学再检测食品里有没有添加东西。就像有个政法大学的老师说，他的大学同学，一部分在抓人，另一部分被这些人抓。

物理化学老师还提到了实验安全问题，说有个研究生违规操作搞伤了眼睛。理科实验几乎都是十分危险的，像化学实验，一些活泼金属极易引发爆炸，化学试剂如浓硫酸一类的，腐蚀性很强，还有一些常用的重金属溶液，都是过去农村用来自杀的。像有机化学实验，各种有机溶剂全是致癌的，老师说做这个专业很难长寿。像我每次从他实验室附近路过，都能嗅到浓郁的有机溶剂味道。这些化学实验的废料，不仅对人体健康有威胁，对环境也有伤害。全球的中学生做一个制备二氧化碳的实验，那么地球增加的二氧化碳量就会多得惊人，对气候也一定会造成很大影响。所以，如何减少实验室污染，也是一个值得研究的课题。

今天新闻报道说，有个留日的岛内学生遇害。前几天大陆学生被枪杀，留学生不好做啊。我也可能成为留学生，为各个地方的留学生祈福，祝他们学业顺利，平平安安。

台中出租车（4月17日）

根据我两个月的观察，发现中兴大学里路边的停车位每两个停车位中间有一个黄色网格线，是不许停车的标识。一开始我以为是留一条小路给行人过，后来发现这样的网格是为了方便小轿车侧方进到车位而预留出的空间。在北京，停车位一个紧挨着一个，像我妈还有我这样的司机，基本上是不敢"挑战自我"侧方进到车位里的。虽说停车位紧张，但一些细节上的便利还是值得借鉴的。

观察了停车位，我还观察了车。台中的出租车比北京出租车少很多，出租车大多是丰田、尼桑，比北京满大街的现代要高级很多，不过，虽然我还没坐过出租车，但是听同学说，打车费挺贵——一方面是人力比较贵，另一方面是因为生意不多，所以必须靠提高单价来实现比较高的总量，不知道这种说法符合不符合经济学的理论。在台中招手即来出租车的可能性比较小，宿舍外面那条路白天的时候有时候根本就没有车，只有一些机车"嗖嗖嗖"地开过去，像风一样快，也像风一样说不见了就不见了。兴许是因为出租车少，叫车服务比较发达，每个出租车后面都贴了叫车电话，我至少得记下来一个，回北京的时候要先打车打到高铁站，行李比较多。台中，或者说全岛都把"taxi"叫成"计程车"，计算里程收费的车，而"出租车"有时候是指在汽车租赁公司租的车。把字面意思拆开一看，"计程车"这种叫法确实更贴切，不过无论怎样吧，北京人大多把计程车叫成"的"。

另外，不知道有没有别人注意过，北京的出租车不贴膜，方便路人看是不是空车，而台中的出租车普遍贴很深的膜，基本看不清里面有没有乘客。不光是出租车，似乎除了运货的车和公共汽车，其他的机动车车窗上全贴了颜色偏深的膜。我一开始对这个"贴膜"不是很了解，我只知道一般私家车都贴膜，据说是为了保护玻璃。现在略知道车窗如果贴了颜色太深的膜，虽说营造了车内的隐私空间，但是行车时司机看外面就比较暗，不太安全。据说有些国家不允许贴颜色过深的膜，有个朋友说奔驰车都不许贴颜色太深的膜，我一个穷书生也买不起奔驰车，不知道他说得是真是假。

路上跑的最多的车是公交车，每个公共汽车后面挂了牌子写着司机的名儿。我认为这是一种监督体制，挂上牌就是"实名制"了，这辆车是由司机负责的，车上的乘客也是由司机负责的，这个小细节我认为十分严谨。台中的几家公交车公司，其中有一家公司——阿尔法的司机有统一的制服，与不穿制服的其他公司司机相比，这家公司更知道"统一化"对乘客心理的影响。虽说坐公交车在市内通常不会出现重大交通事故，但只要是乘车就会有安全隐患，而以上的一些做法都可以很好地起到"安稳人心"的作用。顺便提一嘴，学校里的公务车,也在车身贴了明显的什么什么公务车的标记,可能是为了好辨认吧,这些公务车在学校有特别的停车位,是VIP级别的。

另外,还有关于港台翻译外国单词的事儿。上课的时候,总是听到"细酸"、"细氧四面体",后来才知道这是在说"矽",也就是"硅"。在网上查了一下,日本用的是"硅"来表示Si这个元素,但是深受日本影响的台湾,目前清一色用的是"矽",查了一下字典,民国时期确实用的都是"矽",读音与其拉丁文和英文写法开头比较像,而现在大陆使用的"硅",反而在读音上与Si相差较多。"纳米"、"奈米"也是一个差别,都是同一个英文单词的不同音译。还有植物生理学课,老师说"粒腺体",后来被证明是"线粒体"。不过这些在课堂上出现的翻译的不同并不算太多,因为很多词,岛内根本不翻译成中文,但是这也导致在学习的时候比较难以理解其意思。

还有最近火爆上映的《泰坦尼克号》,小时候看的叫《铁达尼号》,因为那时候看的是从台湾过来的盗版盘。还有关于地名的翻译:纽约,岛内也叫纽约;新泽西,岛内叫纽泽西;新奥尔良,岛内叫纽奥良。"New"被音译成"纽",而大陆意译成"新",因为new的中文意思就是"新的",大陆译法可能更贴近本意。至于人名的翻译,差别就更大了,我在这儿基本看不懂NBA新闻,因为不知道新闻里说的是什么队、哪个球员,除了"纽约尼克队"和"林书豪"我能勉强推测出来。还有C罗,我好不容易记住他叫克里斯蒂亚诺·罗纳尔多,结果岛内"清扬"广告上写的C罗的译名,一长串中国字,但我就是到现在都还死活没记住。

还有,奔驰翻译成宾士,而像我在这儿买的惠普电脑,就叫HP。

高丽菜（4月18日）

这星期有一个2012年度"全岛显示科技研讨会"在中兴大学图书馆举办。有很多全岛范围的研讨会都选址在中兴大学,比如在各院系的宣传栏,都张贴了很多与院系相关的各种各样的研讨会的宣传海报。

中午我在餐厅吃饭，边上坐着的就是来参加研讨会的人。我比较好奇这个研讨会难道不提供午餐吗，还要他们自己到餐厅自掏腰包吃饭？解释一下，餐厅不像大陆大学餐厅可以刷饭卡，而是一律交钱。我偷听他们的谈话，其实也不算是偷听，他们说话声音还是挺大的。他们说台北交通不如台中好，经常堵车，在台中办研讨会的话天气也不错，而且台中位于岛的中部，一些参与者要跑的路程就不是从南到北，或者从北到南这样的了。对我来说，从台北到高雄两小时台湾高铁的车程，这个距离不足挂齿，但是对于岛内居民，一方面他们可能不选择费用较高的高铁，另一方面，高铁起点到终点的距离相对还是比较远。

这个显示科技，我听着好像是LED技术。关于LED，我只知道2008年北京奥运会开幕式张艺谋导演用了LED灯。不过这不重要，我又不是百事通。他们中有个人说第一家以LED为主要产品的公司开在韩国，我一直很惊讶三星在智能手机行业的地位，因为韩国在亚洲金融危机中受到重创，再加上国土面积不大，所以能有这样的全球领先高新技术集团，个中原委值得高新技术企业深思和学习。不过我倒是对韩国有如此先进的电子企业不了解，我比较了解的是韩国著名的整容术，韩剧、韩星充斥在我的生活，所以我才忽略了三星、LG这些韩国企业，我到现在也搞不太明白为什么几乎每期《看天下》都会介绍三星的新产品。

岛内的电视台热衷于放韩剧，借此提高收视率，在大陆也能收看几个岛内的电视台，或者说是几个岛内的电视台也进驻大陆市场了。韩国明星也有到台湾来吸金的，像好几年前的韩剧《on air》，里面有些桥段是在台北故宫外面拍摄的，还有个剧情是戏中戏的女明星要为九族文化村做形象代言。不过，韩国的化妆品在岛内的泛滥程度倒是不及在大陆。

在食堂几乎我们每天都会要一种叫高丽菜的菜吃，因为这个菜吃起来有本身的甜味。在网上一查发现，这个菜和圆白菜差不多，只不过可能品种上有差异,所以岛内的口味和我原来吃过的不一样。肥料学老师说,这个高丽菜卖的价格还不便宜,有很多农民开山种高丽菜。老师展示了在玉山山坡上种的成片成片的高丽菜,还有在干涸河床上种的高丽菜。这样其实对水土保持不好,也可能污染周围水源。除了这个高丽菜,其他的青菜都是在北京可以吃到的,不过我发觉这儿的豇豆角是真粗,口感还好。

今天渐渐沥沥在下雨,台中既不像台北那样阴雨连绵,也不会有缺水的情况。一开始来台中,觉得下雨特别难受,现在倒觉得台中的高温晴天才让人受不了。不过据知情人士透露,接下来的日子里,会有又湿又闷又热的天儿,俗称"桑拿天"——希望桑拿天晚点儿来。

农大版非诚勿扰(4月19日)

昨天杨振宁到农大做了个演讲,同学们为了见诺贝尔物理学奖获得者,简直要把报告厅挤爆了。我没可能去见杨振宁一面了。不过,我只去过美国一次,只在环球影城玩过一天,只在环球影城里的鬼屋战战兢兢走了一层,却在仓皇逃出鬼屋的时候看到了史蒂夫·霍金。当时没反应过来,只见人们都闪开一条路,我也就跟着让开,然后就意外看到霍金被人推着缓缓过去,这一幕让我久久难以回神。上周看《生活大爆炸》的时候,简直无法想象我竟然近距离接触过客串出演的霍金。

最近还听说农大在搞"农大版非诚勿扰",有天中午在中兴大学的学生餐厅也有人在宣传一个联谊会。那个宣传很别出心裁,当时我在排队打饭,然后突然听到一个女生大喊:"你到底喜不喜欢我?"男生大喊:"我喜欢你。"我就以为是普通的男女生搞对象表白,结果突然一大堆人出现,像是从地里钻出来的,他们弹着吉他唱着歌,然后刚才的绯闻男女主角向就餐的老师同学发宣传单。看来无论在哪儿,有高学历都不好搞对象啊。

食堂里总有好玩的事。因为天气已经很热了,食堂还有冰淇淋卖,看起来好像奶油很重，应该会很好吃。现在不是总说，世界上有三种人，男人、女人、女博士，可见如果你是"女光棍"，最好不要考博士，如果考博士，最好把个人问题先解决了。据我的师兄师姐说，到了研究生阶段，如果没有对象，导师会时不时给"保媒拉纤儿"，估计也是为了自己学生的终生大事着想。而如果已经有对象，导师就会给"把把关"，行使长辈的权利。我在大一参加社会实践时带队的博士生师兄，去年结婚了，今年作为访问学者到荷兰进修一年，也算是成家立业了。

今天有地质学考试和植物生理学考试。地质学考试的时候，一个从来没上过课的男生终于出现了，老师对他估计是积攒了深深的怨气，能准确地判断出他就是那个没上过课的人，也准确地叫出了他的名字，还指定他坐到教室最前排考试——通常最爱学习的和最不爱学习的人总能意外地在第一排相见。

下午植物生理学换了新的老师讲第二部分的内容，新老师是个温柔的女老师，说话有些慢，声音温温柔柔的，那种台湾的口音不是很重，说英语有英国腔。植物生理学是比较难熬的课，学着难，考试也不容易，希望新老师能再次勾起我的兴趣。

其实正儿八经的植物生理学考试是明天晚上，但是因为有些人可能时间上有冲突，所以老师在今晚也安排了考试。虽然我周五晚上啥事儿没有，但是为了希望能有一个放松的周五，我选择今晚考试，少一天复习没什么大不了的。考试之前老师给了一些"考古题"，看着那上面的名词解释，我深深惭愧于没好好上课，很多名词都感觉没见过，于是从周一到今天白天一直苦苦地琢磨讲义。今晚上考试的时候，试题远不如"考古题"难，做起来，自我感觉良好。

明天相当轻松，只要下午去领植物生理学实验的期中试题，用一周时间做完就可以。熬过期中，期末就不远了，仍需努力。

一中商圈（4月20日）

今天是轻松的一天，下午去取了植物生理学实验的考试试卷，然后一天就没正经事了。晚上有农资学院教务秘书组织的交换生聚会，地点在学校附近的KTV。

这几天看报纸说"台电"一直在涨价，"中油"可能走向民营化。我发觉似乎水费一直不太受岛内居民关注，而电费一涨，就会有民众抗议、静坐。可能是因为岛内雨水充沛，淡水资源比较丰富，而发电所需的煤相较于水更易耗尽吧。初中的班主任，是位地理老师，说过大概以下意思的话：全世界的水费似乎都没有把水作为一种不可再生资源的价值算到价钱里，而大概是把自来水厂的运营成本和利润算成水费。上高中之后，在课外的辅导班，一个化学老师拿起一瓶矿泉水说，这瓶水批发价1块钱，把瓶子卖了1毛钱，也就是9毛钱是水钱和加工水的钱。这么薄的价格，是因为没有把水作为资源的宝贵价值算进去，而且之所以瓶子能卖1毛钱，是因为这些透明的塑料瓶子都是进口的，我们的技术做不到这么纯净。想想看，买一瓶矿泉水，我们就用到了"进口货"。这个化学老师很有个性，不好指名道姓，只说他上课喜欢在手里攥几根儿粉笔或者攥着他的直板手机。

下午领了试卷，我去了台中的一中商圈，这是我在台中第一次正儿八经地逛街。我隆重介绍一下位于一中商圈的中友百货，和全世界商场一样，一层卖化妆品、珠宝。真搞不懂为啥商场都这么安排，是不是因为离商场老远就能闻到飘出来的香水味，于是可以诱惑女人们进去买东西，顺便也诱惑了男人呢？二楼是奢侈品专层，一上电梯就是爱马仕，大大的"H"简直亮瞎了我的眼睛，在之后就是一系列的大写字母商标闪亮登场：LV、Gucci、Anna Sui、Prada等等，没什么是我有能力买的，于是只好落荒而逃。到了三层终于有平常人能接受的价格的衣服了。

每个商场大部分地方都在卖女装，而中友百货，卖女装的地方从三层到六层，基本都是在卖日系女装，只有小小的一部分是CK jeans、Esprit和Levi's等欧美品牌。进口牌子也就是来自日本的优衣库占地比较大。看着足足四个楼层的日系女装，满眼都是"森女系"，小碎花、大地色、小蕾丝，我看着实在是有些视觉疲劳了。再看看标价，我看中的几件衣服都在2500台币以上，这年头，想在商场买件衣服就要割肉放血啊。从六层开始，有一部分男装，七层是运动系列和童装，还有一大块面积是诚品书店。诚品书店是类似于光合作用书店的那种书店，休闲的氛围，慵懒的气息。地下一层还是商场，一部分是女鞋专区，几乎是3000台币以上的，在北京想买双差不多的鞋也都是基本要从四位数起算的，另一部分分给了优衣库和无印良品。

作为一个穷学生，我在优衣库买了一件纯白的短袖儿和一个可以穿在里面的打底衫，这两件衣服算是最便宜的，不过感觉好像比北京优衣库标价高似的。至于鞋，是在一中街上的达芙妮买的，在北京的时候我也都是在达芙妮买鞋，因为达芙妮的鞋便宜。说真的，台中达芙妮感觉也好像比大陆贵。最搞笑的是导购小姐以为我是新加坡人或者马来西亚人，因为说我说话语调不对。天地良心，我说的正儿八经的北京台湾话嘛。

一中街上小门市一家挨着一家，有像Skin Food、The Face Shop这样的化妆品专卖，有卖表的，有卖香水的，有卖衣服的，还有NET专卖店。NET是类似于H&M的一个牌子，具体来路不清楚，衣服风格和H&M很像。因为台湾全岛没有H&M的商店，所以也算是填补了欧美风的空缺。

一中商圈是台中绝对的繁华区，并且最重要的是一中商圈主要的消费人群是大学生、中学生，所以我感觉一中商圈总是熙熙攘攘、充满活力的。学生们普遍买不起奢侈品，但比起穿奢侈品的有气质的贵妇或绅士，活力四射的年轻学生们更有魅力。

台中网购（4月21日）

期中考试周刚刚过去，总算是松了一口气，而母亲节又快要到了，商场开始了各种的打折促销活动。我昨天去买东西，今天屋里的师姐也去大采购了。从师姐那儿我了解到很多小店买衣服是不允许试穿的，只有商场里才许试穿。这就非常麻烦了，小店里的衣服比较便宜，但是不能试穿就会有买不合适的风险，退货会更麻烦，而且想想，这衣服再便宜，也不可能有淘宝上的便宜，而且淘宝上有各种各样的货，不愁买不到合适的。

我网购的时候，在淘宝上看到几次有台湾妹子利用淘宝买东西、留评论。而且最逗的是，我在这儿打开淘宝的网页，它自动显示的就是繁体字，而且为了方便台湾妹子们用淘宝，似乎支付宝也开了邮箱绑定的业务，不需要大陆的11位手机号验证。有台湾买家，就有台湾卖家。我前一阵遇到的一个卖家，老公是在大陆工作，她也跟着去了，开了家网店，卖一些岛内的化妆品和零食。

别的城市不了解，台中的网购似乎不是很发达，学校里也不会出现北京各大高校里出现的一个小操场那么多的快递货物，似乎岛内并没有一个比较大型的网购网站。而且，关键在于没有支付宝这样的第三方和发达的网上银行业务。我感觉，大部分台中人的银行账户都是邮局储蓄，似乎中兴大学老师的工资卡就是落在邮局的。而在北京，邮政储蓄的客户已经很少了，好像交电话费什么的，别的银行也能办这种业务了。在我姥姥家，中小型城市，用地方银行的人也比要用邮政储蓄的多。不过网上说邮政储蓄的使用者最多，估计是一些单位的工资卡落在邮政储蓄，不过我知道的更多的工资卡落在工商银行和建设银行。虽说是以邮局储蓄为主，别的银行也还是有的，只不过我走过的地方看到的其他银行的网点不算多。

今天晚上坐车去外面"放放风"，我发现中兴大学绝对在台中市有很高的地位，因为，一是中兴大学外的车站比较像北京的公交车站形制，而一般的小公交站只有一根棍，上面有个站牌和线路牌。二是围绕中兴大学，公交车设置了好几个站点，比如正门、侧门、兴大二村、兽医院（在学校最东南角）。三是公交车前挡风玻璃会用不干胶贴上"中兴大学"的字样，方便乘客选择车辆。像我昨天去的中友百货，是台中挺大的一个地标，但车站也是简陋的一根棍儿，只不过比较好的一点是有个电子屏显示还有多长时间每条线路的车会到站，根据我的亲身感受发现到站时间比较准确，因为路上也不堵车，这个方便等车的人安排时间。不过这个电子屏给我的最大冲击是有几条线路显示剩余到站时间在半小时左右，发车间隔实在太长，这要是错过一辆，真是要等到"地老天荒"才能有下一班车。而中兴大学正门这站就像是北京一些公交车站，有坐的地方，有挡雨的小棚子，从这设置上就知道中兴大学地位超群。

柯震东在两岸都很火，坐车的时候发现一个男生穿的制服大概就是柯震东穿的那样的，上面还缝了那个男生的名字。可能电影里大家觉得柯震东穿那制服，大陆叫它校服，特别阳光、帅气，但实际上普通男生穿制服，很阳光，但不是人人都帅气。

宿舍（4月22日）

这两天，同学的同学到台湾自由行恰好到了台中。来了两人，我相信，都是逃课来的。现在应该还不算是旅游旺季，尤其是工作日，玩的人不多，但是现在气温不算很高，也没有连续下雨，所以是自由行的好时候。大学生自由行，不需要像成年人那样提供财产证明，审查起来也快，据我所知自由行去日本要有20万元人民币以上的年薪，还是什么什么的，条条框框很多。自由行的游客最多可以在岛上停留十四天，环岛游绰绰有余。大学生背包旅行，挺好，读万卷书，行万里路。不过大学生出去玩总出人命，媒体一报道，就给人感觉大学生都缺心眼儿，不是被浪卷走了，就是被人贩子拐卖了。

学校里有一个实习商店我一直没进去过，同宿舍的师姐一直建议我去里面看看，她说实习商店里的东西比外面便宜，而且还有中兴大学牧场出产的鲜乳和优酪乳（酸奶）。昨天进去发现这像是农资学院搞的一个"院办商店"，中兴大学鲜乳和优酪乳的包装印着"中兴大学农资学院"的字样，收钱员是农资学院的学生。

我觉得可能是因为中兴大学农资学院在岛内农业的地位很高，所以里面的食品类价格比外面的超市和商店都便宜，当然这只是我的猜测。我看到有个放牛奶的冷鲜柜，柜门上竟然贴纸写着"已预订"，可见"知情人士"们都长年在实习商店里采买，一来价格确实便宜，二来有很多商品是自产自销的，感觉要比外面卖的安全。实习商店里的收银员没有像7-11、全家的工作人员那样穿工作服。还有一点，实习商店里的购物小票，收银员不主动提供，而在7-11和全家，购物小票一定要提供给顾客，所以我衣服兜儿里总是有几张小票儿。最好的是，购物小票有统一的发票编码，可以每两个月根据小票的号码兑一次奖，运气好的人没准能进账100台币、200台币什么的。

之前说过岛内的城市间的客运很发达，路上很多车都是跑台中到台北、台中到高雄这样的线路，而且是以很像公交车的行车模式跑这种运输的。之所以有这样的客运线路，是因为有些上班族，可能在城市里上班，但是在乡下住，也就是家和工作单位间的距离在岛内算是比较远，上下班如果没有私家车就坐这样的客运，通常要一个小时左右才能从家到单位。其实一小时的路程在北京很正常，像我大一暑假在一个小公司待着，从家坐地铁到那儿要快一个小时，坐公交车估计就不知道多长时间了。而像那种在回龙观这样的地方住的上班族，估计上下班单程就要近两个小时，每天太阳没升起来就出门了，太阳落山了才回到家。

还有，关于我们住的宿舍。有很多学生不住宿舍，一部分是因为家住台中，回家住，一部分是在学校外面自己租房子住，据说是想住学校宿舍要进行申请，审核通过了才能住宿舍。申请的时候，家不住台中的优先通过申请。但是因为宿舍有限，所以还是有很多人的申请被拒。住在宿舍，像我住的宿舍一学期

8400台币，其实比农大的宿舍费贵了两倍多。男生的宿舍又旧又破，6200台币，如果住在外面，可能一个月的月租就要4000台币左右。挑费比宿舍高，这就增加了家庭的负担和学生的负担。这样想，拿着补助，在农大吃食堂、住宿舍真是太幸福了。

书（4月23日）

前两天在图书馆找到一本《Toilet of the world》的书，讲的是世界各地一些好玩的厕所和马桶。里面介绍了北京胡同里的公共厕所，而且还提了一句原来的时候公厕收费卖纸这个细节。里面还介绍了香港一个富商定制的全金打造的马桶，比较遗憾的是没有介绍岛内的厕所。其实岛内厕所也没有什么特别的，不过每个厕所里都有紧急求助按钮。

这本书是我在西文馆藏的地方无意中发现的，似乎西文书被同学们冷落了，很多书上面都落了灰，还有些书，明显是买到图书馆几年了，但是还很新，估计是没什么人看，每个大学图书馆都是言情小说专区的书被借出去的最多。在农大的时候，室友时不时就从图书馆借出来一本小说，中兴大学图书馆的言情小说区还像书店似的介绍有什么新的小说。台湾言情小说还是以琼瑶最为经典，其他的现在写台言的年轻小说家的作品普遍有些小气。话说回来，因为想提高英语水平，所以我在图书馆搜罗英文书来看。找书的时候，书一定不能太厚，有那么几十页一百多页就足够了，再多就看不下去了。

我记的小时候有的同学介绍自己的时候会说我最大的爱好是看书，最喜欢的书是《史记》，或者是什么类似于《史记》这种的书——这种我到现在都没读完，估计到死都读不完的书。小时候，衡量小孩是不是有"学问"的主要指标就是小孩儿读过多少世界名著。我读过的世界名著，不用脱袜子，两只手就能数完。世界名著不一定就是适合小孩儿的书，像我这么大岁数了，还是觉得世界名著不适合我，而且现在市场上的书也不太适合我。有"出版物"，这样的状况下，不是每本书都是精品。但是民国时期和新中国初期时候的书，几乎每一本都是精品。时下的杂文书有很多鞭辟入里，能满足现代人的阅读需求。

图书馆里除了实体书，还有很多电子书，这些电子书大多是西文资料和大陆简体的电子书。植物生理学老师说我们现在坐拥无数的电子资料，不像她念书的时候只有课本，所以要利用电子资料，开拓视野。

准备去加拿大上学的留学签证的事儿算是告一段落了。期中考试这才过去，学校里就贴了挺多暑假赴美国、英国、澳大利亚游学旅行的广告。算是我太土老帽，这是我第一回听说"游学"，好像是一种不拿学位的学历，不知道是不是去外国上暑假的八周课程。好像游学在岛内还挺多的，我在诊所做体检的时候，抽血的大夫还问我是要去游学还是去念书，因为他说话我听不太清楚，也搞不懂什么叫游学，就回答说是游学，大夫再回答说，那也挺好，就是没有学位——从他的语调就可以推断游学就是花钱出去玩一圈，不存在学，只存在游，不过能出去看看也是好的。

微生物（4月24日）

今天上地质学，老师讲评期中考试的试卷。试卷都是选择题，念选项的时候，B和D由于发音比较相似，可能容易混淆，我很小的时候上英语班，英语老师都把B叫成"boy"，D叫成"dog"，取其首字母，两单词简单而不易混淆。中学的时候老师都叫成"二B"和"四D"，这种叫法应该算是流传最为广泛的叫法了。今儿上课，老师说闽南话里D发音像"猪"，所以就以"猪"来表示D。比较乐的是，老师对着我和另外一个从浙江大学交换过来的男生说，把这个说法学起来，这样以后才好对人说来过台湾。吃小吃、环岛不叫到过台湾，只有深入了解生活，才叫到过台湾。

地质学课有个大神只在期中考试的时候现身过，今天发试卷，大神又没来。明明老师每节课都会留意大神有没有出勤，大神还能坦然地旷课，真是勇气可嘉。

　　的确如此，如果在台湾这四个多月只是观光，那我可以参加个旅行团或者自由行，如果只是学习，那我还不如在农大待着，省得以后转学分这那的麻烦事儿。这四个多月我至少能对中兴大学和台中市有一些了解，这才是最实在的岛内现在的生活。

　　这几天学生餐厅外发小广告的同学人数暴增，每天中午手里都被塞了好几张广告，内容就是即将到来的"植病周"、"水保周"、"生科周"。植病周的主题叫"微险战役"，关注的是微生物对人类的威胁。我听过有人说虽然现在人类是地球的"老大"，但是人类以后很有可能被微生物"灭了"。微生物的抗药性越来越强，"超级细菌"、"超级病毒"层出不穷，青霉素很有可能要退出历史舞台……我国女科学家屠呦呦发现的青蒿素是从原有的抗疟疾的抗生素的基础上发现的，人类保存着天花病毒原体，以防止有一天天花病毒变异后肆虐。

　　李冰冰刚刚拍完《生化危机5》，其实《生化危机》我没仔细看过，但是大概讲的就是生物、化学、变异那些事儿，这个电影是不是就在告诉人类，微生物可能会给人类带来巨大的危机？我仔细看过《新丧尸出笼》，讲的就是由一个变异的病毒引发的丧尸反攻人类的故事。这种题材的电影不能排除是美国人在"艺术创想"，在为票房而搞噱头，这些电影都是现在的人，为以后的人忧虑。微生物学不是我必修的课，而土壤微生物是我要修的课，相比之下，土壤微生物没有广义上的微生物那么危险，土壤里的微生物大多是与"人类友好的"，而奋斗在微生物实验第一线的是学生物的人。"生科周"的主题叫"兴寄元"，主题似乎定在关于DNA遗传上了，好像比较贴分子生物学，我不太懂。

　　今天看见说农大和宜兰大学也有交换生项目。宜兰大学好不好不太清楚，但宜兰附近好像是有很多农场、牧场，比较"农业"。除了和岛内四所大学有交换生项目，农大还与日本两所大学有交换生项目，和美国、英国、德国、加拿大、澳大利亚、荷兰的大学有联合培养项目。这些项目，能帮助农大学生走出校园，也让农大扬名四海，称为"开放的中国农业大学"。

标语口号（4月25日）

今天上物理化学课，老师无意中提到中兴大学是顶尖大学，同学们就问为什么中兴大学是顶尖大学，"顶尖"的标准是什么，老师开玩笑说因为中兴大学图书馆外墙上挂着"迈入国际一流顶尖大学行列"的条幅。说到这个，农大的目标也差不多，是要建设成为一个国际一流的农科类院校，打开农大的校网，标题栏写的就是"开放的中国农业大学欢迎您"。老师对此的评价是，两岸都喜欢这种口号，一般这种口号都是挺难实现的目标。

的确如此。在邮局、在学校里、在超市，还有春假在恒春古城看到的警察局，我都看见过各种口号，内容和形式，两岸没有什么差别。说到这种口号、标语、"大字报"，我还在高中的时候，班主任给我们讲他在香港中文大学念书的事儿，其中有一件事儿就是学校里有公告栏，专门可以让老师同学写"大字报"批评学校、老师、同学，抱怨或者发牢骚。如果要是澳门也有类似的东西，那两岸四地在这件事上表现得真是"团结"。

不单单是中兴大学里会挂一些标语口号，兴大女生宿舍边上的邮局里也贴了很多标语，内容无非就是要"周到服务"、"为民着想"。这些标语贴出来之后，可能刚开始那几天，工作人员还能看着标语有所思想，之后看腻了、习惯了，这些标语估计就是给去邮局的人排队时候打发时间的乐子了。除了这种"口号"式的标语，全世界都有提醒注意安全的警示标语，我相信基本上每个人都知道有这种标语的存在，但却很难记住这些标语到底是在说什么，因为一张冷冰冰的纸贴在墙上，根本无法引人注意。如何让标语真正被人接受，这还真是个学问。

其实标语、口号没什么不好，标语有警示作用，而口号可以催人奋进，标语要引人注意一些，而口号不能搞得太"假大空"。我小时候，一到冬天就有长跑，记得老师带着我们喊毛主席写的口号：发展体育运动，增强人民体质，锻炼身体，保卫祖国。绝不是我恭维毛主席——毛主席也不需要我这等小人物来恭维，我觉得这句口号是各种口号里比较实在、鼓舞而动人的，如果身体太弱，中国人永远不能摆脱"东亚病夫"的名号，体育场如战场。

我们奥运会的竞技项目，老头儿老太太打太极拳，年轻人玩一些剧烈的运动，这几年逐渐走上正轨的足球联赛、篮球联赛，无一不在说明体育运动追赶着经济的脚步，人民的体质，别看有各种的食品安全问题，确实是变好了。有健康的身体，我们才能保卫祖国。现在冬季长跑，学生们估计不喊这个口号了，似乎锻炼身体和保卫国家也难有密切联系，但是"发展体育运动，增强人民体质"这两句话在目前看来依旧适用，毛主席的高瞻远瞩，不服不行。

物化老师总是提到一个叫"李远哲"的人，一开始不太知道他是谁，上网查了一下发现他是岛内获得诺贝尔化学奖的科学家。原本在美国做研究，1994年离开美国，振兴岛内化学学科的发展，他的研究方向应该算是物理化学的分支，所以在物理化学课上听到他的名字也很正常。一开始李远哲的主要精力放在学术研究上了，后来，他也涉足政治——科学家插足政治并不是什么好主意。另外，自打2009年奥巴马获得诺贝尔和平奖之后，我就有点不信诺贝尔奖了，因为我不太清楚他是怎么获得这个奖的，为什么把诺贝尔奖给刚上任的新总统，这使我对整个诺贝尔奖评奖体系产生了质疑。不过也许是因为西方人的世界，来自东方的我不太能理解。

今儿晚上，农资院大陆交换生有一个聚餐，在一家牛肉面馆。我要了一碗川味牛肉面，特意说要多放辣，结果真吃起来也只是一般辣，而且汤里放了糖，影响口感。组织聚餐的老师把自己的研究生也请来，有两个是菲律宾人。其中一个很漂亮，长得像《老友记》里的Monica Geller，可惜她不是很爱说话，大部分时间是听我们聊天，然后露出迷人的笑；另外一个很爱说话，能比较准确地读出我的名字，我的名字有翘舌音和三声，对外国人来说不容易。和他们聊天主要是英文，菲律宾的官方语言是菲律宾语和英语，估计大部分都说英语了。虽说现在南海不太平，但是和她们俩的聊天倒是很快乐。

石英（4月26日）

清晨五六点钟的时候，台中下了一场酣畅淋漓的大雨，等到七八点之后，雨过天晴，有太阳，但温度不是特别高，一点儿都不晒，还有风吹着，十分惬意。或许是今天的气温比前几天有明显的下降，中午看见竟然有人穿上了羽绒马甲，这叫我们从北方来的娃如何是好。

和我一起上地质学课的浙江大学来的交换生，在高雄买了两罐儿碎的水晶，他不确定这到底是不是水晶，就带给地质学老师看，老师说因为它是碎的，没有特别好看的宝石形状，所以谨慎一些，把它叫成石英更确切。老师说，地质学上没有宝石、非宝石的说法，地质学家喜欢的石头不一定是大众审美里的外形漂亮、颜色夺目的石头，而可能是科学意义上比较美的石头。生活中的宝石之所以叫成"宝"石，一方面可能是稀有，但最重要是因为好看。元素周期表里凡有强放射性的金属都算较为稀有的金属（不是"稀有金属"），但是没人会把一个强放射源挂在脖子上。

我这同学买的"水晶"不成大块，但我倒是觉得他买的碎石英也挺好看的，装在一个玻璃罐儿里，对着阳光看特别璀璨，我猜他也是因为喜欢才买下来的，所以是真是假就不重要了。老师还顺便"附赠"给他免费的"宝石造假技术小课堂"，老师说会所中有很多人会在无色的石英里注射颜料、色素，造成假的有色水晶，抬高价格卖出去，类似方法也可以用于制造假翡翠、假玉石。

几年前我在北京电视台的节目里看过，据说如果对有颜色的胶注射到石头里的造假方法要想辨真假，必须拿一块石材在显微镜下和真的宝石对比纹理，也就是说这种造假技术已经达到"国际先进水平"了，也必须用"国际先进"的防伪技术来甄别，感觉就好像一拨儿顶尖人才在造假，另一拨儿顶尖人才在打假，颇有道高一尺、魔高一丈的意思。

我记得马未都说，等再过几年岁数大了，就收手不干了，然后把观复博物馆捐给国家，因为人老了就不容易辨伪，有时候还容易受情感因素的影响。只不过我很好奇哪个年轻人能担此重任，经营好观复博物馆。

好像我隔三差五就会提到在食堂发生的事儿，因为食堂人多，人多的地方就有了事儿。今天很意外地在食堂发现我和一个男生"撞眼镜框"了。我的眼睛是在北京的宝岛眼镜店配的，大黑框，红腿儿。当时挑镜框，店员首先向我推荐这个镜框，我问他为啥要推荐这个，他说感觉我会挑这个，和我的风格很像。我听了很纳闷，这才看几眼，怎么就知道我是啥风格呢？结果的确这样，我左挑右挑，试了一圈，最后选了最开始他推荐的这个镜框。

和一个男生在这儿"撞眼镜框"，说明两件事：第一，这个眼镜框挺好看，突破了人类性别的限制，男的女的都觉得好看才是真的好看。第二，宝岛眼镜在岛内和在大陆买的货应该是一样的，但我猜价格会有差别。总而言之，隔着一个台湾海峡，眼镜框居然能"撞上"，就不容易，也算是缘分了。

还有，吃饭的时候，对面的一对小情侣在讨论他们吃的玉米仁炒虾仁算是素菜还是半荤菜。最近学生餐厅贴出来了一张纸，上面印着肉菜、蛋类、鱼、半荤菜、叶菜、豆芽菜的价格，其实也不是精确的价格，而是给出一个价格范围。说清楚一些就是，每天中午餐厅的菜到底多少钱，老师们、学生是不清楚的，打饭的时候只管问要什么菜，最后结账会有工作人员算出总价钱，他说多少就给多少，不算很透明。至少在农大的食堂，每个菜的价格都有价签。但是总的来说，虽然没有明细，但是大致的价钱，吃几顿就掌握了，食堂还是划算，不会吃到"当裤子"的程度。

明天似乎还是要下雨，雨水充沛，农事才好进行，这是福呀。

换届（4月27日）

似乎最近这段时间，台中每天都要下几场阵雨。有的时候是刮大风、下大雨，有的时候就是像今天这样的小毛毛雨。这雨下的勾起我那许久不犯的"疑似"关节炎。

最近学校里好像有很多"换届"。从女生宿舍这块儿开始说，女生宿舍有个"服务委员会"，由工读生和普通学生组成，负责管理宿舍的各种大小事务，比如宿舍的网络连接、垃圾分类等。宿舍区里面的电子屏，滚动着想要加入下个学年宿舍服务委员会的同学近期可以报名了，这个消息一公布，我就觉得我要回北京了，心里五味杂陈。除了宿舍服务委员会的工作人员要换，宿舍里住的人也要换。

我不太清楚是什么时候开始报名住学校宿舍，但是我在学校内网学生账户里找到了申请学校宿舍的选项，因为学校没有地，宿舍少，学生多，所以出现僧多粥少的情形。这周下学期宿舍分配的名单已经公告出来了，厚厚的几页纸，从女生们看到这个名单之后的表情来看，看来还真是有些申请住宿的人没有顺利被分到宿舍，而不得不高价住到校外，所幸距离下学期开学还有挺长一段时间，应该是够找个住处了。

最近农大我们学院也在搞学生会换届，学生会先是主席团换届，然后是部长、副部长换届。这时候既不是毕业季，也不是学期伊始，但是这么一个大换届，整得相关的人心里有种离别的难过。共事一年，通过一起工作，大家的感情很深，有的时候甚至会比同班同学更相互了解。很遗憾我没能参加换届，等学期结束我回北京，那时候大家聚在一起又是另一种感情了。

一个又一个的换届让我有些心烦意乱。翻翻日历，四月份马上就要过去了，五月份接踵而来。两门课要有段考，六月底马上就期末考试，掐指一算，能出去玩的机会不多了，于是我赶忙策划周末的行程。幸好岛内各种旅游资讯在网上可以很方便、快捷地找到，从坐什么火车到走哪条客运路线，从有什么景点到哪儿有民宿可以过夜，网上可以找到各种详细的信息，我可以在很短时间内就计划出很详细的行程。

计划着去苗栗县三义，网上不仅可以查到从台中到三义的火车线路，还能查到发车时间和票价，因为岛内铁路和大陆不同，岛内的火车和高铁，形式上很像是京津高铁，所以查到这些信息可以很好地帮助我规划行程。不用担心遇到"一票难求"的情况，如果心里没底，可以在网上或者便利店订票，还有各种的旅游网，也辐射出周边地方的旅游信息，可以让我规划出一条线路，而不是单个的、分散的点。

今儿还干了件事儿，算是预谋很久，也算是心血来潮，我自己动手把头发染了。算上这次，我染过三回头发，都是自己动手。不去理发店的原因，一是挑费太高。二是因为无论染成什么效果，我都会觉得不好看，亏了，所以我就选择自己动手，丰衣足食。其实自己买染发剂来染头发也没什么不好，无非就是保色时间不如去理发店长，但是像我这种不是为了这白头发而染发的人，反倒希望颜色能褪下去，然后再换个新的颜色染。在北京我用的是无氨配方的染发剂，效果都不错，在这儿没发现原来用的那种，就买了卡尼尔的染发剂。好像卡尼尔就是做头发洗护产品发家的，这个染发剂效果也很好，也不是特别伤头发，只不过有点氨味。换个新发色，也是换个新面貌，迎接在台湾剩下的六十天。加油！

台中港（4月28日）

今天还是阴雨天，我和一个同学还是去了台中港。因为昨天说了，掐指一算，能出去玩的机会不多了，机不可失、时不再来，所以今儿赶忙出去玩儿。台中港是岛内第四大港口，在台中县清水镇，已经不算是台中市的了。从中兴大学到台中港，坐客运要快两个小时：先到火车站，因为火车站是个枢纽，各个路线的车很多。

火车站的客运站有很多类似北京公共汽车站戴红箍的大爷大妈的"公交协管"，来什么车了，该坐什么车，问个路，他们都能回答，十分方便。然后再从火车站到台中港，这就有点"城际"客运的意思了。到火车站的线路我已经轻车熟路了，再到台中港的客运线路，我也在网上轻易查到了。网上还给出了时刻表，这样就不用傻等了。

和我预想的不同，台中港不是很忙碌，至少今天上午没有太多货轮停靠，也没见很多集装箱上上下下。好像就是寒假的时候，CCTV纪录频道播出了上海港建设的纪录片。从电视上看见上海港的恢弘和忙碌，再看台中港的安静，落差很大。

台中港也有客轮，有到香港、福建和澎湖的船，不过看今天三三两两的旅客，应该是航船比较少吧。现在人出行已经很少坐船了，我出门就从来没坐过船，时间长而且限制因素太多，不过以后我去澎湖可以从这儿坐船。听说有些从福建过来的交换生就打算坐船回福建，很便宜，好像也挺快。还有些人坐"小三通"回家，这似乎是一种可以把各种交通工具都用到的一种"组合型"出行路线。

据说台中港主要是农产品和肥料的吞吐，不知是不是因为岛内最大的农科院校——中兴大学位于台中。在观景台上，淋着小雨，远远眺望远处的码头，台中港就像台中这个城市给我的感觉一样恬静。去台北的时候，觉得这个城市很繁忙，坐在捷运车上心静不下来，周围总有人在打电话，虽然已经刻意压低声音了，但是没完没了的有人打电话，听着像苍蝇在耳边飞。

走在台北101附近的路上更是觉得难以放慢脚步，明明很多年轻女人手里提着购物袋，是要去购物或者购物归来，但大步流星地像是上班要迟到了。而在台中，有西装革履的上班族，也有晨练的老人，有穿着整齐制服的学生，还有像我这样静观一切的"世外高人"，台中自然是没有台北繁华，但是却十分多元化，没有人像上了发条的闹钟，没有《摩登时代》里的"机械人"，街上一排一排的小店铺让我情不自禁放下脚步，停驻在这里，感受这里的风情。

下午就回到了学校，因为过了饭点，街上开门的店铺也不多。小吃店很有意思，通常卖晨餐和午餐的店午后就关门了，卖晚餐的店通常也会卖宵夜，老板们不会为了多赚钱而延长工作时间。一到周末，很多老板也休息了，所以有时候周末可能有"吃饭难"的情况。不过紧急时刻找便利店，从叫出租车到充手机，从上洗手间到交水电费，许多意想不到的服务都能在便利店解决，吃饭问题也可以在便利店解决。

晚饭之后当了回护花使者，陪农大过来交换的姑娘去买相机。去挺大的一个商场，叫大远百，是全岛连锁的商场。商场一层、二层全是奢侈品商店，里面只有售货员，没有购物者。三层是大众商品，楼上还有整层的游戏厅、儿童用品专卖，东西很全。也是两个多月以来头一回大晚上还在外面游荡，挺好，商场里都是年轻人，比较有活力。

去苗栗（4月29日）

今天很幸运，好事连连。

我和几个同学去了苗栗。一大早坐火车到了苗栗，我们首先冲到苗栗的"小巨蛋"，去看看最近的免费演唱会门票还有没有。最近这段时间有连续的岛内歌手的音乐会，今天免费发放的五月六号。有蔡依林演出的演唱会，也正是为了一睹蔡依林的"真面目"，我们才在天刚亮的时候出发。虽然排队的人很多，工作人员一直说可能会没有票了，我们还是幸运地每个人拿到四张票。为了纪念，当然也是炫耀我们拿到了票，在小巨蛋前我们纷纷举着票留影，那样子很像是"倒票"成功的"黄牛"，这只是今天好事的开始。

手里握着票，我们这就算是"成功了一半"。和我一起取票的同学中有一个大神来台中之后几乎参加了每一场演唱会，因为票价相对便宜，观众相对少，所以每次都是VIP级别的感觉。当然，今天的正经事儿绝不是老远跑到苗栗来取票，正经事儿是来苗栗看桐花。桐花就是油桐花，白色的花，五瓣，这段时间恰是桐花盛开的时候，苗栗附近的山上全是桐花，坐火车的时候，离老远看，山都是白花花的。一起去的人里有一个中文系的人，还风骚地迎风吟诗：有时候，白花如雪，可以覆盖一切。

我们去铜锣乡赏花。在铜锣乡火车站附近的一个水果店，我们买了一个凤梨吃，台湾的凤梨甜而多汁，没有菠萝的酸涩，切开了就可以直接吃，根本不需要用盐水泡。去桐花公园的时候，水果店看店的是一个从贵州嫁过来的"大陆新娘"，得知我们几个是大陆学生，好一阵寒暄。等我们回程的时候，看店的换成了一个从海南嫁过来的"大陆新娘"，从她那得知水果店的老板是从浙江嫁过来的，总之从老板到雇员全是大陆新娘。

他们大老远嫁到岛内乡下，生活条件虽然不算艰苦，但也绝不算十分优越。如此背井离乡，应该是因为爱情，心甘情愿只身嫁过来。因为我们是大陆人，下午水果店的海南新娘又给了我们一袋子切好块儿的凤梨，还说希望再见面——虽然这其实很不可能。

从铜锣乡的火车站到桐花公园没有接驳车、客运车可以坐，所幸距离不远，可以走路过去。问了便利店的店员，他说沿着路一直走不要拐弯儿或者走岔路，走个大上坡，再走个大下坡就到了。虽说距离不算远，但是太阳出来之后，大日头晒得很热。等我们走完大上坡准备走大下坡的时候，一辆墨绿色的本田车在我们前面停下来，车主问要不要搭车，我们自然是很高兴地上了车，车主是个客家人，铜锣乡几乎都是客家人，剩下小部分是外地人，她们大多是嫁到铜锣的。

在火车上，报站的时候都是普通话、闽南话、客家话和英语各报一遍，照顾到了闽南人和客家人，不过我不能接受有些广播里把闽南话和客家话的播报顺序放在英语之后，作为外语，英语地位最"次"。

这个车主大哥在去火车站买东西的路上开车看见我们在沿路走，等他返程的时候发现我们还在路上走，因为中午太热了，就好心载我们一程。不仅如此，车主大哥说等我们在铜锣的游玩结束了，他开车拉我们到三义乡去玩，就不用我们再走回火车站，等火车了。后来我们看时间还早，还是走回火车站的，等我们到三义想告诉大哥谢谢他的帮助的时候，大哥先给我们打了电话问需不需要帮忙。大哥说不是每个台湾人都这样好心，但是客家人人很好。

今天之所以说是幸运，在于旅行很愉快，顺利取票，看见漫山遍野的油桐花，还有意外之喜，看到老乡，感受到客家人的善良，而且玩的时候没有下雨。等我们再回台中的时候，倾盆大雨又从天而降，下一周估计又是阴雨天，今天能赶上一个晴朗的天气，也是天公作美了。

助教（4月30日）

新的一周又开始了。大陆正在放"五一"国际劳动节的三天小长假，而岛内似乎没有劳动节放假这么一说。有个交换生在报纸上发现说岛内的职员们知道大陆劳动节有三天假期之后，便开始抗议，要求职员们至少要放一天假。

我父母今天出去"扫货"了，北京的各大小商场一定有各种各样的打折促销活动，而岛内最近也有打折促销活动，只不过借的是母亲节的名号——母亲节是绝对的西洋节。

每周一晚上有两个小时植物生理学的课业辅导，由助教来上，在生命科学大楼。因为楼里有很多实验室，所以下班之后会有门禁。上星期我早早就到了，趁着还没开始门禁顺利进了楼，结果助教没有借到教室的钥匙，所以辅导就取消了。这星期去得稍晚，所以赶上了门禁，因为我不是实验室的研究生，所以只好在门外等着，好一会儿有人从楼里面出来，我才借光进去。本以为可能会迟到，结果我一进教室发现里面空空如也，只有助教一个人在讲台上摆弄电脑。

我和助教相视一愣，助教说再等等其他同学，然后再开始上课。大约有三五分钟，还是没有人来，助教说不等了，开始讲课。学生只有我一个，这堂课也算是"一对一"的"家教式"精品辅导了。其实每次课业辅导人都不多,都相当于"精品小班"的编制,可以随时打断助教的辅导,进行讨论,助教也可以随时问我们有没有听懂,教完课之后助教还可以有针对性地回答问题。虽说上课很占时间,而且助教课讲的都是课上老师讲过的内容,但是再听一遍会有新的收获。

我在中兴大学的所有课里只有物理化学和植物生理学有课业辅导,但是这两个课业辅导的出勤率都很低,估计是这儿的学生对课业辅导不是很重视,所以老师也不把课业辅导的出勤算成分数,而是记成额外的加分——如果常去课业辅导,即使考试不是很理想,也可以加一些分数。

在农大,我根本没享受过助教的课业辅导课,因为大家有选修课和私事儿,或者是纯粹想休息,才不会花时间上额外的课。我想可能这儿的学生情况也差不多吧,连正儿八经的上课都懒得去,课业辅导就更不会去了。也只有我们这种交换生,倒不是因为想加分数而去上课,而是因为一来没什么私事儿要解决,晚上不常出去,二来确实要把知识扎扎实实地学明白,所以才乖乖去念书。

美国大学也有助教和助教课,那些助教大多是国际生,为了赚些零用钱而兼职做助教。做助教是很辛苦的,帮助老师批改作业和考试卷子,为了上助教课,还要把课本搞懂。本来研究生在实验室就已经很忙了,再抽时间做助教特别费时间。据说在美国,实验课的助教每次批改作业都是每个人厚厚一沓子的实验报告,如果学生书写太潦草,激怒了辛苦工作的助教,可能分数就会很悲剧。

明天就是五月份了,时间过得真快。"爱惜芳时,莫待无花空折枝"。

考古题(5月1日)

今天测量学课把期中考试的成绩公布了。发分之前,我胆战心惊害怕分数太"难看"。测量学是农资学院水土保持学系大一学生的专业选修课,一共上一学年,每周上一节课,一节课五十分钟。对我来说,每个周二下午去上测量学有点儿去教室神游、睡觉的意思,而且五十分钟老师也很难深入讲什么内容,半个学期下来,我都不知道自己学到了什么。

算是有贵人相助,考试之前一个水土保持学系大三的师兄给了我两份"考古题",他说测量学老师出题的题型通常没有什么变化,重点内容也就那么多,好好把"考古题"做两遍,考试就不用太担心了。所谓"考古题",就是"历年真题",是大学生考试不挂科的法宝。

遥想当年我还在农大的时候,每学期期末,院学生会学习部总会准备好厚厚的"考古题"发给我们,根据这些历年真题,我们就可以看出来那些是考试重点,老师喜欢出什么题型之类的。考古题的重要性在于,对于常年蹲在宿舍里打游戏的男生或者"有异性,没人性"的恋爱中的女生们,他们旷课比较多,如果没有考古题帮着"临时抱佛脚",就只能企盼考场上有奇迹出现。而对于认真学习的人,考古题无异于获得GPA满分的敲门砖。期末复习的时候,几大本厚书全要背,搁在谁身上都是艰巨的任务,有了历年真题,就抓住了命脉。

大一下学期我复习植物生物学的时候,因为有很大一部分内容是要死记硬背的分类学,我利用考古题抓住了植物分类的"一个中心"——看特征。两个基本点——"求同存异"和"异中存同",再举一个我的亲身经历来说明考古题的第三个重要性。

依旧发生在大一下学期,考大学物理,一个外院的男生向我提供了三到六年前的物理考古题,神秘兮兮地说不许外传。我听了他的叮嘱,仔细做了几遍真题,把上面重要的整理成笔记印在一张A4纸上。我们物理考试是"半开卷"形式——可以自带一张A4大小的参考纸。等考试的时候我一看卷子,基本上和考古题一模一样,有很多计算题只改了数据,连文字叙述都没变。我轻轻松松地完成了试卷,最后GPA成绩是4.0(满分即4.0)。

这几天和我妈聊天的时候听说今年北京高考考生已经报完志愿了。我想每一个近十年来经历过高考的考生都知道"五三"这个"高考神器"。"五三"全名叫《五年高考，三年模拟》，收录了近五年的高考题和近三年的优秀模拟题供高三学生复习使用。没有一个考生不用历年高考的"考古题"，没有一个老师不按照考古题带着学生复习，没有一个出题老师不参考历年真题出新题。

测量学的考古题和期中考试题很贴合，也有那么几道题只改了数据没改叙述，纵观整个考试，除了因为考试范围不同，小填空题有差别，其他方面考古题和今年真题真是太像了。还有一点，测量学的试卷和我考的其他科目试卷的版式不太一样，就是一张A4纸上面印了几道题。

估计别的科目有详细的卷头，标题用正楷体字写着"中兴大学一百学年度某某科目期中考试"，接下来是一堆考试时间、考试地点、考试形式、授课教师等信息，看起来非常正式。答题纸也很正式，中兴大学有专门的答题册子，一个薄薄的A4纸大小的小册子，有封皮，里面是横格。

无论如何，最后一门期中考试科目也已经发分了，算是尘埃落定，接下来就要着手准备植物生理学和物理化学的段考了。逝者如斯夫，竟然已经到五月了。

"校树"与"校花"（5月2日）

今天早上从食品科学大楼前经过，意外发现地上有许多从树上掉下来的"豆角"，北方常吃的豆角，南方好像叫成四季豆，和豇豆角都是草本，看见这个木本的"豆角"我完全不知道是什么。大一的时候上植物生物学，曾经很仔细地学过植物分类学，但当时因为老师讲的主要是温带常见植物，加之也过了快一年了，所以现在记得的知识不剩多少了。到了中兴大学之后，我只认识椰子，其他的花花草草、一树一木，我都不敢完全确定是什么，因为大部分都是亚热带、热带植物，不像在北京，满大街的槐树、杨树、柳树。即便是绿化带的灌木，台中用的好像也不是北京常见的大叶黄杨和紫叶女贞。

说到植物，最近中兴大学在搞"校树"、"校花"的评选，我还拿到一张选票，上面有四种花、四种树备选。这种评选和各处挂着的口号一样，是两岸共同的"特色"。虽说植物的确可以代表一个地方，比如香港特区的紫荆花、澳门特区的莲花，荷兰的郁金香等，但是大学校园所覆盖的范围很难与一种植物相匹配。

我能理解选"校花"、"校树"可以帮助学生认识学校里的植物，的确学校里也有植物信息的宣传牌，但是与其"选"，或者让学生们看字和图片，不如让学生们去实践。如果能亲眼看到小麦是怎么从分蘖到结果实，土豆是如何开花结果的，花生花是怎样落地长成"落花生"的，五谷不分的年轻人也就不会分不清杂草和小麦，不知道土豆是结在土里的，不知道花生是要把花落在土里才能结果的。

据说中兴大学在暑假的时候会安排一些学系的学生去学校下设的林场、农场、牧场实习，但我听说这个实习不是必须去的，而且也不是每个学系都安排的。从一个农资学院森林学系大三的师兄那儿了解到，虽然中兴大学本科生不是每个人都要实习，但是如果有意愿考研究所，或者是想在牧场、林场、农场做实验的话，可以向老师申请去实习，因为老师通常有研究项目，需要做实验，所以本科生可以去帮忙。但毕竟不是强制性的，有很多学生嫌实习太费时费力就不参加了。但在农大，无论学什么专业，到暑假，有两个星期左右的"小学期"，要走出学校做社会实践。对于我们学院来说，大一学生必须自行组队到农村做调查，大二学生跟着老师在学院的实验站实习，还要去门头沟做地质实习，大三学生按照不同专业到全国各地去实习。这些实习是强制参加的，而且实习结束后会有考试，成绩计入大学四年的总成绩。

据我所知，很多高校都有这样的实习，比如北京大学生命科学院大一学生暑假会去中国农业大学烟台校区实习，中国地质大学（北京）地质学和相关专业的大二学生要去北京周口店和北戴河实习。无论去哪儿实习，条件都很艰苦。去实验站，饭菜不可口，洗澡不方便；去山里，蚊虫多，温差大；去海边，天气热，太阳毒；下农村，交通不便，住宿不便。

其实有很多人参加实践就是为了参加而参加的，就像通常大学生做作业一样。不过讲是这样讲，只要参加了、实践了，或多或少都会有收获。像我大一暑假去吉林省梨树调查当地农户使用肥料的情况，最大的收获是亲身了解了吉林梨树玉米高产基地的种植情况。有很多时候我们开始做一件事时，都是抱着完成任务的想法或者试一试的想法着手的，但是做着做着，随着了解的加深，我们就会喜欢或者讨厌这件事，无论是喜欢还是讨厌，都是收获。

李宁logo（5月3日）

今天在体育馆看见一个穿蓝色李宁短袖的男生，这是我第二次在学校里看见有人穿李宁的衣服。也可能在别的地方也看见过，但是我没太注意。李宁是我在台中能看到的大陆运动品牌。在商场里有专柜，在大街上也有专卖店，有家专卖店就在中兴大学北边，应该说李宁在台湾岛有一定市场。我记的2008年的时候，西班牙篮球队队服醒目的李宁Logo让李宁火了一把，还有几年前，李宁首次获得赞助中央电视台体育频道主持人、记者服装的机会，当时每天晚上看体育新闻，主持人衣服上的李宁logo都十分抢眼。

除了李宁，还有"李小双"这个运动品牌，虽说知名度不如李宁，但是李宁和李大双、李小双是早期体育进军商界比较成功的案例。他们以自己的名字作为商标，也是创了国内品牌的先例。路易威登、香奈儿这些奢侈品牌都是以创始人名字命名的，而中国早期的品牌都是很"中国特色"的"红旗"轿车、"长虹"电视、"英雄"钢笔，中国人以自己名字作为商标最成功的例子，现在知道的依旧是李宁。

说到运动员退役之后的工作问题，有很多运动员选择深造，如邓亚萍，从26个英文字母认不全，到2001年做申奥大使，她完成了个人突破，取得了巨大成功。有些运动员当教练，如刘国梁、孔令辉。有些运动员形象比较好，如刘璇、田亮，所以进驻娱乐圈。有些像李宁、李小双，还有郝海东等，借助运动员时期良好的社会形象，成为成功的商人。当然，即便有许多成功的案例，仍有许多运动员退役之后，难以找到好的归宿。这个问题直接牵涉到国家体育体制问题，引发了广泛思考。我相信今年夏天伦敦奥运会结束后，这个问题会再次引发社会关注。

岛内的运动队，大部分是由大学生组成，每个高校会有许多运动队，有大型运动会时，也是从各高校运动队中挑选"好苗子"。这些大学生也叫"特长生"，同大陆一样，也是特招进学校的，学校特招这些学习成绩达不到一般标准的学生也就是为了能在体育赛事上提高声誉。我的一些朋友是足球特长生，他们特招进我们中学，和其他学生一样白天正常上课，晚上放学之后再训练两三个小时，每天都很辛苦。

高考的时候，有两个特长生没有选择走体育特长生这条路上大学，而是凭自己本事高考，一个考到了新疆医科大学，另一个考到了首都经贸大学。剩下的应该是按"特招"进了大学，其中有四个人考到了农大，他们现在虽然是农大足球队的中流砥柱，但是四个人毕业之后都有明确的打算，要放弃踢足球这碗"青春饭"。

前几年CBA联赛有一名台湾籍的球员颜行书，他出演过一些台湾偶像剧，也小有名气。由于酷爱篮球，但岛内没有他施展才华的联赛，所以他到CBA寻找自己的位置。现在他已经退役，到美国进行深造，有几个CBA的俱乐部向他抛橄榄枝，想请他做教练组成员。能放弃做娱乐圈明星，一心追梦，这是很值得尊敬的。中学有一个比我小一届的师弟，他放弃了去传媒大学导演系的机会，进了北京理工大学的足球队，走上了半专业运动员的道路。无论怎样，祝他的事业生涯顺利。

高雄夜市（5月4日）

今天上午一直在下大雨，上午没有课，我坐在图书馆里看窗外的瓢泼大雨，一直在犹豫要不要取消晚上去高雄的计划。结果比较幸运，下午的时候天气转晴，而且实验课很早就下课了，所以我得以很顺利赶上一班晚上七点前到高雄的火车。

不过因为没有提前买票，又赶上周五有很多人坐火车回家或者出行，所以我们买的是站票，要一路站两个半小时到高雄。想想如果要是推迟一点坐火车的话时间又紧张，所以我就狠下心来买了站票。火车上有四个外国人也是站票，他们似乎是教会的人，不是很了解他们的具体工作。他们的中文很好，其间还给一个朋友打电话用中文唱生日快乐歌，他们聊天大部分用英语，但是时不时竟然也会蹦出中文词。

在同学的建议下，我们到高雄之后住在火车站对面的饭店，一看这个饭店就有年头儿了，电梯的按键已经磨得看不清了，我们数着序数按了楼层，上升过程中电梯还嘎吱嘎吱响，感觉随时都要掉下去，等到了我住的八层，按了好几下按钮，电梯门才咣当咣当打开，像拍鬼片。房间价格双人间一夜800台币，似乎是比北京的快捷酒店便宜很多，而且这800台币是含自助早餐的。价格便宜是一方面，房间里环境也还不错，很干净，地方也算宽敞，虽说只是一宿，但是也要住得舒心。

同学建议我们一定不能去离火车站比较近的六合夜市，而要去高雄巨蛋附近的瑞丰夜市。六合夜市同台北的士林夜市一样，成了大陆旅行团的景点，所以大陆游客比较多，而本地人少。我们坐捷运到高雄巨蛋，走到地上之后跟着人流就走到了瑞丰夜市，根本不需要问路。夜市占地并不算大，外围一圈摆的全是矮桌子，是吃炒海鲜的地方，有很多年轻情侣们在吃一碟又一碟的小炒。走进夜市一看才知道，这是本地年轻人吃喝玩儿乐的地方，估计除了我们俩大陆学生之外，就没有外地人了。老远闻着炸鸡排的肉香、烤鱿鱼的鲜香和奶茶的清香，我们俩"口水流下三千尺"。听着一块大鸡排在滚烫的油里滋啦滋啦的声儿，吸着冰爽的奶茶，左手举着爆浆虾，右手还提着一盒爱玉冰，我这真是忙得不亦乐乎，吃的不亦乐乎。

除了小吃，还有杂货和衣服卖。在夜市的一角，还有"套圈儿"游戏，用小木圈套奖品，有很多对情侣都在玩儿这个，女朋友在一旁激动地看着男朋友，男朋友卯足劲儿想把最大的毛绒玩具套到，"博美人一笑"。还有类似麻将的单人游戏和小钢珠，小钢珠怎么个玩儿法我不太清楚，但是从《灌篮高手》里得知这是个"十八禁"的游戏，这个游戏本身有赌博性质，而这些游戏的摊主又都是像"槟榔西施"那样衣着性感的"小钢珠西施"一样打扮的年轻漂亮姑娘，所以说成是"十八禁"也可以理解。

可能是因为"槟榔西施"太出名，也可能是最近科学研究证明槟榔极易导致癌变，所以我觉得槟榔是"很黄很暴力"的东西，槟榔据说有点儿毒品的性质，捷运、旅馆里也特意说不许嚼槟榔，但是看到有很多人在嚼槟榔之后，再加上看到卖槟榔的很多都是大妈级别的人，我觉得槟榔可能就是像抽烟、嚼口香糖一样，是一种习惯，主要是四五十岁的人嚼，年轻人里嚼槟榔的就比较少了。

在夜市里我吃的最实惠的是一个大摊位卖的50台币三个蛋糕任选，面对一大堆蛋糕，芝士蛋糕、拿破仑、黑森林、天使蛋糕，各式各样。我捡了一块巧克力蛋糕，两块轻乳酪蛋糕。这一阵在看拉斯维加斯艺术学院的一个公开课，教怎么做西点，我发现想做个蛋糕要费掉很多鸡蛋、黄油和奶油，像乳酪蛋糕，黄油用量更多，这个摊位的价格真是太实在了。

我的感觉不仅这个蛋糕摊位便宜，冰淇淋、鸡排的价格都比台中逢甲夜市便宜一些。无论怎样，我撒开欢儿吃了很多小吃，搞得胃都有些疼了才罢休。高雄之行有个很好的开始，希望明天能有好过程和好收尾。

西子湾（5月5日）

在闹铃连续不断的轰炸下，我总算是起床了。拉开窗帘一看天气大好，和昨晚看天气预报说的大雨实在不太沾边儿，万里无云，天气好虽然对出游很好，但估计大日头晒一天，可能脸都会晒得暴皮。不过想想这几天北京竟然最高气温都突破三十度了，高雄还只是在二十九度徘徊，我也还是要谢谢老天爷的眷顾。

下楼去吃自助早餐，还算丰盛，中式的粥、西式的吐司，咖啡、奶茶、橙汁，不说多丰盛，但是能吃得比较饱，这也是我来这之后头一回喝粥。食堂没有粥和馒头，碗面小吃店卖馒头包子的也不多，油条就更不多了，似乎中兴大学附近只有永和四海豆浆里有油条卖。吃饭的时候还有家似乎是香港的游客，他们说话不多，听不太出来是不是粤语。有挺多香港人会到台湾岛和周围的小岛度假，因为近，花费少。解决了温饱问题，我们就出发去玩儿了，目的地是西子湾。

坐捷运很方便就到了西子湾，出了站，在纠结该怎么走到西子湾的时候，有一个发租车广告的姑娘塞给我一份广告，上面是西子湾和旗津的地图，还标识出的她受雇的店的位置。这样的广告设计很巧，游人会一直参考这份地图游玩，然后就会不自觉地去注意店家的广告，而不会像单纯的广告，拿到这种广告通常都不仔细看就给扔了。拿着这个广告，我们很轻松就找到了中山大学。顾名思义，这所学校是为了纪念孙中山先生而创立的。不过费了九牛二虎之力，我们也没找到学校里的逸仙馆。中山大学临着台湾海峡和西子湾海水浴场，海水浴场目前没有开放，但是沿着海岸走可以走到高雄港。高雄港是岛内第一大港，我比较疑惑的是我依旧没有看到繁忙的船只进出港口的景象，甚至连集装箱都没有看到，可能是我没找对地方。中山大学里的房子大多是红色的，用瓷砖镶在墙外面，看着十分整齐。

临高雄港，有前清时期的英国领事馆，是旅行团必到景点，其实没什么可以看的，只是一个历史建筑，红色砖房，西洋建筑风格，因为有很多旅行团的游人，所以我们没多做停留就直奔码头。码头对面是旗津，有清朝留下来的炮台和其他旧址。旗津是一个长条形状的小岛，和台湾岛不相连，想去旗津需要坐渡轮，距离不远，票价的话，全票30台币，学生票12台币，住在旗津的居民坐船不要钱，我感觉坐船从码头到旗津的距离好像还不如在颐和园坐大船从昆明湖一边儿到另一边儿的万寿山远。下了船正对着一条有各种小吃的街，在高雄不仅有小吃，还有各种海鲜，不过遗憾的是同去的人有不喜欢吃海味的，我也不是非要吃海鲜不可，所以就没有吃海鲜炒盘，而是吃了很实惠的冰淇淋和别的零食。旗津既是游人聚集的地方，也是当地人居住的地方。小吃街熙熙攘攘，但全是住宅的地方很安静，反差很明显。

沿着旗津的海岸线走，沙滩全是黑沙子，和垦丁白沙滩的白沙子不同，也和我原来见过的黄沙子不同。黑沙子沙质十分细腻柔软，抓起一把看不到大颗粒状的石英晶体，更没有像鹅銮鼻那样坚硬的礁岩，像是小时候吃的黑芝麻糊。黑沙子踩上去完全不硌脚，像是踩到海绵上，脚一踩沙子陷下去，抬起脚，因为有海浪，沙子又平了。我想可能是这附近沙滩受海水腐蚀时间长，也可能是这儿海浪小，没有足够能量把大块的晶体带到岸上，当然这都是通过上地质学掌握的知识，加上我自己的瞎猜。

有很多人来高雄都是为了"扫货"，其实我也很想扫货，但是太贵的衣服、化妆品我买不起，平价的衣服，昨晚上一看都是我在淘宝网上看到的一模一样的款式，而且似乎就是大陆网店进货过来的。感叹万能的淘宝，简直快要把整个地球都开拓成自己的市场了。

吃姜（5月6日）

大清早发现昨天去大买家超市忘记买块姜了，在网上查到学校北边儿有一家专卖食品的超市是二十四小时的，所以就去那儿买了两块姜回来。网络流传说姜可以抑制肉芽杆菌繁殖，就不会有疤痕那样的"愈伤组织"产生。据知情人士透露，每天用姜片擦痘印处，长期坚持，痘印自然消退，不打针、不吃药，花费少、无疼痛。

我买姜一方面是为了贴在脸上消痘印儿，另一方面，也是网络流传的，用姜擦头皮可以刺激头发的生长。我发现自到台湾之后，虽然每天没见有明显的脱发现象，但是脑袋上的头发可比原来少了很多，不知是不是换了新地方水土不服。年纪轻轻如果没有头发，那估计我的人生就被毁得差不多了。所以，我抱着试一试的心态，买姜擦头皮、消痘印。我买的姜是阿里山挖出来的老姜，具体是不是阿里山上的姜，我一个外地加外行人无从分辨，完全是"悉听尊便，任人宰割"。宿舍师姐在日月潭买回来的"阿里山阿萨姆红茶"，同样，她只知道一定是红茶，但是不是"阿萨姆"，是不是阿里山的阿萨姆，就不是一般人能分辨出来的了。一开始我以为阿萨姆奶茶是内蒙古、新疆那边儿的说法，结果到台湾发现，阿萨姆是红茶的名字，很奇怪，这名字乍一看以为是"萨达姆"呢。

岛内吃姜吃得很重，上周去苗栗也看见有人在卖从山上挖出来的老姜。从姜块上挂着的泥土能看出来这的确是刚挖出来的新鲜货，我感觉我看见的姜长得都比较有"艺术美"，歪歪曲曲的不成形儿。有专门的小吃店做"姜母鸭"卖，我没吃过，不过据说是老鸭姜汤，适合冬天驱寒保暖的。而老话说冬吃萝卜夏吃姜，夏天的时候，尤其是高温多雨的时候吃姜，可以祛湿除潮——姜真是个好东西。

说到脱发，究其原因，岛内的土壤和水都偏酸性，有很大嫌疑是罪魁祸首。造成土壤和水偏酸的原因可能是因为火山活动排放的硫，也可能是因为工业排放的硫。前者是自然定下来的，人无力改变，只能顺应。而后者是人类"自作孽，不可活"，完全可以改变。不过土壤偏酸也不是完全没有好处，正是因为岛内土壤酸性大，所以整个台湾岛都适宜种植茶。这几年随着两岸贸易往来增多，越来越多的大陆人认可台湾岛内的茶，之前也提到过岛内不同地区产的茶品质上还是有很大的差别的，有很多大陆游客会花天价买玉山上的极品茶叶，还是那句话，是台湾产的茶叶，但不一定真是高山茶。

为了防止脱发，我还买了一个美国有机公司做的维生素B洗发水，用着暂时看不出有没有生发的效果。想说的是，这个公司主打有机产品，在他们的商品里不额外添加香料，所以我用的那个洗头水没有什么令人心旷神怡的香味。这个洗头水也不是很容易出泡沫，我看到淘宝上很多买家评价都说这个洗头水用的时候不起泡，像是假的。但实际上真货就是不易起泡的，如果买到泡沫丰富的，那就是买假。现在年轻人肯定都不知道，快二十年前还有人用羊胰子洗头发，虽然不是什么高档护发产品，但用着效果特别好，我小时候也用过，淡黄色，有自然香，用手一按能按出个小坑儿。

现在很多学生用的笔，商家在笔水里添香料，这样对身体很不好，报纸上总是登这样的新闻建议学生们不要用有香料添加的笔，但是架不住有香料添加的笔外观通常比较精美，"外貌党"的姑娘们还是会义无反顾地用这样的笔。姑娘们还是多点儿长远眼光，别买这样的笔。

学生干部（5月7日）

法国完成了大选，萨科齐连任失败，据说新上任的法国总统对华态度很强硬；俄罗斯"新"总统普京第三次上任，反对派在游行，"普京大帝"不像原来那么一呼百应了。全球都在"换届"，我在农大的学院也完成了院长换届。早上上肥料学课的时候得知，中兴大学农资学院也在搞院长选举，老师说最近在办公室里备课、写文章看文献的时候，就会有院长候选人进门来打招呼，说如果有什么问题可以"向上反映"。对于这种事，肥料学老师既无奈又不满。物理化学老师说的话最在理，他是化学系主任，他说系主任最辛苦，既要为老师服务，又要服务于所有学生。我想能有这种想法的老师，一定在行为上做到了服务老师、服务同学。

好像现在在搞人力资源的圈子里流传着大学学生会干部"无能论",说大学学生会是充满内幕的黑暗组织,虽然是学生组织,但是已经沾染了许多社会上不好的"干部作风"、"官僚主义"。说什么学生干部徒有其表,全是金玉其外败絮其内的主儿。虽然我一个HR都不认识,但我觉得这种话不应该是有水平的HR说的,一下子打倒一大片,否定了全部的大学生干部,太武断。

大学生干部里总是有一些有能力的人存在,从优秀的大学生村官中就可见一斑。还有像我们学院一个师兄,据说大一是普通学生,没有干部职务,大二破格竞选成为体育部副部长,大三的时候成功当选主席,大四的时候考研是学院招上来研究生中的状元。作为一个后辈,我真是觉得这位师兄的经历很传奇,这个师兄真是有能力、有规划,这么优秀的师兄怎么可能无能?学习以外的经历虽然不是学生的"本职",但是这些"乱七八糟"的经历很有价值。我高中的老师说一所学校、一个老师教给学生的东西,是当学生把所有书本知识忘得差不多的时候,学生内心沉淀下来的东西。外国有位社会学家说,这叫"hidden curriculum",很有道理。

大学里的学生干部不一定全是学习特别优异的人,这点和中学不太相同。中学的时候,老师一定找学习比较好的同学当干部,原因很简单,不能把当干部作为没时间学习、学习不好的借口。北京市范围内,无论高中初中都有市级优秀学生干部的奖励。我中学的时候,初中获得优秀学生干部并没有特别实质性的好处,但是我参加高考的时候,如果有北京市优秀学生干部的荣誉称号,就能有二十分的高考加分,这是一个巨大的奖励。不知道这个加分政策有没有变更,但是据说全国各地都要严抓高考加分。高中三年做班长,换来二十分加分,很赚,但其实我学到的东西,是多少个二十分都换不来的。

做学生干部凭的是一份冲动和热情,和我一起上植物生理学的植病系大二的班代(班长),开学的时候很热心帮我影印了讲义,土环系大二的班代主动联系我,说如果生活上有什么问题可以直接找他。当然有热情还不够,想做好这份工作还要有责任心和意志力，把自己塑造成为一个可靠的学生干部。

地震（5月8日）

今天得知，前几天有一个陆生交换生放弃这边剩余的课程和考试，毅然决然回家了。此事一出，我们纷纷着手办机票改签。我订的6月26日回北京的机票，这个日子算是比较早的，因为有些人订的往返票，按满打满算的日子订的回程机票，还有些人是计划着考完试来一个环岛游的，所以他们回程机票都是六月底或者七月初的。由于假期计划还挺紧张，我在计划着把机票改签到22日，21日下午有最后一门考试，如果离校手续能比较简便地办完，那我赶一赶，就能早点回北京。不过这件事儿真是大大动摇了"军心"，大家异口同声想尽快回去，倒不是因为台中不好，可能是金窝银窝不如自己的草窝吧。

地质学课，老师讲到了地震。台湾岛处于欧亚大陆板块和菲律宾海板块交界处，是环太平洋火山地震带上的一部分。板块运动让台湾岛一直受着两个板块的挤压，属于造山运动，所以整个台湾岛都是火山地震多发地区，夏天还总刮台风。老师展示了近一百年来台湾地震震源分布图，在图上密密麻麻全是点儿，每一个点儿就代表一次地震，看见这幅图，所有人都倒吸了一口凉气。地震发生的位置简直覆盖了台湾整个岛，而因为点儿特别密集，所以简直连成了片。

在上个世纪末，1999年9月21日，集集地区发生了里氏7.6级的大地震，对中部地区，甚至整个台湾岛都是巨大的灾难。集集大地震后，岛内建起许多地震教育公园，也完善了楼内的地震逃生装置。今年是2012年，玛雅人预言的世界末日就在今年。岛内年轻人对"末日论"并不太感冒，不像在大陆，微博上隔三差五就有关于2012末日的微博，虽然大多是一些笑话和乐事，但是2012在大陆传播很广。而岛内出现了一些"拯救地球"的民间团体，中午看见一辆面包车，上面贴着"拯救地球末日"，诸如此类的话。

从去年日本福岛大地震后，整个地球都不太平，地震连发，火山也跟着来劲，印度洋又有发生大海啸的迹象。网上流传美国黄石国家公园从地下冒出奇怪的烟雾，据说如果黄石公园发生火山喷发，整个美国都会毁于一旦。黄石公园一喷发，估计整个地球都会跟着发生剧烈的地质活动，然后地球就毁灭了。这么一想，2012预言真是让人提心吊胆。12月21日快些到来吧，大家一起见证太阳会不会依旧升起。

打开春以来，大陆各个地区的气候就很不正常，北京先是四月飞雪，后来又是气温早早突破三十度。而南方也跟着北方下雪，这几年南方一到冬天都下雪。先是"两会"上有代表提议秦淮以南冬季也要供暖，后来网络有传言说有专家承认三峡大坝设计有缺陷。

还有一个事儿，周日在苗栗的演唱会，我没去，但是宿舍里师姐去了。其实整场演唱会大家最期待的无非就是蔡依林，别的歌手我基本都没听说过。师姐说，主办方把蔡依林安排在压轴，留住了很多观众。其实还有个原因，是同天晚上在高雄有一个什么颁奖晚会，蔡依林要赶场子。能近距离看看蔡依林是件挺好的事儿，不过遗憾的是听现场版蔡依林唱歌，远不如听专辑唱功好。比起流行歌手，我更喜欢摇滚歌手，摇滚歌手都是靠自己打拼出来的，成名史本身就很动人。

2005年Beyond告别演唱会的时候，记者采访著名香港作词人刘卓辉，他为Beyond做了许多首词，刘卓辉说了以下意思的话：Beyond演唱会，如果观众是四十岁左右的人，那说明Beyond是一个时代的人的回忆，如果观众有二十岁的年轻人，那么Beyond仍有新活力。结果证明，从50后、60后到90后，Beyond的歌迷跨越了近五十年，这就是摇滚乐的魅力。

外篇：
"五月天"和"地震"
这可真是八竿子打不着的两个话题，但是今天把这两个话题有机地联系到一起，这是一个二十年跨度的流水账。

大众比较熟知的"五月天"，无非是一个主唱叫"阿信"的台湾的歌唱组合。五月天有很多脍炙人口的好歌，比如《知足》、《倔强》、《突然好想你》等。五月天在两岸都有很高的人气，我周围的同学，无论男女都喜欢五月天。

另一个"五月天"可能有点儿"小众"了，严格说这个"五月天"叫"情色五月天"，是一个色情网站，2008年被警方取缔，这个新闻闹得挺大的，所以有很多人也是知道这个"五月天"的。

而大众不熟知的"五月天"，才是我想说的重点。20世纪80年代末，90年代初，以何勇、秦勇为首的几个北京二环里胡同四合院长大的叛逆小年轻在一起组了个摇滚乐队叫"五月天"，不过这个"五月天"存在的时间不长。那个时候北京的摇滚十分兴盛，唐朝乐队、黑豹乐队等这些在90后都有很大影响力的乐队就是在那个时期建立起来的。

我听的第一首唐朝乐队的歌是《国际歌》。当时我上初中，为了开团员发展大会，在网上搜《国际歌》的MP3，看见有唐朝乐队唱的国际歌，很新鲜，就点击听了，当时我的感觉是唱这首歌的人特别叛逆。至于黑豹乐队，《Don't break my heart》是我小时候知道的唯一一首外文名字的歌，我依稀记得这是唱爱情的，我那个跟不上潮流的老爸有时候在家听这首歌。

"五月天"乐队虽然存在时间不长，但是何勇和秦勇，我知道他们之后都接着做摇滚音乐。何勇和窦唯、张楚签约了当时的台湾魔岩唱片公司，现在这个公司好像叫滚石了。这三个人，通常被称为"魔岩三杰"，跟"四大天王"张学友、刘德华、梁朝伟和黎明一样，人不是台湾籍，但名号是从台湾最先叫出来的。"魔岩三杰"外加唐朝乐队，在1994年12月17日，在香港红磡体育场举办了一场叫"中国摇滚乐势力"的演唱会。我看过演唱会的几个片段，窦唯弹一个YAMAHA牌的电子琴，张楚在小提琴伴奏下唱了一句"孤独的人是可耻的"，何勇自弹自唱，他父亲用三弦伴奏，窦唯在一边儿吹笛子。

窦唯原本是黑豹乐队的主唱，但是1994年的时候他已经离开黑豹了，这时候秦勇是黑豹乐队的主唱。我记得我特别小的时候，中央一套《综艺大观》的主持人是周涛，后来换成了曹颖，就是在某一期曹颖主持的综艺大观，秦勇作为主唱的黑豹乐队演唱了《Don't break my heart》这首歌。这是我头一回见到黑豹乐队的人都长什么样，那时候的我接受不了男的留长头发。

1994年的时候，"五月天"的何勇和秦勇，都应该算是很高兴地创作他们的音乐，魔岩唱片的老板张培仁绝对对中国摇滚的发展起了巨大作用。

但是后来不知怎地，魔岩唱片没了。据说张楚再次流浪去了，而窦唯的歌没有了词。1995年的时候，唐朝乐队的贝斯张炬出车祸去世了。我还能记得春节联欢晚会唱《相约九八》这首歌的时候，一男一女的伴舞在一个大透明塑料球里摇曳，但是我却对这个时候"五月天"的何勇和秦勇还有没有新作品问世毫无印象。

再之后，从2000年到现在，信息极度发达的十年，我都没听到关于"五月天"的何勇和秦勇的太多消息，也没听到关于张培仁的太多消息，倒是台湾滚石越做越大，艺人越签越多，应该说是创造了流行音乐的繁荣。

说到这里，"地震"这个话题还没提起，马上就说到了。地质学老师说的"9·21大地震"，我没什么印象，1999年我七岁，关于"9·21集集大地震"的新闻，听父母说大陆播报的很多。2008年四川发生大地震后，两岸四地的艺人们自发组织起来，用歌曲赈灾，传递希望，这一善举感动了亿万人。然而，1999年集集地区发生地震后，新闻并不畅通，现在我也无法考证到底新闻媒体播报了多少相关新闻，但是内地的摇滚音乐人组织起来，创作了一首《既然我们是兄弟》，纪念地震中死去的台湾同伴。从音乐模模糊糊的MV中看，其阵容之豪华绝无仅有。黑豹乐队当时的主唱，"五月天"的秦勇，轮回乐队当时的主唱吴彤（桐），零点乐队当时的主唱周晓鸥，窦唯、张楚、高旗、峦树、郑钧、张亚东、李延亮、李彤、臧天朔等数得上的各大乐队都有人参与，另外的单飞音乐人也参与其中，遗憾的是何勇没能参加歌曲创作。这首公益性的歌曲的感染力很强，比乱七八糟的由唱片公司运作的市场化的摇滚精选集精致很多。

台湾中部地区的人们也慢慢从"9·21"的阴影中走出来，一些废墟被建成了地震教育公园，成为学生们常要去的地方。

然而唱这首歌的人们与他们的摇滚乐，似乎像是何勇和秦勇的"五月天"一样，烟花绽放一瞬，转眼就只剩下了黑夜。电影《再见，乌托邦》里，从医院出来的何勇胖了，他跟张有待说，他想过一段这样的日子：在云南或者北京郊区，或者青岛的海边儿，安静的地方，养条狗，写写歌。张有待打趣地回答说"交个女朋友，还是养条狗"，这回你要养条狗了。

峦树获得过全运会马术冠军，秦勇开起了赛车，周晓鸥去演戏了，吴彤加入了马友友的乐团，张楚在青岛的海边儿住着，丁武很多年没有新作问世，崔健继1993年《北京杂种》后又执导了《成都，我爱你》等电影。

所幸窦唯还经常带来依旧先锋的纯音乐。

然而，或许用秦勇的一句歌词最能总结"五月天"和为"地震"献唱的摇滚音乐人们：

现在只剩黑白的自己，却有彩色的回忆。

拼音（5月9日）

今天农大有个同学在网上问我，岛内用的拼音是不是和大陆不一样，我说不一样。这个同学是福建人，他说闽南话有自己单独的注音方式，这令他感觉良好。我在网上查了一下，中国语言学者认为闽南话是汉语方言的一种，因为虽然读音不同，但是写出来字儿都一样，而不是中国的语言学者认为闽南话是一种单独存在的语言。这就像粤语一样，中国人对粤语的认知就是广东、香港那块儿说的话，一种方言罢了，误认为粤语是一种独立于中文之外的语言。英文中粤语叫Cantonese，普通话叫Mondrian。《生活大爆炸》里有一集讲Sheldon

Copper学中文，如果仔细看，他拿的书封面印的就是Mondrian。

说到这个注音，我家人里，大姨、二姨上学的时候没学过拼音，我父母学过拼音，但是用的不多，他们这一辈儿打字的时候都用笔画或者五笔。两个表哥都是80后，自然是熟知拼音的。像我是90后，根本不会五笔打字。我们家人代表了50、60、80、90年代的人，只少了70后。而我的大学老师很多是70后，从他们课件中出现的错字可以推断他们打字用的都是拼音输入法。其实拼音输入法简单，不用记清楚每个字到底怎么写，不过长此以往用拼音输入法，会写的字越来越少。咱们学的、用的拼音叫"汉语拼音"，是上世纪50年代的时候，为了让汉语国际化，一批学者参照拉丁文发明的注音方法，台湾人管这个叫"罗马拼音"。不懂这关罗马什么事儿，估计又是一个印度人和"阿拉伯"数字的谬误。

而岛内用的注音方法叫"通用拼音"，具体的注音方式我真是一点儿都搞不懂，他们自己把这个叫成"波拨摸佛"。2008年9月，中国台湾地区确定中文译音政策由"通用拼音"改为采用"汉语拼音"，涉及中文英译的部分，都将要求采用汉语拼音，自2009年开始执行，到底有没有在执行，待俺老孙去实地考察，再做讨论。

昨天说的已经回家的交换生是北方的。来中兴大学交换的大陆学生有80多个人，其中有三分之一左右的交换生来自福建农林大学，一方面是因为福建省和台湾挨的近，交流多，另一方面之所以是农林大学来中兴大学，也是因为中兴大学是所农校。厦门大学、浙江大学、南京农业大学的交换生人数也比较多，主要因为这些学校都在沿海六省，据说沿海六省的本科生可以报考岛内的研究所。内陆的学校里西北农林科技大学交换生也比较多，是因为农资学院和西北农林科技大学有协议项目。有一个从厦门大学来的交换生说厦门大学和岛内很多大学都有交换生协议，这个交换生是中文系的，我问，那你有什么课是易中天上吗？他说，易中天退休了。

易中天绝不是《百家讲坛》炒起来的学者，没有《百家讲坛》这个节目的时候，易中天写的《民以食为天》就入选中学语文读本了，文章带点儿汪曾祺的感觉，当然又与汪曾祺的文风迥然不同，总之写得很趣味。

辅导班（5月10日）

今天上地质学课的时候，教室里桌子上摆了好多张一个医科大学招转学生的广告。最近图书馆里多了很多拉着拉杆箱上自习的人，看他们看的书，都是七月份转学考的复习材料。之前多次说过岛内的课外辅导班非常普遍，铺天盖地的转学考试信息、辅导班信息充斥在校园里。

除了小孩儿的课程辅导班和大学生的转学考试、考研考试辅导班，英语考试辅导班也很多。中兴大学正门对面有一家"亚圣英语"，就是做"托业"考试辅导的，岛内把托业考试作为一个重要的判定英语水平的指标，我对这个考试的了解仅限于知道这考试英文名叫TORIC，岛内把这个音译成"多益"。学校附近还有一家"戴尔英语"，不知道和大陆的那个戴尔英语是不是一家儿的。"戴尔英语"门脸儿外面挂着巨大的条幅写着有"多益"高分、托福高分学员——TOEFL在岛内也叫托福，名字很吉利。还写着戴尔英语培训班是"中区首个ETS授权认证的考点"。我不太清楚这个中区指的是台中市的中区还是台湾岛的中部，前者可能性比较大。我还在女生宿舍附近看见一家"地球村美日语"，这个公司除了做多益、托福和GRE，还做去日本留学考试的业务。

看见这些英语培训学校，自然而然我就会联想到"新东方"，新东方已经由一个小小的蜗居在展春园的民办英语学校，发展成为在中关村有座办公楼的"新东方教育科技集团"，并且在华尔街上市。百度的CEO李彦宏是新东方的大股东，百度的网页上铺天盖地全是新东方的广告。之前也说过在中兴大学书局里有老俞的"红宝书"卖，不过由于岛内对大陆投资的限制，新东方能在加拿大多伦多开分校却很难在台湾岛内开分校，我想如果真的新东方能进驻台湾，估计很快就能垄断岛内英语培训的市场。

　　我上托福课的时候，老师给出一个数据，台湾地区的托福考生平均成绩要远低于大陆地区的考生。岛内大学用英文课本上课的很多，按理说英语水平应该比较高。如此情况，我的认知是，一方面岛内没有"四六级"考试，一方面学生忙着学日语去了，一方面很可能就是没有特别优秀的英语培训机构和英语老师，还有可能是台湾这儿不兴"机经"这么一种东西。所谓"机经"，全称应该是"机考经验"，是针对TOEFL iBT（Internet Based TOEFL）而出现的对策。托福考试有庞大的题库，每次考试可能是原先的考题经过不同组合之后的再现，如果幸运的话，很可能在前人的机经中看到原题，那做起题来就比较得心应手了。其实"机经"是违反考试保密协议的，不过毕竟ETS不在中国，管不了这么远，便宜了像我这样一心想要投机取巧的考生。

　　与大陆不太一样，岛内学生学日语、会日语的人非常多，虽然"日据时代"离现在越来越远，但是日本对台湾岛的影响依旧还在，有些影响是正面的，有些影响就是同当年割台湾岛的条约一样丧权辱国的。

　　今天晚上系所里有个水饺大会，大家在一起吃饺子。岛内的饺子和大陆口味没太大差别，不仅饺子没差别，岛内也有锅贴儿卖，韭菜馅儿的，不挑嘴的话和在北京早点铺吃的口味差不多，就是给的少点儿。不过包子，岛内的包子皮会在面里混糖，吃着特别甜，馅儿也搁糖，糖尿病的人算是要告别包子了。不过这也说明了，大街上大大小小的牙医诊所，不是单纯了为向日本学习，而是岛内人因为像日本人那样总吃甜食，不吃骨头，所以牙齿不太好，需要常保养。

　　大陆的牙医行业不如岛内的发达，牙齿健康很重要，我家姥爷去世前总说牙疼，吃了很多止痛片，后来突发心肌梗塞，应该是牙齿上的垢物随着流到血管里，随着血液进入心脏并且附着在心脏动脉血管壁上，日积月累造成的心肌梗塞。所以小牙齿会引发大疾病，不注意不行。

偏见（5月11日）

今天在去超市的路上，偶然间发现了一家"21世纪不动产"，之前都没太注意过这个门脸儿。如果我没记错，北京也有这个门脸儿，里面好像做的是房子买卖、租赁的中介生意，应该是台商的企业，因为岛内对大陆投资有比较多限制。不仅投资开店设厂有限制，大陆人在岛内工作也有限制，听一个老师说，一般只有两种情况大陆人可以在岛内工作，一是大陆新娘嫁到台湾，获得"合法身份"后工作，二是大陆人在台商企业在大陆的公司工作，来总部接受业务培训。但是台湾人到大陆工作就比较容易，《我们台湾这些年》的作者廖信忠就是在大陆工作；一个在NOKIA工作的朋友也有很多来自台湾的同事，还有我遇到的一些本地学生也计划毕业之后到大陆工作。

晚上师姐们聊天，讲到了很多有意思的台湾人对大陆的一些偏见，或者说是由于不了解造成的误会。其中说到有一个三十多岁的实验室助理问师姐大陆现在晚上有没有宵禁。听到师姐这么说，我觉得非常惊奇，似乎大陆地区上一次宵禁还是在封建社会的时候，但台湾地区是最近二三十年才解除宵禁的。在解除宵禁之后，尤其是近些年，岛内夜店业很发达，我上课的时候，周围的本地同学有很多都是"昼伏夜出"的动物，一到晚上就出去吃宵夜、逛夜店、通宵打游戏。

于是他们就很好奇大陆人晚上会不会也去夜店，或者是别的娱乐场所，虽然我没去过夜店——我既不以此为荣，也不以此为耻——但我知道就北京而言，夜店很繁华，别的城市夜总会、KTV也很多，再不济，没有夜店也有网吧，收容一些不回家的年轻人或者是未成年人。看来这个助理是以为大陆还处于很落后的状态，这绝对是因为消息闭塞造成的。

据说有一些外国人以为中国人现在还顶着大辫子呢，直到2008年北京奥运会才知道中国的新面貌。中国一方面在想方设法在国际舞台上展现自己；另一方面，中国也必须绞尽脑汁让别的国家或地区的人有途径了解中国。

至于我亲身遇到的偏见，是有个同学问"春运"是不是真的像电视报道的那样人山人海，那么恐怖。我的回答是，岛内的媒体有刻意夸张、丑化"春运"的行为，但是画面的确很真实，因为距离远而且人多，所以有"春运"那种场景也是正常的。

后来这个同学因为我说的坐火车从北京到乌鲁木齐要三十多小时而惊讶，光顾着赞叹大陆太大而忽略了"春运"这个问题，他说他觉得从台中到台北就很远了，还因为觉得环岛要一个星期，实在太费时间而从来没有走遍台湾岛。

另外一件事，是在清明节之后，有个女生问我大陆会不会在清明节给先人扫墓，我说会，而且也会有人花大钱烧纸钱什么的。

我的感觉是，岛内人对大陆的了解，远不如大陆人对岛内的了解多，我不知道岛内有没有专门的电视节目介绍大陆，但是中央电视台国际频道有很多专门介绍岛内自然风光、人文景观的节目。不过大陆最近比较火的电视剧也很受岛内女生的欢迎，有天在宿舍楼一层门厅里待着，旁边有个台湾姑娘在放《三寸天堂》，不仅放，还跟着旋律哼唧。胡歌因为和林依晨一起演了最新版的《射雕英雄传》，所以也成了"大红人"。大陆的艺人们可能是让岛内人了解大陆的先锋，艺人们要"hold住"啊。

抗震（5月12日）

2008年四川地震到今天已经过去整整四年，震后重建仍在进行，受灾的人们还在努力摆脱地震的阴影。时间或许可以安抚人心，但却不能抹平一切。可以说是幸，但究其渊源也是不幸，四川发生地震之后，我有机会接触过一批从重灾区北川县到北京来的北川中学的学生。他们当时是为了来录制中央电视台的节目，告诉世人他们很坚强。而我之所以有机会接触他们，是因为在他们的行程中有一天是要去爬长城，我所在的八一中学接到市教委的任务，出一个班的人作为陪同。只有亲身和他们聊天，才知道他们很坚强，只有手拉手一起爬上长城，才知道他们很勇敢。

　　台湾在1999年发生"9·21"大地震之后，兴建了一个地震教育园区，保留了很多地震之后的废墟供人参观，一方面纪念死去的同伴，另一方面也是为了宣传地震来临后的自救和互救的方法。东汉时期，张衡发明的地动仪就可以准确显示什么方位发生了地震。

　　地质学老师讲岛内现在有实时监测地下水位的系统设施，可以检测地震来临的数据，没有地震时，地下水水位保持在一个正常的高度，一旦有地震波传来，地下水水位或上升或下降，偏离正常值，由此可以对地壳运动做检测，对地震做粗预测，提前采取一些措施，减轻地震的伤害。还有更多的地震波检测站遍布世界各个角落，监视着地壳的"一举一动"。从古至今，人类一直想做"先知"，但是人类目前仍无法准确预测地震发生的时间。

　　人类目前能做的就是地震发生之后尽快逃到相对安全的空旷地。我注意到，在教学楼、图书馆和宿舍楼，高楼层都安装了"避难工具"，具体是什么、怎么使我不太清楚，但我知道这是为了地震自救准备的，避难工具边上有使用指南和图示，一旦发生地震，敲开窗户就能逃生。

　　众所周知日本是多火山地震的国家，日本许多建筑都是轻质材料，有很好的抗震性，密度也小，即便砸到人也不会造成过大伤害，我不知道岛内的建筑材料是不是也是这样的。而目前，日本人已经把研究重点转向建筑结构加固这一全新的方向，一个日本朋友在东京大学做的研究生论文就是试验他设计出的一种三角钢筋结构的抗震性。

　　据我所知，北京市所有中小学去年都完成了抗震加固，每个建筑都达到了一定的抗震等级。有时候想想，北京的中小学总是"走在最前面"，在北京的大学念书可就没有这种待遇了，也不知道各高校建筑都有没有抗震等级，而且很多高校宿舍楼都很高，真有地震什么的，有多少学生真能全身而退？

　　在中学的时候，因为学生比较集中，所以每学期我们都有避难演练，虽然只是简单地从教学楼撤出到操场，但由于是有组织的，所以大家还是有所训练的。大学之后虽然没有演练，但是宿舍楼、教学楼里都清楚地张贴了避难路线，"安全出口"的灯也常开着。

《岩松看日本》里说，日本人不仅有良好的避难意识，而且还在低矮的仓库准备了足够很多人吃的食物和水，一旦发生地震没有救援，受灾的人可以自救。我这位日本朋友还说，易发生地震和海啸的地区，小孩子们从上学开始就会接受严格的避难教育。但他同时表示，即便如此，仍有很多人避难意识淡薄，由此造成的伤亡要高于地震直接导致的伤亡。

中国人喜欢把天灾人祸连在一起说，天灾导致人祸，人祸也反过来影响天灾。是福不是祸，是祸躲不过。没有天灾的时候，自己给自己建一艘"诺亚方舟"。

校园招聘会（5月13日）

今天中兴大学里车特别多，车辆在门口都排起队来交停车费。中兴大学的停车费据说是只要进校门就50台币，这个价格不算便宜。如果学校搞什么活动，开车来的人一进学校就交50块钱，那么多车进来，停车费就是一笔可观的钱，这笔买卖简直就是没有成本的，而学校要怎样处理这笔钱就是个大问题了。

仔细看了路边挂的小旗子，原来是校园招聘会。没注意具体这个招聘会是在哪儿举行的，但从络绎不绝的车辆来看，应该是有很多企业都想在中兴大学寻找适合自己公司发展的人才，这也说明中兴大学是很有影响力的一所学校。找工作难、失业率高是全球性的问题，但是其实只要有真才实学、有过硬的本领，就算"发配"到火星，人才也一样有用武之地，老话常说：金子搁到哪儿都发光。

在和一些大陆交换生聊天的时候，有些同学说中兴大学的老师会在课堂上"恨铁不成钢"地鞭策学生要好好学习，因为他们未来不仅是在和台湾岛内的同龄人竞争，更是和大陆的同龄人竞争。在北京的时候倒是没什么老师说要和台湾的年轻人竞争，大部分老师都是说如果出国，基本上就是在和犹太人、印度人竞争，不止一个"海归派"感慨印度人很聪明。而我高中的几个同学现在在以色列念大学，每天面对绝顶聪明的犹太人，更是"压力山大"。倒是中学老师，喜欢拿人大附中、北京四中这些全国知名"牛校"来鞭策我们。

为了找到心仪的工作，很多人被逼着考研究生、读博士，为了当公务员，越来越多的人竞争一个工作岗位，很多大学生在大学期间参加N多志愿活动，做学生干部，入党，付出很多辛劳和汗水，都是为了找一份好工作。虽然我也做志愿者，做学生干部，也入党了，但我做这些并不只是为了以后找份好工作。在天文馆做志愿者，是因为我喜欢天文，虽然不是专业人士，但我知道的东西足以让游客有所收获；做学生干部，也是因为能扩大社交面，多认识一些志同道合的人；而入党，我高三入的党，那时候傻乎乎的，没想过要把党员身份作为找工作的"敲门砖"，而是单纯觉得是组织上对我的信任。

说来也巧，我是2010年5月12日入党的，到昨天正好两年。很多年轻人对入党没有正确、全面的认识，甚至认为不入党是有"个性"的表现。以我的经验，办美国、加拿大的签证不需要填"政治面貌"，大陆居民申请入台时也不用告知是不是共产党员。我想无论什么时候，有立场总是比没有立场被人牵着鼻子要好。即便在政治上有意见不合、立场不统一的情况，有立场的人也会受到更多的尊重。

话说回来，中兴大学里的校园招聘会还是不如农大的校园招聘热闹，全年四月份农大招聘会，不仅有很多本校毕业生参加，还吸引了众多外校学生，校园里全是在冷飕飕的春风中穿薄薄的正装的男男女女。或许是两年后，也可能在更久，我也要开始找工作，我希望自己能现在多努力，到时候找到一个合适的职位，开始职业生涯，而不是早八晚五，随便一个工作混饭吃。

学校标志性建筑（5月14日）

又是新的一周，上课的时候老师提到一句"学校要有标志性建筑"。我看老师的意思是在声讨中兴大学计划要建设"智慧之堂"，3亿新台币预算似乎不够。农资大楼花了4亿新台币，但是竣工后效果并不好，看起来不像是新建成的。我看中兴大学里算比较标志性的建筑是一座小礼堂，一看就是旧时候的建筑风格，我觉得应该是日据时代，日本人建的。但是无奈小礼堂占地面积太小，周围是学生活动中心和食堂，学生熙熙攘攘，凸显不出它是地标。

说到学校标志性建筑，我想至少从北京学院路的大学来看，最标志的建筑就是正门口巍然屹立的毛主席像和毛主席像身后的学校主楼。中兴大学里，就在小礼堂附近的草坪里，立了一个小小的蒋中正的纪念碑，石碑上方有个蒋中正铜塑像，我第一次见到这个碑恰好是晚上，因为碑对面是在兴建教学楼的工地，所以照明设施不太完善，这个石碑猛地冲进我的视线，吓了我好一大跳，黑咕隆咚我也不敢过去，等第二天白天我再从那过，发现是蒋介石纪念石碑。

通常毛主席像有两种姿势，一种是招手，有些人搞笑说毛主席在打车，另一种是背着手，风衣的一角被风吹起来。我们农大东区的毛主席像是背着手的那种，在石像后面是一座叫马锦明大楼的主楼，一看也是旧时候的建筑，不知道是不是应该叫苏式，举架很高，冬暖夏凉。

农大东区标志性建筑应该是主楼和第一教学楼、第二教学楼，这三座建筑都是老楼，附近还有小花园，好像是温家宝总理就在主楼下发表过鼓励农大学子报效祖国的演讲，还是很有特别意义的，经常还有剧组到这儿来取景。这几年赵宝刚导演挺火的，他拍的一个《家的N次方》第一集一开始就是农大第三教学楼的教室，奥运场馆一角和操场，可惜了没拍主楼那块儿，不过似乎是那块儿更适合拍解放前的影视作品。

今天本该是物理化学第二次段考发成绩的日子，说实在的我比较焦虑，这回考得估计是不如上回好，但我上回也是将将及格的分数，当然这分数算是中上等。结果老师说这次大家考得不理想，所以同样的试题，过几天再开卷考一遍，我听了就傻了。可能是为了学生有个好看的分数，所以老师被迫这样做吧，让我觉得一种"操守"丢了，我说不清楚这种"操守"到底是什么，听了别骂我。

我觉得农大现在开始实行的分数正态分布，控制优秀率的新政策是好的，虽然这样的确让学生的GPA有所下降，但大学不是你好我好大家都好的地方。大陆大学教育总是被批评，或者说大陆整个教育界就是被批评，但是我想农大这么一个政策，至少守住了大学教育的"操守"，遵守了一种"格"。我也担心如此一来农大学生GPA可能会不如比农大差的学校的学生，更别想着和更好的学校竞争，但是后来一想，如果我有个4.0的GPA，但是一做事儿就表现得像个废物，那就更丢人了。

诈骗（5月15日）

今天是滑铁卢大学截止确认录取的日子。普度大学既没有说录取我，也没说不录取我，录取不录取对我来说都无所谓了，加拿大签证在手，心里很踏实，至少在两年后不用提心吊胆等着offer。不过我还是有些好奇这都已经五月中旬了，为什么普度还不告诉我个结果呢？如果没有录取，应该也会有封拒绝信啊。算了，不自寻烦恼了。

今天测量学课，老师上着课突然说了一句，如果接到电话说测量学课不上了，一定是诈骗电话，遇到这种情况，速与老师和警方联系。当然这只是老师的玩笑，因为今天去上课的人很少，老师自我解嘲一下。不过这也是因为据说学校里出现这样的案件，所以老师提一句，让大家提高警惕。如今大学里也不是一个很安全的地方，据说农大就有那种说假借有快递来绑架女学生的事情出现，不过因为大家警惕性很高，所以暂时还没出现这样的案件。

我记得刚来中兴大学的时候，校方给交换生开会，特意嘱咐说不要轻信中奖这类的电话和短信，世上没有免费的午餐，天上哪能掉馅饼。女生宿舍外面的邮局，外墙上也贴了好多宣传警惕电话诈骗的标语。如果"因为出现过问题，所以要避免"这句话是对的话，那么看来岛内在这方面也不是一块净土。

说到这个电话诈骗，在网上看过一个微小说，一个男的打电话诈骗一个老太太，装说是她的儿子，结果说了很长时间就是骗不倒老太太，老太太说其实她的儿子早就出事故去世了，但是因为这个男骗子声音太像她儿子，所以就想多听听他说话。骗子于是想挂断电话，老太太说你就再说一句吧，骗子想想说，妈，保重身体啊！这是一个让人五味杂陈的故事。

昨天的时候，农大我们学院的学生会完成了各部部长、副部长的换届，换届的过程就是候选人简短演讲，原学生会干部打分，然后综合平时的表现和竞选发言来决定新的部长、副部长人选。我走了之后，我们文艺部的副部长就直接顶替我当部长了，然后他又成功竞选了主席，在开完竞选会之后，他联系我要讨论一下新文艺部部长、副部长人员安排的问题。

其实当初把他们招进文艺部做干事，就是因为我觉得他们经过一年的工作，能胜任部长工作，所以无论是哪个干事当选，我都不担心会出大娄子，但是选人比较关键的是部长和主席之间能协调好，内部之间能对路子，所以经过一番排列组合，我们两人讨论出一个比较恰当的安排方案，这也算是我为学生会做的最后一件事。

挺晚的时候，我已经"班师"到床上之后，有一个交换生来找我问植物生理学考试有没有考古题和重点范围，她说她这段时间只去过一次课，而且还睡着了，其他三回全没去，她如果要是这么去考试，估计只能交白卷。老师没有发考古题，所以我这个礼拜每天都处在深深的焦虑中复习植物生理学，这段内容恰好是极重要、极复杂的光合作有和呼吸作用，赶巧儿老师是剑桥"大海龟"，出题很活，难以捉摸。这个姑娘问我有没有什么内容一定会考，让我告诉她，她就直接背这些内容了。我听了这话差点从床上掉下去，考试哪有重点——讲过的都是重点。

同性恋（5月16日）

今天台中又下雨了，下雨有利有弊。利在今天明显没有前几天湿热，一下雨温度就降下来了；弊在雨下的最大的时候我走在去食堂的路上，我的小雨伞经不起这大雨的摧残，我的鞋全湿了，裤子湿了一半儿。我的伞是遮阳伞，但是我没有晴天打伞的习惯，买来就是因为当时卖家包邮，而且价格便宜，而我恰好需要一把雨伞。

大陆姑娘们通常认为有遮阳伞就不需要涂防晒霜，担心防晒霜会对皮肤不好，而实际上一年四季都要涂防晒霜，而涂防晒霜只要洗干净了就不会有化妆品残留的问题，而不涂防晒霜才会增加的皮肤癌的几率。还有些姑娘遮阳伞和雨伞用的是同一把伞，普通雨伞没有防晒涂层，没有遮挡紫外线的作用，而遮阳伞长期受到雨水腐蚀，防晒效果会变差。

我这几天把时间和精力都花在植物生理学上了，这门课要背的东西太多，考试的时候还全是简答题，学起来费时费力。今天总算是稍微松了一口气，去图书馆的时候也终于有闲心去看看这几天在大厅里"性别差异研习社"的展览，几天之前我就注意到这个"性别差异研习社"的名字了，展板上的字五颜六色的，有很多照片和文字材料展出。

今天仔细一看才发现这个性别差异研习社是研究同性恋的。起初我以为的展板上五颜六色的字，实际是六色的，同性恋"六条旗"的六个颜色：红橙黄绿蓝紫，而在每块展览板子上也都插了"六条旗"。这个社团致力于展示台中同性恋的生活和社交。同性恋的男性比较喜欢穿鸡心领衣服，紧身裤，复古发型，有时候会扎领结。同性恋的女性，偏男性一方中性化，偏女性一方属于本色。据说同性恋圈子里有自己的"暗语"，这个我不是很清楚，但是无论有没有暗语，"不分种族、不分性取向"将是以后常常出现在协议条款中的声明。

无论男同性恋还是女同性恋，因为目前大部分人还不能接受同性恋，所以他们是弱势群体，很多同性恋者不敢公开自己的性取向。这个社团帮助这样的同性恋者，让勇敢的同性恋者有展示的舞台。

我去过旧金山，旧金山允许同性结婚，有个很大的同性恋聚居区。那片聚居区依山而建，靠海，每家每户都挂六条旗，当时在机场过海关的时候也有很多一对一对同性情侣的箱子上绑着六色带子。上托福课的时候老师开玩笑说如果特别想移民美国，先把自己培养成同性恋，然后办签证的时候写申请政治避难，绑个同性恋小旗子就可以直接过海关了。

最近奥巴马也公开支持同性恋婚姻，目前似乎只有荷兰这个国家通过法律允许同性恋结婚。同性结婚是极具争议的议题，奥斯卡金像奖得主西恩·潘主演的电影《Milk》，就是讲述为同性恋者在旧金山争取到合法的基本权利和结婚权利——同性恋活动家米尔克的一生，这部影片也获得了2008年奥斯卡多项奖项，西恩·潘获得最佳男主角奖。电影最后，米尔克被旧金山市议会一个反对同性恋合法化的议员枪杀的一幕十分震撼，这一枪也似乎像是直接打到我的头上一样。

我对同性恋结婚没特别的看法，而且社会也对同性恋越来越接受。我比较有看法的是有些人误以为娘娘腔的男的或者"伪娘"是同性恋，这并不准确。同性恋男性不喜欢女人，喜欢男人，怎么会把自己打扮成女人呢？许多外国男同性恋是部队里的硬汉，无论性取向是怎样的，男人都有男人的样子，顶天立地，敢作敢当。

残疾人（5月17日）

今天很奇怪，图书馆聚集了很多坐轮椅的人，中午吃饭的时候在餐厅也看到了他们，可能是又有什么活动在图书馆举办吧，残疾人也要多出去走走，身体健全人也要多接触他们，这样残疾人和正常人之间才能优势互补。

必须承认的是，很多健全人以异样的眼光看待残疾人。其实我小时候也这样，因为当时小，看到他们和自己不一样所以很害怕，后来长大了知道怎么回事儿了，就觉得我和他们没什么不同了。尤其看到惊艳全球的《千手观音》舞蹈，我更觉的"上帝给你关一扇门，就会给你开一扇窗"这话是真理。

北京针对残疾人出台很多政策，如果企业雇佣超过多少比例的残疾人职工，交税时可以减免。现在政府不仅是单纯救助残疾人，更是在鼓励残疾人出去就业，做一些力所能及的事，只有融入社会，才能更好地生活。北京街头有很多报亭都是由腿部残疾的人经营的，工作并不是很辛苦，每天也能赚到一些钱，再加上政府补助，日子还能过得挺快乐。

我初中的时候有一个残疾人歌舞团到学校表演，有很多残疾人有艺术天分，完全可以像普通人那样甚至比普通人更出色地登台表演。《千手观音》的领舞邰丽华是一个成功的例子，从"毕姥爷"的《星光大道》上走出来的杨光也是成功的例子。另外，夏天伦敦奥运会完后，会有残奥会。有那么多残疾人身残志坚，能克服先天的不足，走到世界面前挑战人体的极限，十分鼓舞人心。

我在中兴大学看到的残疾人，大多是自己驾驶电动轮椅穿梭在校园里的。中兴大学里的无障碍设施相对来说完善，经常看到有坐电动轮椅的学生在没有人陪同的情况下在学校里很自在地"走路"、进出教学楼。所有的楼梯都有斜坡和扶手，卫生间有残疾人专用的隔间，电梯里也有镜子，方便坐轮椅的人不转头就看到楼层。但确有不足的是台中的公交车没有设计成无障碍的，残疾人无法单独坐公交车。

而美国的无障碍设施就非常完善，进出大门有残疾人按钮，一按按钮门自动弹开，公交车底盘也很低，在驾驶员的帮助下坐轮椅的人就可以轻松上下车。而在北京，在筹备2008年奥运会的时候，建筑、公共设施、公交车等地方都安装了无障碍设施，不过我在北京还真没见过有坐轮椅的人使用这些设施，一方面可能是我没"见过世面"，另一方面可能是残疾人在北京还难以独自上街，无障碍设施还没有建立起联通网络。社会需要给予更多的关注，无障碍设施仍要逐步扩大覆盖面。

今天剩下的篇幅留给两位老师。地质学老师今天戴的眼镜腿儿上系了那种防止眼镜掉下来的绳子，好像都是小孩儿才会戴这样的眼镜，所以高中时候就由此产生了笑话。上计算机课，当时有个男生就带这样的眼睛，绳子耷拉在脑袋两边，老师看见了就说，某某，上课不要戴耳机听歌。老师以为那个绳子是耳机线，自此，那个男生就把绳子拆去了。

明天考植物生理学，但下午植物生理学还要照常上课，第三个部分又是一个新的老师授课，这个老师比前两个年轻，说话也很风趣，感觉是个"海龟"，英语发音比前两个老师纯正，讲课速度很快。她给我们放了一个简短的片子，介绍台湾岛内特有的一种兰花——台湾一叶兰。岛内有数以万计的兰花，由于地处亚热带地区，兰花随处可见，有很多花篮里就是以兰花为主体。最近学校里很多树上也放了兰花，就是在树皮有凹陷的地方放兰花，不只是为了装饰，还是因为兰花可以汲取其中的养分。

不像在北京，想看兰科植物，通常不是在植物园，就是在饭店装盘的时候放的一朵紫色的花，那是兰科的石斛。现在，由于人类过度采集野生兰花，想在野外看到兰花只能到很高的山上才能看见，大部分的都是人工繁殖的了。兰花是岛内一大代表花卉，而蝴蝶则是岛内一大代表昆虫，有个同学在高雄买到了岛内蝴蝶纪念邮票，不知道在台中能不能买到，这要是带回北京，可比买一大堆茶叶、凤梨酥，"我的美丽日记"有价值多了。

植物生理学考试（5月18日）

我高三的物理老师和班里一个男生都是5月18日过生日。高三那年，5月18日已经逼近高考，我们班给物理老师和那个男生过了一个简单的生日会，没有蛋糕，只有两束鲜花。物理老师也"善解人意"，让那个男生在黑板上解一道在高考中价值二十分的计算题，作为他十八岁的生日礼物。

今天和昨天一样，赶在中午饭点儿的时候下大雨，所以食堂人就比较多。我今天在食堂看见一只肥硕的老鼠，从后厨匆忙跑出来，可能是看见一大堆人吓着了，马上又掉头跑回去了。排在我前面的两个台湾妹子也看见了这只米奇，微表惊讶，然后淡然地提起外带的炒面走了。不确定岛内对餐饮行业有什么样的卫生要求，出现老鼠虽然难以避免，但总归是很倒胃口的，而且食堂出现老鼠一定是违规的。不过我看这只老鼠还挺壮实的，侧面反映出食堂伙食不错。

晚上坐在床上，挨天花板很近，我对着天花板"思考人生"，发现天花板上有几个易粘钩，应该是原来的人挂蚊帐用的。在农大的时候，我们宿舍天花板上满满的都是粘钩，就是我们挂蚊帐留下的痕迹。在农大西区要是不挂蚊帐，用不了一宿血就能被蚊子吸干，看来这儿的姑娘也饱受其扰。我住在八层还算幸运，不是所有蚊子都有决心和毅力飞到这么高层，所以就算有蚊子也不多，就当献爱心了，让它们吸点儿我的血。男生们就比较惨了，楼层矮，蚊子特别多。有个男生说每天早起身上都是包，瞬间多二斤肉。

再说说植物生理学的考试。这考试真是"千呼万唤始出来，犹抱琵琶半遮面"，总之有点出乎我的意料，老师课上说通常她的考试只有5%的人能勉强及格，所以我就自然而然理解成她的考试就考几个大题，每道题都要写那么几张A4的答案，所以大家都比较难考过。结果一发试卷，满满一面A4纸都是题，一共二十一道题，几乎每道题都分了几个小问题，问题越多，越容易拿分。

我拿到卷子就开始写，本以为能像第一阶段考试那样提前交卷，早点逃离这个噩梦般的考场，没成想这是我白日做梦，我从拿到卷子一直写到收试卷，几乎除了在琢磨英文的题目讲的是什么，就是在机械地回答问题。即便这样，我还有一道题因为掌握知识不太扎实所以写得慢，因而没有答完。按理说，我写的答案并不算详细。时间对我来说还不够用，真不知道有个开考半小时就交卷的男生到底在答题纸上写了几个字。

考完试虽然下大雨，我还是毅然决然去买了周末的吃食。在奶制品区，有个促销大妈执意向我推销味全公司的一个酸奶，岛内叫优酪乳，还好心把我有意要买的一罐酸奶放到我筐里，看见我筐里的香蕉，她说酸奶和香蕉在一起很好，应该是这意思，说的好像是闽南话，听不太懂。我一直是点头摇头加微笑，不开口，免得像我第一次来这超市买牛奶的时候那样，被促销大妈当成是日本人。

中兴大学场馆（5月19日）

不用复习植物生理学的周末真轻松。一方面时间安排上比较轻松，可以有很多时间让我坐着发呆；另一方面，我也不用背着厚厚一本课本长途奔袭到图书馆，所以负重上也轻松了好多。不过，原本计划着周末去阿里山玩儿，看看美如画的阿里山姑娘，结果不幸台中和阿里山都在下雨，本着"生命诚可贵"的原则，我还是乖乖待着，搞个"图书馆两日游"吧。阿里山的小火车老出事故，不去阿里山很遗憾，但我也害怕去了阿里山把命交在那里，更遗憾。

今天在六层南侧念书的人很少。图书馆南边是操场，今天好像有什么运动会，从我进图书馆，大概九点多，到我出图书馆，不到三点，操场上一直热热闹闹的，间隔那么几分钟就听见"大会通报，大会通报"，但是我竖起耳朵听了小半天也没听清到底通报了什么。这个运动会不是中兴大学的运动会，好像是台中市中学生的运动会，勉强听见初中组、高中组什么的，我想可能是借中兴大学比较完善的体育设施来办运动会。

中兴大学露天体育场有标准的八条四百米跑道，中间的足球场铺的是真草。农大两个校区，东校区的操场铺的是人工草坪，因为有年头儿不换了，所以已经露出大面积的沙子，在上面踢球非常滑，一旦摔倒很容易擦伤。西区有一个真草的橄榄球场，为橄榄球队准备的，有一个人工草坪的足球场，是足球队训练用的。真草的橄榄球场可以随时改建成足球场，下个月大学生足球联赛就要在这个橄榄球场上踢。虽然中兴大学有真草的足球场，但无奈足球并不是岛内最受欢迎的运动，倒是足球场边上的棒球场场爆满，足球场上只有零星一些人在玩儿"飞盘"或者"飞去来"。

中兴大学似乎总是承办一些大型的活动。过几天体育馆有羽毛球赛，这个羽毛球赛感觉还是挺高级别的比赛。目前这个比赛在打入围赛，每天体育馆前出出进进的车多了很多，背着大大的羽毛球用具袋子的学生模样的人也多了很多，因为有的比赛赶在饭点儿，体育馆不许带吃的进去，所以门厅那儿堆了很多餐盒。这些运动员过得真是辛苦，不仅要努力训练，出来比个赛还吃不好。这个比赛有个亮点，赞助商YONEX是全球最大的羽毛球用品品牌，林丹是它的代言人，所以现在体育馆里挂了很多林丹的海报。

大学将内部设施提供给社会人士使用是很好的举措。一方面增加了学校收入，另一方面给周围社区提供了方便。而在周末，学校的一些设施并没有被最大化利用。农大东区的奥运场馆在今年春节时候，是农民工春晚的录制现场，人大附中西山分校有时候会借用农大西区新报告厅举办活动。

我大一的时候看《北京晚报》说，北京市一些中学的体育场免费向市民开放，我的母校北京市八一中学在名单之中。自打免费开放体育场之后，一到周末，有很多足球爱好者会到学校里踢比赛，本来是要收钱的，现在免费了，学校也一定做出了许多牺牲。

除了这些场馆设施向公众开放外，中兴大学比较可贵的是向社会开放图书馆。在北京，想进农大的图书馆必须用农大学生证，主要是因为图书馆空间有限，要保证本校学生能使用图书馆。但是大学里的藏书，尤其是专业书比较多，如果能提供给社会人士，也是一个很好的提高全民知识水平的途径。我相信只要农大对社会开放图书馆，至少周边的一些中学生会有效利用起这个资源，资源共享，这是非常好的。

今天晚上回到宿舍，得知刘翔再一次登上国际比赛最高领奖台。我觉得刘翔夺冠不夺冠的,只要再次站上世界竞技舞台,就是国之荣耀,向刘翔致敬!

自习室(5月20日)

早上发现人人网已经被欧冠决赛的相关信息和文章占领了,我这才想起又是一年欧冠联赛巅峰时刻。我这个伪球迷老是忘不了2006年巴塞罗那在雨中2∶1逆转阿森纳的那场欧冠决赛。看如今罗纳尔迪尼奥、埃托奥和梅西各奔东西,时间过得真快。不过这也难怪昨晚在台中火车站看见一对情侣穿着切尔西的队服,原来是准备着看比赛呢。

我感觉岛内足球不是特别火,地方小、水平不够,很难组织起职业联赛,不像日本、韩国还有欧洲各国,虽然地方也小,但是水平比较高,足球氛围好。台湾没有特别浓的足球氛围,之前大部分人在看棒球,现在有个林书豪在,似乎一下子岛内的体育热点全集中在篮球上了。中午去超市看到有各种各样印着林书豪头像的商品在搞促销,真是"林来疯"。

今天没有按既定计划搞图书馆一日游,而是去了宿舍楼里的小自习室。早上一起床发现外面下雨,而今天又需要过一遍几门课的内容,如果去图书馆,估计我就要像那些准备转学考的人一样拉个旅行箱去上自习了。小自习室的条件自然是不能和图书馆相提并论,没有无线网也没有网口,但有空调倒是挺凉快。虽然小自习室门上贴着不许占座,但好的位置还是已经被人占了,果然大家都阳奉阴违,急赤白脸地争夺有利地形。

小自习室里有插座可以用电脑,但插座是两相的,和电脑的三相不匹配,还要自备转换器。这儿的学生在宿舍用电脑电源也要外接转换器,因为插座都是两相的。明明我住的这栋宿舍楼是近一两年建起来的,但插座没考虑到要有三相接地的,我有点儿不太理解。农大的宿舍,插座是一个两相的,直接接台灯,一个三相的,接插线板。

这个自习室在我们楼里七层和十层各有一个,我住的八层在同样的方位是楼委会的办公室。我住的宿舍楼叫樸轩，别栋的女生楼也是以"什么轩"命名，比如樸轩边儿上是勤轩，都是很好听的名字。再看男生宿舍，都是以数字命名的，很死板单调，男女生宿舍的差别一下子就凸显出来了。

据宿舍里北师大交换过来的师姐说，北师大里的楼叫"教1楼"、"教2楼"、"宿1楼"、"宿2楼"等。农大西区的宿舍楼也是从"1号楼"到"13号楼"排下来的，叫起来虽说很清楚，但是没有趣味性。农大东区更无聊，把女生宿舍楼叫"公主楼"，相对的男生宿舍楼叫"王子楼"。

在自习室的时候我看见每个桌子上都贴了"中兴大学女生宿舍樸轩"的不干胶，我发现包括学校里的桌椅板凳等公物上都贴了不干胶，上面通常有这些内容：物品名称，是哪个单位的物品，购买日期，使用年限，管理负责人，和生产厂家的信息，这么写内容一方面明确了物品的归属，避免了错拿乱拿的现象。

另一方面有个使用年限，也能提醒使用者及时更新换代，像热水机这种东西会老化，如果不明确记录购买日期不及时换新的，可能会随时罢工，很不方便。这些公物上还贴有像是汽车年检一样的"年检标识"，能把公物管理得如此细致，值得学习。

晚上做了一下暑假的计划，结果发现按7月23日滑铁卢大学英语课程开始上课这么算，我勉强有一个月的假期，除去半个月上GRE课和四五天带着学院大一师妹们去社会实践，留给自己和父母的时间真是不多。在有限的时间里做最多的事儿，看来我要发动脑筋运筹一下了。

砷超标（5月21日）

随着学期逐渐深入，周一早上第一节课肥料学的出勤率大大降低，迟到率大大提高。肥料学课有相对固定的座位，今天坐我边儿上的男生又没有来上课，上周他也没来。其实更多时间，大学生不是起不来床，而是懒得去上课。假设早上六点有世界杯决赛，很多人五点就能从被窝里爬出来。

　　我记得去年北京肯德基爆出炸鸡用的油里面砷（As）超标，媒体把这个新闻炒得沸沸扬扬，搞得人心惶惶，今天肥料学老师也提到了台北市政府抽查麦当劳，发现炸鸡用油的含砷量超标，后来经仔细监测发现是由于鸡肉里砷超标，砷溶进油里，所以炸完鸡肉的油检测出惊人的砷含量。鸡肉里之所以有砷，是因为鸡饲料里有含砷的化学物质作为杀菌剂，可以有效防止鸡生病。

　　人和其他动物都需要砷元素，但是一旦砷过量，那就是剧毒物质。一般农药里都含砷，可见其剧毒性。看来快餐被称为"垃圾食品"，不单单是因为它们高油高热量，还可能是因为原料源于不健康的食材。所幸自打我上了高中就越来越少吃麦当劳、肯德基了，只有在比较着急或者囊中羞涩的时候会去买"超值午餐"，不然都是去吃日本的料理或者是咱们自己的"兰州拉面"，或者是吉野家那样的便饭。从这点看出，我老了。

　　周末下雨，今天总算是晴了，早上阳光明媚，中午的时候又热又晒，下午竟然开始刮风，温度也明显降低了，还好没有变天下雨。从女生宿舍和校园的地下通道经过时发现前两天下雨的积水还没有干，足见当时下雨的盛况。这个地下通道设计得还是比较科学的，地上部分先是上一级台阶，然后再往地下走，这样就可以防止水淹到地下通道里。

　　据说上海地铁一号线是德国人设计的，二号线是自己人设计的，自己人设计的时候不理解德国人为什么在进出站口台阶先设计几级往上走的，再往下走，认为这个浪费材料，就省去了这几级台阶，结果雨季一到设计者就知道这几级台阶的重大功用了。在雨季一号线地铁可以正常运营，而二号线地铁因为会被淹水而不得不停运。

　　我想现在肯定再设计进出站口的时候都会考虑到淹水的因素了，北京的地铁口都是有向上走的台阶的，这样才不至于一到夏天总出现在地铁站里看瀑布的场景。

　　有个乐事儿。下午看见一个没有车座子的自行车，不知道是车座子最近被人偷走了，还是这车子放那块儿的时间太长了"自然毁灭"了，总之看见这个没有座的自行车惹得我在大马路上就笑出声来了，这也让我想起了网上很多关于偷车的恶搞图片。中兴大学凡是停自行车、摩托车的地方都有很多摄像头，所以不用太过担心车子会丢，有些人会放心地把摩托车安全帽放在摩托车上不拿走。不过防患于未然，有摄像头看着还是比较好一点儿。

　　生活中处处都是摄像头，说实在的虽然有些人觉得这触犯隐私，但有摄像头还是一定程度地规范了人们的行为。前段时间看了莱昂纳多·迪卡普里奥主演的电影《胡佛传》，电影结尾的桥段，胡佛去世之后，尼克松总统直接骂了一句：I want those fucking files. 这个fucking files指的是FBI，说白了就是胡佛所掌握的美国总统大事小情的记录，绝对隐私的记录。电影拍得很好，值得一看，而当年的"杰克"也从偶像派成功转型成实力派了。

地板（5月22日）

　　中兴大学的铃声和南拳妈妈《香草吧噗》MV里出现的声音完全一样。有时候周末在宿舍，或者是早上七点多，我也能听见这铃声，我一直纳闷儿这算是什么铃声，都是在没有课的时候响，今儿一大早走在女生宿舍的院子里听见这铃声，发现声音来自女宿北边的小学，同样的声音，时间不同。不知道台中市别的学校是不是也用这个铃声，不过我能确定基本上北京中小学和高校都用一小段音乐作为铃声，每个学校都不一样，农大用的是贝多芬《致爱丽丝》，音效不太好，但是一听就能听出来。

　　我知道的最强大的是北京东城二中，他们每周都换铃声，铃声都是世界名曲的节选，二中里有一个小电子屏，显示的就是每段铃声的出处和作曲家，通过这个小细节增长学生的音乐知识，也体现出这所坐落于老北京胡同里的中学深厚的文化底蕴。

　　这段时间图书馆在对大理石地板进行抛光。说到大理石地板，一般住家在装修的时候都不推荐用大理石铺地，因为天然石材里多含有放射性元素氡，它衰变放出的辐射射线会提高人患癌症的几率，也就是常说的"致癌"。我不太喜欢"致癌"这个词，手机辐射致癌，亚硝酸盐致癌，紫外线致癌……这么多"致癌"搞得人心惶惶，就感觉用手机就会得癌症，吃火腿肠就会被确诊得癌症一样吓人。

而实际上只是提高了癌变几率，人正常的癌变几率没有记者报道中描述的那么高，而之所以人们觉得老能从新闻里听说有人得癌症，是因为如果是正常人，记者才没有闲心去写报道，而且写了报道也没有卖点。所以说，有时候不能被真实的新闻营造出的假象所蒙蔽，安心快乐地生活才能从根本上帮助我们降低癌变的几率，内因总是最重要的。话说回来，我家老早以前是水泥地，黑黢黢的倒是朴素，之后换成瓷砖地，现在地上铺的是复合地板，不是原木的，所以不娇气，也不容易脏。不过公共场合有气派的地方都用大理石，显得大气、上档次，使用目的不同，所以用的材料就不同，这也算是因地制宜。

下午在水土保持学系上课的时候看到一只纯黑色的流浪狗，这只狗老出没在水土保持学系，也没有老师同学赶它走，似乎相处得还挺和谐的。还有"好事者"给狗的脖子上挂了小铃铛，小狗走过来叮叮当当响，可能是为了提醒人有狗狗出没，请避让吧。

这儿几乎家家户户都养狗，给我感觉人们是很爱护宠物的，但是即便如此，外面也有很多流浪狗，中兴大学里一到晚上，流浪狗就三五成群地出没。我想对宠物要有恒心，对流浪的动物更要有爱心。

晚上是一个交换生与校长的座谈会，本着自愿参加的原则，我为了一睹校长尊容，就报名参加了。没成想去了之后才发现是教务主任和一个管大陆事务的老师代表出席的"晚宴"，没有什么座谈，就是大家在一起吃个便饭，其间老师简单"采访"我们在中兴大学的学习、生活情况，和岛内观光的情况。

这个"晚宴"，之所以加引号是因为虽然菜色不错，内容也很丰富，但是菜少了，明显大家没吃饱，难以称上一个比较好的"宴席"，但也算是我来台湾头一回吃到比较正经的台湾菜，果然是甜口儿，坐我边上的江苏姑娘觉得很多菜口味不错，但我实在是受不了，恨不得扛勺大酱吃。

网贴和"科比"（5月23日）

前几天说过每天早上图书馆都有很多校外的人排队拿进馆号码等着进图书馆，有的时候这个队蜿蜿蜒蜒能从大厅排到门外，有很多人席地而坐捧着书看，一边看书一边等着，可见需要很长时间才能拿到号码，今儿我算是知道这是为什么了。

图书馆规定校外人员进图书馆的上限是二百人，所以先到先得，多余的人就只能等着有校外人员出来才能拿到号码，换成出入卡进图书馆。而在期中考试、期末考试前，图书馆只对本校师生开放，这样保证了本校师生的利益。还有比较好的一点是，校外人员用身份证件就可以在中兴大学图书馆借到书，馆内藏书很多，据说其图书资源比台中图书馆还丰富。

中午看新闻说有个小学老师让学生给一个名人写信，有的小孩写给周杰伦，有的写给岛内的作家，有小孩写给比尔·盖茨，有小孩写给JK.罗琳。新闻里说，比尔·盖茨和JK.罗琳都给小孩子认真回了信，还祝愿小孩子学习顺利，生活快乐。比尔·盖茨之所以成为世界首富，哈利·波特系列之所以能风靡全球，都是有原因的。

全世界最富有的人，和全世界最有想象力的母亲平易近人地给一个陌生的小孩子回信，不难想象他们平时有多忙，但抽出可能也就是喝杯咖啡的时间写一封简短的回信，很可能会极大地鼓舞到小孩子，从而影响到他的一生。

讲几件我个人的故事。在新浪微博上我有时候会"掺和"北京天文馆朱进老师的评论，我第一次留的评论是关于朱进老师一头的"自来卷"，我也是自来卷，我就评论说：老师可以尝试把头发拉直，我这自来卷前一阵拉直了。朱老师回复的是他女儿也把头发拉直了。

第二次留的是朱进老师前一阵到我的中学去参加天文方面活动的微博的评论，朱进老师也给回复了。而且看朱进老师的转帖，有很多都是爱好者们拍的天文照片，或者是提的问题，只要"@"朱进老师，他就会认真回答。

还有更早以前的一件事。八年前，我上初一的时候，我给科比·布莱恩特写过一封E-mail，科比简短地回复了我。我至今都难以相信科比真的回复了我，我其实都不完全相信在网上查的科比的邮箱是真的，不过无论怎样，"科比"回复了我。

今在网上还看到一帖子说是来台湾一定要吃的夜市小吃。说实话上面写的小吃都不是我在台中和高雄的夜市看到的卖得最火的小吃，米血糕、蚵仔煎什么的好像没有大陆传说的那么受欢迎。一般大陆游客总结的小吃都是很地方性的，而实际上最受本土人欢迎的才是最好吃、最好卖的，想选哪样因人而异了。

我反正比较喜欢吃受本土人欢迎的小吃，因为对我的口味，米血糕至今没有挑战过，而蚵仔煎又甜又腥。另外，我建议大陆游客去也要深入到"台湾内部"，尤其是自由行的游客，避免去旅行团去的地方。

台北的士林夜市、高雄的六合夜市已经被大陆游客"占领"了，不是纯粹的台湾风情，要去像台中逢甲夜市、一中夜市这样的地方，那才是台湾夜市，你身边全是本土年轻人，这才是真实的岛内风情。或许吃的不是大陆人推荐的"台湾小吃"，但这才是真实的台湾小吃。

留学经历（5月24日）

前一段时间各个学系轰轰烈烈的"系列主题周"刚刚告一段落，现在又有新的主题周开始了。顺便提一句，植病周因为前期准备得很充分，又有各种各样新颖的宣传方式，所以吸引了很多人甚至是校外的人去参展，应该说办得很成功。看他们准备得那么辛苦，不成功也难。

下个星期到六月初，我所在的土壤环境科学系主办的土环周即将开幕，土环系在中兴大学似乎是个历史比较悠久的系所，土环系的学生自称为"土兴人"，希望土环周也能有好的反响。还有园艺系，他们虽然没有主题展，但是临近毕业季，园艺系学会组织向毕业生出售学生们自己种的花，一方面他们售价比外面花店要便宜；另一方面，据内部人士透露，有些花的品种是外面比较少见的，物以稀为贵。

除此之外，溜冰社也在搞活动，这两天中午总看见学校里有穿溜冰鞋拿着宣传板进行"流动宣传"的溜冰社的人，他们也赚足了眼球。

今天有植物生理学课。植物生理学课最后一个部分的老师，之前说了，英语发音比较正常，台湾调儿比较弱，我猜她有留学经历，而且应该是美国，今天得到证实的确是在美国留学。之所以能猜是美国留学，原因就是她没有英国腔儿，理由有些牵强，但是猜对了就行了。这个老师很年轻，三十岁出头儿，孩子也就一两岁，是助理教授，算是这边儿副教授的前身。我想她之所以能比较年轻就当上助理教授，可能是和她有留学经历有关。

想来植物生理学实验老师，应该快五十岁了，中兴大学硕士，职称写的还是助教，我搞不太明白这样专职的助教是什么样的配置，但是这个职称真是比较低，因为有很多研究生、博士生也会兼职做助教，虽然可能会和专职的助教有所区别，但称谓都是一样的。

在农大，有很多五十多岁的老师在90年代初的时候就有留学经历，一部分是日本留学，一部分是德国留学，去美国留学的相对少。而新进的老师据说也必须有留学经历，并且要是博士才考虑引进作为专职老师。我们学院最近进来的老师就是我们院自己培养出来的本科生，研究生是在农大读的，博士到美国读的。

还有我的有机化学老师，一直到博士都是农大念的，博士后研究是在

UCLA做的，可见现在对大学老师学历的要求越来越苛刻。不仅是大学，像在北京，好一点的中学招聘刚毕业的老师的时候，非研究生不录，我高中更是有一个生物老师有博士学历。

植物生理学老师比较喜欢给我们放有关于植物的短片，上次介绍台湾岛的兰花，这回放了一小段关于土壤的视频，没放完，下节课接着看。我还真是有日子没有在课堂上看过视频了，在农大的时候，一般只有选修课老师和经管类课程的老师比较喜欢放视频给我们看，视频能比较好地辅助教学，而到中兴大学之后，我也没有选修课上，别的科目都是很一板一眼的课，看视频的机会就很少了。视频是很好的教学手段，应该有很多上过新东方的人，都因为老师在课间休息放了一个片段的英文节目或者电视剧之后，成为这个节目或者电视剧的粉丝。

台中购物指南（5月25日）

又是一个周五。今天下午实验课老师外出，所以上周五提前把内容讲完了。我一整天都没有课，早上就到了图书馆，窝在角落的地方背单词。

中午在食堂吃饭要了一块"排骨"。之前说过这儿的排骨其实是一块炸肉排，而不是通常我理解的一根骨头上面有肉，所以这三个月我都没见过骨头了，虽然不至于特别想吃骨头，但是"好久不见"，怪想念的。今天算是我幸运吧，买的排骨上有一小块骨头没有剔干净，嚼着这小块骨头，真是一种久违的感觉。据说啃啃骨头可以增加牙齿的硬度，对牙齿健康是有好处的。萨苏说他妻子为了让女儿能有一口坚固的牙齿，特意买到大骨头给女儿啃。

下午的时候，天气正好，我也没什么事儿，于是就出去逛街购物了。来这儿因为地方不熟，所以不像在北京那么隔三差五来回乱窜不消停。岛内大一点儿的商店都可以直接用银联卡刷人民币消费，使用的过程和在大陆是一样的，输密码签票据就可以，因而买东西很方便。

不过看商店要么就是岛内人使用银行卡消费不用输入密码，要么就是台中用银行卡买东西的人不多，之所以这样说是因为在两家商店买东西，柜员都是从很角落的地方把刷卡机掏出来的，为了输密码，我不得不站到收银员的地方，不然我够不着。刷卡比用现金方便，不过最大的缺点就是花了多少钱没有概念，所以用卡消费很容易刷爆。

以我现在积累的在台中的购物经验，我可以写出一个简单的台中购物指南了，应用范围集中在中兴大学附近，稍带有一中商圈、逢甲夜市附近的购物区。台中满大街都是便利店，所以有突发情况的时候便利店能"救火"。如果不是有突发事件，比如一家人采买生活上的用品和吃食，像大卖家、大润发和家乐福这样的大型卖场可以满足需求，这些卖场的特点就是东西便宜，商品一卖都是成箱成捆地卖。

我每次结账的时候，前后的人几乎都是推个手推车，里面有几大包卫生纸，好几升的洗衣液，好几箱饮料，面包、蔬菜、水果也堆得像小山。还有一些超市，比大卖场小，比便利店大，有些是24小时的，主要卖吃食，可能是方便附近居民买零嘴吧。而像商场，有化妆品、衣服鞋帽、饰品手表什么的大众商品，顶层一般是电影院，与一般的商场一样，没什么新奇的，商场里的东西很贵，不太适合经常性的大量采购。

除此以外，夜市也是一个很好的购物场所。我姥姥家住在锦州，夏天的夜市大部分都是卖衣服之类的穿的戴的，买吃的比较少，无非就是刨冰、冰淇淋和烧烤。岛内的夜市不是只有小吃卖的，也有各种东西卖，衣服、鞋什么的。如果仔细看，会发现这些衣服和鞋有很多是大陆产的，再仔细看，如果"道行"够深，你会发现这些货大多在淘宝能找到一模一样的，我推测这些就是在淘宝上批发过来的，加个繁体字的标签，再倒卖出去。淘宝上的东西款式很多，样式新颖，所以这些夜市的货销路很广。

据我所知，台中市有一家outlet's，在台中公园对面，里面的东西真是很便宜，打的都是5折甚至更低，nike、adidas更是有很多买一送一，同时也有奢侈品卖。有机会来台中可以去那儿看看，没准儿有意外收获，不一定非要买商场里卖得死贵死贵的奢侈品。

"老绅士"姜保真（5月26日）

我真算是幸运儿。交换到中兴大学农资学院，学院秘书是位非常热心的"老绅士"。周末在这位老师——姜保真副教授的组织下，我和其他部分大陆交换生、中兴大学学生和台中两所高中的八位高中生共四十人一起参加"2012台湾农业高等教育研习营"，这次活动时间总共一天半，今天一天和明天上午。

今天的活动是在学校里听讲座，一个内容是姜保真老师向我们介绍他主要参与建立的中兴大学"国际农企业学位学程"，这是一个以全英语教学来培养农业技术和农业经济人才的"学程"，有学士学位班和硕士学位班，这两个班级都是二十人左右的小班，大部分学生不是本岛学生。这两个学程都是近两三年才建立起来的，据说开拓了岛内第一个全英语教学的国际化学位班，享有很多的资金赞助和资源赞助。

虽然两个学程的学生很年轻，但是姜保真副教授年轻的时候在欧洲和美国留学、游学了多年，有非常开阔的视野，非常鼓励学生有"世界观"。这个班级的学生可以到本岛内中兴大学农资学院下设的农场、林场实习，甚至可以到位于菲律宾的一块中兴大学试验田去实习。不知道这块试验田是不是真的是菲律宾的，没准是我们黄岩岛上的一部分，玩笑话。

姜保真老师非常希望他的学生了解外面的世界，观念很"先进"，眼光很长远，也正是如此，姜老师非常欢迎我们交换生。今天他在宣讲的时候说：小小台湾岛不足以承载岛内年轻人的梦想，试问如果大陆不大量购买岛内产的石斑鱼，石斑鱼产业在台湾能否做得起来？这段话再次让我想到菲律宾。

中国是菲律宾香蕉最大的进口国，由于最近黄岩岛事件沸沸扬扬，不少香蕉农都在担心自己的香蕉没有销路，而事实上，我看新闻报道，前几天海关查出从菲律宾进口的一批香蕉不符合中国进口的什么标准，所以有一百个左右集装箱的香蕉被送回菲律宾。日本也是菲律宾香蕉出口的主要对象国，再开个玩笑吧，菲律宾可以"鼓捣鼓捣"把日本发展成为进口它们85%香蕉的国家，取代中国，这样不用担心中国限制菲律宾香蕉进口之后，对菲律宾举国的农业、经济产生负面的影响。不过问题是就算日本人"连吃带用"，菲律宾85%年产量的香蕉对日本来说也实在是太多了。

今天各种各样的讲座、交流，有姜保真老师介绍他的两个学程班级，有老师介绍农资学院，有学校咖啡舍的同学在茶歇时候介绍咖啡，有高中生介绍台中市，也有交换生讲他们眼中的台湾。这些讲座中，最有分量、最令人激动的就是作家张晓风女士的莅临，她讲了两岸四地的语言，主要集中在一些比较有地方特色和文化特色的措辞上。比如说台湾年轻人喜欢说"对啊"，来表示一种肯定。我记得2004年刘翔夺得奥运会金牌接受采访的时候，他很激动，说话的时候"对"这个字出现的频率很高，也是表示肯定、自信的方式。晓风老师说"嘿咻"这个现在有些"变味"的词，原来是日本人在跑步、行进时候的口号，像是我们用的"一二一"。对于大陆地区的语言，晓风老师也有了解，从她讲的内容上来看，晓风老师对近五年甚至十年来大陆地区的语言发展已经不是很了解了，不过她自己承认，大陆近十年发展太快了。有张晓风老师莅临，我趁着间歇的一刻钟特地到学校里书店买了一本张老师的书，来请她签名。

书店里只有两本张老师的书，另一本被一个中文系的男生买走了。见张晓风老师的机会估计一辈子就这一回了，所以无论如何要搞到她的签名。再次套用Eminem的歌词：You only get one shot. Do not miss your chance to blow. This opportunity comes once in a lifetime.

台湾高农研习营(5月27日)

"台湾高农研习营"活动第二天。今天我们的重头戏是沿惠荪林场的步道登山。今天大家更少拘谨,因为昨晚到惠荪林场之后,我们有一个简短的晚会,大家通过游戏互相认识。在这儿重点介绍一个据说是岛内营火晚会必备环节——跳《第一支舞》。虽然原来我参加过很多小晚会、篝火晚会,但是都没有一个特别好的认识别人的方式。而这个《第一支舞》名字的由来就是因为营火晚会第一项内容就是跳这个舞,跳完舞,大家互相认识了,就可以正式开始营火晚会了。

简单说,《第一支舞》是内外两圈人面对面,两个人一组,应着音乐歌词做简单动作,这样通过做肢体动作接触,两个人就能迅速认识。而歌词内容基本上就是指导两个人做动作,比如拉手、拍手、击掌、拥抱、转圈儿等。同时,这支歌又多次重复,所以每个人都可以交换到四五个伙伴。

另外,在分配宿舍的时候,交换生、本地生和高中生是混合着住的。昨晚在一个交换生的带头儿下,一大帮子人还聚在一堆儿玩"杀人游戏"。房间里的床是有点类似日式榻榻米的地板床,上面铺着床垫,方便我们围成大圈儿玩游戏。本来年轻人就开朗,再加上玩游戏,相互之间就更没有隔阂了。

说回今天的事儿。今天一大早六点半大家就起床了,有些晚上玩到凌晨一两点的人也硬生生地起床了,早饭过后,我们按既定时间上山。带队的姜保真老师作为森林学系的老师,是保护森林稳定平衡的工作者。姜老师简单讲了惠荪林场的历史,这本是日据时代日本人开发的林场,后来交由中兴大学管理,现在完全属于中兴大学农资学院,在农资学院的开发管理下,林场不仅是学生实习、老师科研的场地,也逐渐成为一个度假场地。最难能可贵的是,林场本身的自然环境没有被人为破坏,姜老师说:人要向大自然"示弱"、"妥协"。

惠荪林场作为度假场所和实习科研场地,是现在惠荪林场管理的次要部分,主要部分依旧是保护林场。惠荪林场的管理资金主要来自中兴大学,旅游收入杯水车薪。虽然旅游是重要的第三产业，但是旅游业本身如果创造出"巨大产值"，旅游胜地很可能会承受超出范围的压力，从长远角度讲是入不敷出的。

尤其对于自然景观，一旦遭受人为的破坏，恢复的可能性微乎其微。伐木工人一天砍掉的树要想长回来，需要百年以上。据我所知，为了保护森林，几乎各个国家和地区都有相关法律法规或者政策，大陆地区武装警察的一个分支就是森林警察。

今天早上，我们还幸运地看到了中兴大学校长及夫人，他们也到林场过周末。本来校长座谈我们很遗憾没见到校长，结果今儿早上见到了，我们纷纷说跟着"姜老师有肉吃"。校长及夫人也很热情，得知我们是由交换生、本地生和高中生组成的研习营，很高兴地与我们所有人合影，祝我们玩得快乐。

我们的确玩得很尽兴。研习营里有中兴大学森林学系的师兄，他对这儿的情况很了解，在他的带领下，我们沿着一条小野路从半山腰上山，然后沿着一条人烟稀少的路走向由山上发源的小河，再顺着河往下走。林场很好地保持了森林的原始风貌，除了一条细窄的依山而建的步道，山上的森林完全没有被人为动过。

各种高大树木郁郁葱葱，树下是矮灌木和草本植物，森林的垂直分布很明显，区域生态系统很完整。走在步道上，虽说山很陡，有点儿惊险，但是有"天人合一"的感觉，整个人身心融入自然里。等我们看到小溪，大家不顾穿着运动鞋，都脱了鞋纷纷踩进水里，更有甚者在水里泼水寻欢，不亦乐乎。再多说一句，这个森林系的师兄是学校吉他研习社的成员，弹得一手好吉他，昨晚上的晚会还有今天，他献唱不少歌曲，赚足了人气。

午饭后我们就返回学校，离开前我把研习营发的名牌留下来了。我一直是"偷名牌的贼"，中考、高考之后我都把贴在考位上的我的名牌撕下来带走了，留作纪念。这次的"研习营"，接触到的台湾学生都是很上进的好学生，他们有开放的心态，既不过分羡慕"外面世界"的生活，也不自满于现在的学习，不卑不亢，也不妄自菲薄。这样的性格十分受人尊敬，也值得我学习。

至于下午和晚上，我又恢复到学习状态，开始背单词，算是迎接新的一周。

奶茶饮料（5月28日）

早上买吃的，看见一个叫"奶绿"的奶茶饮料，有点好奇，仔细一看配料表发现"奶绿"是绿茶加牛奶。之前我以为只有红茶能和牛奶混在一起，成为通常我认为的"奶茶"，而今儿早上看见的这个"奶绿"纠正了我的错误观点，为了"纪念"这一点，我就买了奶绿。喝起来，奶绿相对奶茶，味道没有那么重，有清香味，这应该是因为绿茶比红茶味道更清香。喝完我觉得这个奶绿的味儿和原来喝的"抹茶奶茶"很像，估计是因为抹茶奶茶的抹茶粉是绿茶做的。总而言之，换一个新口味还是很好的。

我想大部分人都听说过"台湾珍珠奶茶"这么一个饮料的名字，我第一次喝珍珠奶茶的时候就是看上了杯底沉着的"珍珠"。珍珠奶茶的确是岛内很受欢迎的饮料，大街小巷的饮料店都有现做的珍珠奶茶卖。珍珠奶茶也当之无愧是台湾最具代表性的饮料，很多欧美人也喜欢"bubble tea"这种饮料。"珍珠"是用木薯做的粉圆，嚼劲十足，其实在台湾夜市，也有和果汁搭配着卖的粉圆，不一定非要搭配奶茶。我想在家如果想喝奶茶，既可以自己家用泡好的红茶或者绿茶兑牛奶和糖，也可以用锅子熬砖茶，等差不多熬出茶香味了，添牛奶，小火慢慢煮，一开锅就齐活了。

今儿早上上课，连着两周没来上课的我的同桌终于出现了。他说之前两周周日晚上打电动玩得太晚，早上起不来床，虽说今天他起得也很晚，但是考试临近，他还是来上课了。我只有周一早上的肥料学课是从八点开始上课的，这节课能正点儿到的同学越来越少。起初教室里没有多媒体设备，是由班代，也就是班长带笔记本电脑提供给老师用的，这周教室里有了多媒体设备，结果班代也迟到了。我上课的几乎每个教室都只有投影设备，而没有电脑，老师上课还要再提个笔记本电脑过去，虽说有些老师不愿意用公用电脑，但是有公用电脑还是上课方便。

课间的时候我和同桌聊聊周末都做了点什么。我说我去了惠荪林场，他有些羡慕，因为他还没机会去那儿。这也是我去过的岛内的一些地方，有很多本地学生都没去过。就像我周围的很多同学都快把北京的大小名胜玩遍了，但是像景山、北海公园我都没去过呢。算是在我的怂恿之下，和我一起做植物生理学实验的姑娘要在暑假环岛。

和同桌聊天的时候我注意到他穿着拖鞋，看着特别眼熟，但是又想不起来在哪儿见过。仔细想想才发现他穿的拖鞋和我们住的地方的拖鞋是一样的，塑料拖鞋，不分左右脚。老早以前，春假我们在垦丁住的民宿里也是这样的拖鞋。我记得老早以前北京的宾馆里拖鞋都是那种沾水就会烂的鞋，不太好穿，不知道现在有没有换成质量好一点儿的拖鞋。

在美国，小旅店里没有拖鞋。这儿有很多学生和民众就是穿拖鞋上课、买东西之类的，这是我接受不了的。一开始的时候，我都接受不了穿人字拖出门，后来看实在是太多人穿了，自己也穿，很方便，所以就接受了。现在看到这么多人就穿着拖鞋在大街上走，又觉得不适应，感觉有些太随意了，不知道我会不会逐渐接受，总之都要有个从不适应到适应的过程。

备考（5月29日）

昨天和今天唐山发生了地震，昨天北京、天津也有震感。我求证了我妈，她说她没有什么感觉。网上说唐山这两回地震都是唐山大地震的余震，有很多网友在质疑，已经过了三十六年，怎么可能还有余震？不过从地质学上讲这是有可能的。进入2012年以来，大大小小的地震层出不穷，"2012世界末日"这个预言被传得越来越邪乎了，不说百分百相信，越来越多的人抱着将信将疑的态度看待2012。

　　我猜可能是最近地壳运动累积到一定程度，能量以地震的方式释放出来而已。至于盛传的12月21日之后太阳不会再升起，地球磁场消失，北京天文馆朱进馆长认为这是不可能发生的。不过，无论如何，既然12月21日还没到，该学习学习，该工作工作，不能自己吓唬自己，从现在开始就抱着等死的心态盼末日。还有，我希望北京平安。北京是我母亲，孩子在外是时刻刻惦记着母亲的。

　　这两天北京的同学在抱怨说北京未到六月气温已经冲上三十度了，而且因为湿度大所以特别闷。恰好这几天还有测量学实习，一大清早五六点钟就起床测楼高、画地图，在外面闷着、晒着，特别痛苦。我同学甚是羡慕我在台中的悠闲生活，我很是无奈，现在落下的迟早要补回来，我倒希望赶早不赶晚呢。

　　这两天台中很给面子，一直下大雨，虽然人走在路上泥泥泞泞，但是小风吹着特别凉快。本想着在台中，夏天对我来说将会很漫长，结果真是没想到在亚热带地区还能享受到如此的待遇，一下雨空气好，温度低，很清爽。不过下大雨也有不好，我的小阳伞挡不住大雨，有时候会有雨滴顺着伞架子滴到脑袋顶上。不过看它脆弱地坚守在我头顶，我真是由衷地感谢它陪我度过的一个又一个雨天。

　　兴许是因为雨太大了，今天图书馆的人很少，估计大雨挡住了许多校外人士来图书馆自习吧。我算是幸运的，下午进图书馆和晚上出图书馆的时候都没下雨，当然这也等于自吹在图书馆学了很长时间。没办法，压力来自于北京的同学，别人在学，我在玩儿，我就落后了。

　　五月底马上进六月份，时间过得真是太快，期末考试就快到了。上午地质学老师对期末考试时间做了调整，不在考试周考，提前到6月14日考，这对我来说是个喜讯，一方面在考试周我心里长草，心思可能都在回北京上，二是植物生理学是最后考的科目，也是最难攻克的一科，我要尽可能多地留时间复习植物生理学。下午测量学老师也留了一些附加作业，完成附加作业可以酌情在总成绩里加分。有一些人为了不挂科而做作业，我属于是为了能拿一个比较高的分数而做作业的那部分人。

这几天在忙活着订机票，开农大的成绩单。农大下下周就是期末考试，同学们都忙翻了天似的在复习。我在的学院课多，我委托农大生物实验班的同学帮我开的成绩单，幸好咱在农大人缘还不错。

早恋（5月30日）

今天物理化学课，本来在讲分子在一定角度下碰撞，满足足够能量后可以发生化学反应的内容，结果老师生生把这个分子碰撞反应类比成为高中分为男校、女校和混合校这么一件八竿子打不着的事儿。说如果在混合校，男女同学之间很容易擦出爱的火花，而在男校、女校毕业的学生，上大学时候要适应很久才能正常看待普通男女同学关系。老师说他念书的时候上的是混合校，上大学之后和女同学关系很好，就被上男校的同学说成是"花心大萝卜"，有点无稽之谈。

现在为了防止早恋，越来越多的家长有想法要把孩子送到男校或者女校，前一阵上海说要建什么男校、女校的，把男生和女生彻底分开，这个新闻在网上也火了一阵子。我有个高中同学在美国一个什么女校念大学，具体什么名字我不太了解，她说学校里很多女生是同性恋，有些是本来性取向就是这样的，所以上女校，还有些是在环境下被生生逼成这样的，她不是同性恋，所以很痛苦。

而男校中男同性恋似乎就更加普遍了。我对同性恋不表示反对，但是大部分家长们，尤其是观念比较传统的家长们，可能难以接受自己的孩子是同性恋。所以看来上男校、女校，也不是没有早恋风险的，而且一旦真"恋"上了，可能其结果比早恋更让家长难以接受。

似乎西方国家，包括日本，对早恋就没有太多的限制，看萨苏在其书《与鬼

197

为邻》里写，如果日本姑娘十七八岁还没找到男朋友，她估计就要加入"剩女"行列了，这要是搁到中国，十七八岁没有男朋友是多数，有男朋友是少数。不才在下那时候是少数，但是早恋对学习甚至社交都有很大影响。当然，不同的文化有不同的观念。

我在微博上看到这么一句话：中国人说西方人真随便，第一次见面就上床，而西方人说中国人真随便，上了一次床就结婚。中国人对婚姻和性的观念是在变化的，希望能朝着一个相对合理的方向发展。不过我这么年纪轻轻，也没什么资格谈婚姻、谈性。从前几年上演的《蜗居》，到今年的《失恋33天》，里面都有"劈腿"的情节，当然还有很多影视作品都是讲类似情节的。这种"不忠"感觉不像是我们中国人的传统，应该是"舶来品"，我希望自己以后别被"劈腿"，也希望中国人对婚姻能越来越忠诚。

今儿看搜狐新闻说国台办副主任支持大陆青年和岛内青年恋爱。前一阵也是搜狐新闻报说大陆女记者和岛内空军军官相恋，具体的内容没打开网页看。我比较纳闷这两人是怎么样认识的。不过都说爱情突破一切限制，看这样子是真的，越来越多大陆新娘远嫁到台湾，也有像大S这样的台湾妹子嫁给大陆青年，过去两岸的限制太多，而现在，从爱情、亲情这两方面，两岸人找到了突破口，要打破限制，追求自由。

祝大陆新娘在岛内生活幸福快乐，祝大S在北京生活快乐，如果像八卦新闻说的那样：嫁入豪门一定要生个儿子，那也祝愿大S早生贵子，还有祝那个大陆女记者和岛内空军军官的恋情能有美满的结局。

志工（5月31日）

我常在图书馆，今天注意到图书馆的工作人员穿两种不同颜色的工作服，一种工作服是粉色的，印着"工读生"，另一种蓝色的工作服是社会人士到图书馆做志工穿的衣服，之前说的图书馆的老头儿老太太他们都是来做志工的。工作服上明明印了很大的"工读生"、"志工"字样，但是我竟然现在才发现。

解释一下，志工就是志愿服务、志愿者，岛内"志工"一个词兼两个意思。赶巧儿的是，图书馆大厅里最近正在搞一个中兴大学学生这一学年来参加志工服务的精选照片展。我的感觉是因为学生们课余时间都在打工赚钱，所以没有额外的时间和精力去做志愿服务了，不像在大陆，打工的学生不是特别多，而做志愿服务的学生相对比较多。

似乎岛内中学生更加热衷于做志工，因为做志工可以写在他们免试升大学的个人简历里，志工服务小时是重要的"甄选指标"。志愿服务简直是万能的简历内容，申请奖学金可以用，留学申请可以用，应聘也可以用。

我之前在北京天文馆做志愿者，一方面是想累积志愿服务小时，更重要的是我喜欢天文馆。出于喜欢而行动，比为了行动而行动更有收获。天文馆里有很多志愿者，有些是像我这样的喜欢天文的非天文专业大学生，还有些是北京的中学生，他们几乎全是天文奥林匹克竞赛选手，常看《天文爱好者》会看见他们的名字。去年暑假还有一个从杭州来北京玩，抽空到天文馆来做志愿者的小男生，在天文馆他遇到了在天文论坛上经常在他帖子里留评论的坛友，两人相见恨晚，聊得不亦乐乎。说实在的，别看我是大学生，水平可远不如这些中学生。

而乐意做志工的老年人，我猜他们可能是"没事儿闲的"，既然在家无所事事，不如做志工，既打发时间，又认识新人，不会和社会脱节，更可以帮助别人。台湾地区有人口老龄化问题，子女组建新的家庭后脱离原来的家庭，老年人退休后"赋闲"，要经历很漫长的适应退休生活的过程，虽然不排除有些老人不愿意做没有经济报酬的活儿，但是总有一些老人，无论出于什么原因，在做着高尚的工作。

中兴大学图书馆的老年志工们大多白发苍苍，但是却精神烁烁，不老态龙钟，六十多岁或者七十出头，如果身体硬朗，是可以做好图书馆的工作的。反过来想，或许时常干点儿活，多与人交流，这些老人们可以保持健康的体魄和快乐的心情，何乐而不为呢？

　　对了，2011~2012赛季全国大学生足球联赛北区决赛已经落下帷幕，中国农业大学3 : 1逆转西安财经大学勇夺北区冠军，球队里有多名主力是我高中的同学或者师兄、师弟。虽然不能看现场比赛，但是有时候通过照片也足以感受比赛现场的精彩。不过遗憾的是没有电视台转播比赛，媒体关注也不够，写出来的新闻连队员的名字都没有，都是号码。

植物生理学实验（6月1日）

　　六一儿童节，这个早就离我远去的节日到了。岛内的儿童节不是六月一号，而是春假时候的第一天，所以今天我只在人人网上看见一大堆追忆儿童节的大学男女青年，果真是"得不到的永远在骚动"。记得我最后一个儿童节的时候，当时正是初二，年级组织去北京游乐园玩，大家很尽兴，那时候觉得长大真好，现在觉得童年真好。

　　下午植物生理学实验做得很痛苦。实验课一点十分上课，正常是四点下课，通常三点就能做完，我在的小组一般都比较快完成，三点前就能利索，结果今天做到四点多才完事儿。今儿的实验步骤比较繁琐，要在绿豆芽里提取DNA，一步一步地萃取和提纯比较麻烦，单是用离心机分离沉淀和溶液就做了好多回，统共有一个多小时在等离心机做分离。其实在大学生做的各种实验里，三个小时的时间不算长。一般有机化学的合成实验很轻易就突破三个小时，我上学期在农大上有机化学实验，课表上显示是从下午一点一直上到晚上八点多，虽然每次大概六点多就能完事，但时间跨度还是很长。化学实验室都是不准备椅子的，所以零星几个板凳属于"稀缺资源"，大部分人只能站一下午。上学期还有个同学上生物化学实验，他几乎能从晚上五六点钟一直做到第二天凌晨。

　　做这么长时间实验，学生其实不是最累的，老师才最辛苦。今天下午，起初老师兴致勃勃，中间的时候老师用话筒讲课，到最后，老师明显嗓子沙哑了，只要有椅子就会坐着。植物生理学实验老师是个高个儿、大眼睛的漂亮老师，虽然可能疏于保养，也不化妆，但是可以看出她二十多岁的时候一定美貌如花，老师很有耐心，实验过程中老师会一组一组检查进度，遇到一些"高危"的操作也会代劳，老师的手上有片片点点的烧伤斑。

通常在实验室，老师都是牛仔裤和T恤，有次中午在学校里见到老师，她穿着连衣裙，很有气质，一开始我都没看出来。我所上过的实验课有一个共同的问题——学生多而老师少，所以我才会说老师最辛苦。即便这儿植物生理学实验只有二十六个人上，不像在农大都是三十多个人一起上实验，老师一个人"单挑"二三十个学生还是很吃力的。生物、化学实验危险系数高，老师要承担很大责任，费力又费心。

其实这又牵扯到昨天植物生理学正课老师说的，她在生命科学系五年了，目前仍是系里最年轻的老师，因为这五年来没有新老师进来。她还说系里有好几位六十多岁马上退休的老师，还有一个老师退休之后又返聘教课到七十二岁，才终于不再教课。

我刚到中兴大学，在土环系报到时候，导师也说土环系没有年轻老师。别的学校不太清楚，农大的青年老师很多，四十岁以下的老师占很大比例，一些特殊引进的人才还十分优秀，年纪轻轻就能晋升教授职称。都说大陆晋职称很容易，即便如此，想晋教授还是要一番努力的。葛优说21世纪最缺的是人才，这话特别有道理。有学历、有学位的年轻人很多，但是年轻人才很少。所幸大陆人口众多，人才相对多。假如没有年轻人顶替前辈，科学界的"老龄化"要比普遍意义上的"老龄化"更可怕。

时间到了六月，农大马上就是考试周了，中兴大学还要再上两星期课，再努把力，争取得个体面的成绩。

水果蔬菜超市 (6月2日)

今天在24小时超市买早饭，我发现有一个专柜卖的都是屏东出产的水果蔬菜，有凤梨、木瓜、胡萝卜、高丽菜等。似乎屏东和这个超市有合作，这家超市的所有连锁店都卖屏东土产。超市外贴着很多海报，上面印着屏东县"县长"笑容可掬，王婆卖瓜，说屏东出产的农产品安全、健康，有些是高质量的有机农产品。

屏东县在台湾岛最南端，"海角七号"、垦丁就在屏东县。因为屏东县很接近热带地区，所以盛产水果，超市里卖的香蕉、凤梨，还有街边"槟榔西施"的槟榔，很多都是屏东出产的。屏东县与超市合作供销，既强调了"屏东制造"，是非常成功的市场宣传，又保证了产品的销售，是很好的农产品销售。依托超市，而不用种植者自己去找销路，超市的物流也省去了种植者运货的不便，一举多得。

我在台中没有见过类似北京新发地那样的大型农副产品批发市场，人家买菜都是像国外那样在超市买成品、散装或者包装好的菜。我家买菜主要是从农副市场买，一方面是离的近，另一方面农副市场卖的菜给人的感觉更新鲜，而超市里的菜，摆在屋里总觉得不新鲜，超市有"门槛费"，可能蔬菜价格比市场里略高。不过如果超市是唯一的选择，那么选择一家好超市是很必要的。

出于食品安全和物美价廉的考虑，还是大型超市口碑好，货物流通快，促销活动多。像"大买家"、"大润发"这样的大型超市，建立自己的商标品牌，超市直接找工厂生产，然后较其他品牌的商品以更低廉的价格出售。不仅是大超市，7-11、全家这种小型便利店和屈臣氏，都有自己的商标品牌。

我一直不太明白这样的"自产自销"货为什么能卖得极其便宜，根据我的亲身体验，自产自销的商品不比其他牌子的商品差，所以制造时候的成本不会低太多，可能是物流成本不同。不过根据日本经济学家吉本佳生在其著名的畅销书《在星巴克要买大杯咖啡》里的解释，超市"自造"的商品没有多重的供应商，没有中间人的"捣腾"，就没有层层的抬价，所以"厂家直销"总体来说确能降低成本，尤其是显性成本，自然就能保证有较高利润。

我想无论是屏东县与超市合作供销，还是超市"自造"品牌，都很符合吉本佳生的"降低交易成本"的理念。这本畅销书着重对城市社会中经济现象的解释，同样启发乡村社会经济现象，至于对我个人的启发，就是今后我尽可能"买大杯"的饮料，获得消费者和商家"双赢"的局面，不过这期间吃亏的可能是受雇佣的服务员了。

"驴友"自由行（6月3日）

这几天有个交换生的同学来自由行。所谓"读万卷书，行万里路"，年轻人能多走走是很开眼界的。大学生到台湾岛自由行没有财产限制，很轻松就可以通过申请，来玩半个月，我在这儿亲情奉上一些"小贴士"，供参考。

自由行期间如果不带笔记本电脑，可以办一张岛内手机卡专门用来上网，上网分包流量和包时间。花费要比大陆手机上网贵很多，但是好在时间短，所以总花费可以接受。如果带笔记本电脑，一般的旅店都有免费wifi，上网很方便。花钱的话，有刷卡机的地方几乎都能用银联卡，但夜市那种的摊位一般都是用新台币，在机场可以换钞票，在ATM上也能用银联卡直接取出新台币。

华夏银行的卡每天第一笔取出不收手续费，其他银行取现钱都要付出高昂的手续费。在真正旅游的时候，强烈建议在旅程开始之前到较大一点的火车站的旅游服务中心去办一张青年旅行卡，这张卡30岁以下都可以办，用通行证、入台证登记就可以，有这张卡可以在一些指定地方享受到一定的优惠。旅游服务中心还有免费的地图，任何关于游玩的问题都可以在这里得到解决。

关于交通，远距离最快的运输工具是高铁，高铁线从高雄左营站到台北站，但台东地区没有高铁只有"台铁"。高铁比较贵，如果时间不紧张，坐台铁就可以了。台铁有三种线路——莒光号、自强号和区间车。莒光号和自强号一听就是有浓浓政治意思的名字，速度比区间车快，票价稍贵但其实还是很实惠的；而区间车有点儿像日本的电车，速度慢但是价格非常便宜，几十台币能从南坐到北。除了铁路运输，客运也很发达。各个客运公司的运输线路很多，而且有专门的游玩线路，根据旅行的不同目的可以自由选择。

再说说住。常说的"汽车旅馆"（Motel）我没住过，不太了解个中情况，而民宿和宾馆是不错的选择。民宿通常需要提前订，在靠近景区的地方宾馆不多，民宿就起到很大作用，1000~1500新台币就能订到双人房的民宿，但是不提供早饭，而宾馆集中在较大城市火车站附近。我在高雄住的饭店就在火车站对面，双人房800新台币一晚，有早饭。

自由行的住和行差不多就是这样。总之岛内旅游业很发达，不用有太多顾虑。不过我推荐自由行的人不要太拘泥于为人们熟知的景点，尤其不要相信跟团旅行的人说的经验，跟团旅行和自由行是完全不同的两种体验。自由行可以多多了解当时当地有没有什么特别的活动，一年四季在不同地方都有赏花节，很美，值得一看。

至于衣和食，着装上如果是冬季来玩儿，一定要带厚衣服，我刚来时岛内温度很冷，在室内没有暖气、空调不能吹热风的情况下，穿羽绒服来也不为过。而春秋两季气温变化大，厚衣服也要备着，夏天的话就怎么清凉怎么穿。不过，带一件长袖衣服穿着防晒比较好。

至于想在台湾买衣服的众位姐妹们，我的建议是，岛内卖的衣服几乎都能在大陆的商场和淘宝上买到同款，犯不上冒着行李超重的危险大老远到这儿来买衣服，如果不是喜欢日系风格的姑娘，在台湾还真不一定能碰见中意的衣服，商场里"漫山遍野"的碎花，台湾人爱日系，日本人推崇欧美风，非常混乱。

另外，孟庭苇有首歌叫《冬季到台北来看雨》，虽然我没有感受到像歌词里唱的那种情侣间的不舍，但是这首歌非常好地概括了台北冬天的天气——阴雨绵绵。因为大部分大陆航班降落在台北桃园机场，并且台北深受大陆自由行"驴友"的热爱，所以如果打算冬天来台北，一定要带伞。

至于食，各色台湾小吃一定要尝试，可能不太对口味，但是重在经历。我推荐一定要吃各个夜市卖的炸鸡排，其实也没什么特别的，就是量足实惠，吃一块很满足。夜市只有晚上有，白天吃饭如果图方便，便利店里都有简餐、快餐，麦当劳等"垃圾食品"也有很多，选择的余地很充裕。

毕业典礼（6月4日）

这个周末有中兴大学的毕业典礼，周五是博士生的，周六是本科生和硕士生的。在学校惠荪堂——我理解应该就是和农大主楼一个地位的一个建筑——前面的广场上已经摆好了毕业典礼的牌子，学校的路灯上也挂了毕业典礼的宣传旗子，看来是万事俱备，就等着到周末毕业生们穿着礼服让校长"挑穗"了。

明天在农大，我们学院学生会也为毕业生们精心准备了毕业生晚会，这不同于毕业典礼，晚会就是毕业生们在一起演节目，重头戏是捉弄一些特别人物，这也许是大四毕业生最后一次"绽放青春"，以后的日子里就各奔东西了。去年我刚刚上任文艺部部长，这个晚会正是由我主要负责，今年新的主席和部长上任，衷心祝愿他们在上任后的第一个大型活动能圆满举行。去年可是天公不作美，一连下了几天雨，晚会开始没一会儿，雨就下得不可收拾，后来大家被浇得跟落汤鸡一样，晚会不得不中止。

不确定大学的毕业典礼是什么流程，高中的毕业典礼很简单。我高中举行毕业典礼的时候大家都刚刚知道高考分数，自然是几家欢喜几家愁，不过既然已经尘埃落定，大家都盼着最后一个集体活动能留下多一点儿回忆。我们当时的毕业典礼分两大部分，一部分是校长发言和给每个毕业生发毕业证，另一部分是演节目。

当时我们年级有几个男生唱歌很好听，影响力也比较大，所以他们一有大小活动就会"献唱"，毕业典礼上他们的最后一支歌让很多人都特别感动，毕业典礼结束之后还有"粉丝"要求合影。

大后天高考，今天大部分学校都给高三学生放假了，有一些学校高三已经停课很久了，微博上关于高中毕业前最后一节课有很多语录。最触动我心的一条是，老师在最后一节课说，快下课了，你们再看看书，我再看看你们。还有一条微博虽然不是讲最后一课，但也与之相关，是毕业很久的人说的，内容大概是：高考的试卷还没有讲评，大家在某天某钟点穿校服回去听试卷讲评，记得带着改错本。

今天物化课，课间休息时候做了一个"化学系教师教学评价"。这种评价我从初中一直做到大学，无非就是用2B铅笔涂几个字母，回答几个问题，说实在的做这么多年评价我都说不出来一道题的内容。这种评价我的感觉像是走形式，就算学生真的通过评价反映出了问题，学校就能整改吗？况且谁能保证学生们真是负责任地填写了问卷？通过几个指标可以大致评判老师的教学，比如出勤率，如果真是好老师，他任课的出勤率不说百分之百，也会有百分之九十。

据说北大孔庆东老师的课场场爆满，尤其是公选课，阶梯教室挤满人，连台阶上都坐满了人。有很多人特别喜欢孔老师，我身边也有这样的人，我问他们你读过孔老师的书吗？对孔老师了解多吗？他们都说没读过他的书，也不算了解他，这跟拿五千月薪的杂志记者教有钱人怎么样享受生活一样扯淡。

另外一个评判指标就是成绩。虽说高数、大学物理、有机化学等都是挂科率很高的科目，但是如果老师真的很有水平，学生听得有兴趣、有收获，也许挂科的人会少一点儿，平均分能稍稍高一点儿。但如果老师太"水"，学生又不喜欢上课，更不想念书，靠考前突击得来的分数自然不会很理想。

中兴大学比农大放假晚了整一个星期，课程和别的各种杂事却都在收尾，引用去年我组织毕业生晚会时候唱的一首歌的歌词作为今天的收尾：

明天不再有你

说怎么疯狂怎么悲伤

没有人了解

最想念的季节

最初的那一天

爱上说的梦你爱的歌

往事如云烟

停在那一年

两最大那一天

最想念的季节

有人记得吗

《最想念的季节》

"最后的晚餐"（6月5日）

两天有两条新闻比较火：第一条是中国留学生加拿大碎尸案。具体案情不用我赘述，今天报道凶手在德国被缉拿。出了这条新闻，我心想坏了，在我要去加拿大的时候出这种案子，父母一定会担心。本来出国就让父母牵挂，如果还面临如此生命危险，会更加令父母忧虑。

前一阵子美国南加州大学也出了枪击案，听闻后我都难以相信我曾经去过的南加州大学会出这样的案件。南加州大学给我印象最深的是它的图书馆很漂亮，有上百年的历史，最惊奇的是，如果我没记错数字，它地上有四层，地下有五层，老房子底下有这么多层，很神奇。

和母亲聊天，我也好生安抚她说碎尸案发生在蒙特利尔，算是一个大城市，滑铁卢大学在滑铁卢，一个很安全很小的城镇，滑铁卢大学的老师也说学校

207

周围很安全，晚上两个女生在街上走是很安全的。说实在的，在北京，晚上，只要不是特别陌生和偏远的地方，我都有胆一个人走。一方面是北京治安好，另一方面，北京就算遇见坏人也不是持枪抢劫的，最多是拿刀比画比画。

我看美剧，枪支可以任意买卖，不过我要是在美国长待，如果自己租房子住，没准儿也要买一把枪防身。

第二条是杭州的英雄司机吴斌，危难关头用最后一秒生命救了二十四位乘客。今天他出殡，杭州有上万人在西子湖畔为他送行。小时候学过一篇课文《十里长街送总理》，那时候想如果周总理去世的时候我出生了，可能也会去长安街送周总理一程。或许以后可以把《西子湖畔送吴斌》选入课本或读本，"一座城送一个人"，这是最大的人本，最大的人权。这一件事就可以让那些喜欢说三道四的国家闭嘴。

再说说今儿的事儿。晚上宿舍全员出动和三个本地人一起吃饭，这顿饭我们戏称为"最后的晚餐"，因为这算是他们提前给我们送别。吃饭的地方选在一个算是主题餐厅的小餐馆，名字叫"游乐园"，顾名思义，餐馆的主题就是玩游戏。店里有各种各样的桌游，也有像"三国杀"、"风声"那样的从大陆传过来的桌游。店里人说大陆的桌游至少比岛内领先五年，说实在的我的认知在这方面一直是岛内领先于大陆，他这么一说还真是颠覆了我的观念。似乎在网络游戏上岛内水平高于大陆，到底这是不是真的我不敢说，但是我敢说的是岛内男生打游戏的激情比大陆男生要高涨很多。

大陆的广大高校到点儿断电，基本上凌晨一点多，男生们的电脑已经耗尽最后一点儿电，而岛内的大学宿舍不断电，所以打游戏到清晨五六点的大有人在。

一开始我们尝试两种桌游，都是店里人现教的。一个游戏是根据卡片上物品发明的时间按时间轴排序，说实话这个知识性很强的游戏我们都不太擅长，一开始大家随便选一些有时间区分度的物件卡片，很容易就能按时间顺序正确排序，但是随着已经确定的时间点越来越多，想再排顺序就十分困难。为了不被游戏牵着走，我们果断换了一个新游戏。

新游戏是"看图说话"，每个人手里都有五张图片，其中一人以一张图片说形容词，大家都根据形容词来挑一张最贴切的图片，所有图片混在一起猜哪张是说出形容词的人选的图片。这个游戏名字叫"说书人"，据说是岛内2011年度最受欢迎的桌游。玩了几轮之后大家实在是对抽象的图片很无奈，不知道该如何去形容画面内容。我觉得这个游戏更适合想象力丰富的小孩子，大学生的想象力已经快没有了，这么浪漫的游戏不太适合我们。

最后在我们几个大陆交换生的坚持下，我们开始玩"杀人游戏"，岛内管这个叫"杀手游戏"。显然我们几个交换生玩得更熟练，不过我们成功地让他们对杀人游戏产生了兴趣，希望有机会能再和他们三个人玩杀人游戏。

"红榜" (6月6日)

今天化学系馆张灯结彩的，细一打听原来是有客座教授的讲座，就因为这一讲座，作为化学系系主任的物理化学老师提前下了课，去准备讲座的相关事宜。我想化学系一定不缺人手，而系主任亲力亲为，要么是客座教授是"大牌"，要么就是物化老师喜欢亲自做事。

管理者事必躬亲，也好，也不好。而早下课对学生来说总是好事儿，我去邮局寄了一个包裹回家，加上昨天寄的另一个包裹，我把接下来在台湾这十几天不穿的衣服和鞋都寄回去，以便减少回去时候的行李。我本打算寄一个包裹回去的，但无奈岛内的邮局和大陆一样，没有比较大的纸箱子卖，我自己也找不到结实的箱子，所以只好分装成两包。这样我可以多买一点土特产带回去，因为回北京要先自己从台中折腾到桃园，所以行李还是越少越好。

可千万别觉得我这么做有点太早了，细想想，下星期陆续有考试，但是也还在上课，下下星期全是考试还要收拾所有的行李，所以这星期着手寄东西、买特产才不至于占用考试复习的时间。

最近化学系和其他一些系都在张灯结彩地发"红榜"，上面是大四同学参加研究所考试的录取情况。挂"红榜"既是祝贺同学，也是宣传自己的系所，像是说我们系所很优秀。每年高考完后我中学也会有这样的"红榜"，去年我们中学出了一个获得清华大学50分自主招生加分的文科女生，不仅上了"红榜"，还见报了。

今天在图书馆遇到一个女生让我帮着做一份调查问卷，是研究餐馆服务人员态度和餐馆经营情况的。大概是这么一个课题的研究生，注意到这个女生是静宜大学的，静宜大学也在台中，但是坐公共汽车从中兴大学到那儿要大约一个小时，跑这么老远做调查，这个女生很下工夫。况且非中兴大学师生进图书馆也很麻烦，要排队等号，有时候还没有名额，因而她这么认真做课题的精神是很值得学习的。

不过我有疑问，不知道她的调查对象是不是只局限于大学生或者年轻人这个群体，因为如果所有的或大部分调查问卷都在图书馆里散发下去的话，调查对象人群范围很窄，这种调查的结果可能会被人质疑。很早以前了，刚到中兴大学没多久，有个下午我准备进图书馆，有个男的拉我去做关于课外辅导班的一个调查，显然他是没怎么拉到人来做调查，所以我答应做问卷的时候他显得有些激动，但是后来听出我口音不是本地人，委婉拒绝我说这个调查主要是针对四年都在本岛大学念书的学生做的，所以我不是调查对象。

昨天农大学院里的毕业生晚会折腾到快十一点才结束，看师兄师姐们发的照片，大家显然玩得很尽兴，昨天北京没下雨，真是幸运。毕业晚会是大学四年中出席率最高的一个活动，因为每个人都珍惜最后一次集体活动。据说昨晚有一个环节是所有大四有男女朋友的人，只要另一半是农大的，就带过来一起来表演一个情侣大合唱，看照片有十对左右的情侣站成一大排唱歌。

都说毕业季就是分手季，但是我认识的一些师兄师姐毕业之后感情非但没有变淡，反而越来越深，有个博士生师兄已经结婚了，还有几个研究生师姐也每天甜甜蜜蜜的。过几天高考完即将迎来高中的分手季，也希望这些早恋的小情侣们能继续自己的感情，顶住了早恋和高考的压力，就别再轻言分手了。

地质学老师彭宗仁（6月7日）

今天是地质学正课最后一节，老师对学期的内容做了一下收尾总结。其实如果按照参考课本的内容，还有很多地貌学和太阳系的内容没有讲到，不过由于课时和学分的限制，地质学课应该讲到的地质基础知识都涵盖了。在上地质学课之前，我和一个浙江大学环境资源学院来交换的同学一起去土环系里办离校手续，转眼就该回去了，上一次到系里还是刚来到中兴大学的时候。

办离校手续有这样几个步骤，最先是要去系里找导师和系主任签章，接下来几个可以不按顺序做，图书馆、宿舍、侨生辅导室、"大陆事务组"，最后是教务处注册组。如果在图书馆办了结清手续就不能再凭学生证进图书馆，所以我计划临考试前再办图书馆离校手续，两不耽误。

今儿看农大校网，本科生联合培养的休学手续下个星期就能办了，我肯定是只能找人代办了——最近要办的手续还真是多。

说回地质课。课间的时候老师对我和浙大的那个男生说课后跟他去办公室。课后我们俩过去，老师从抽屉里找出一大块水晶的矿石给浙大的男生。那个男生在去高雄的时候买了一罐碎的水晶，带到地质课上给老师鉴定是不是真的水晶。老师记住了，于是翻出了自己早年出野外采到的一块原石作为纪念礼物给他。而我的礼物是一个岛内四个温泉的纪念邮票，这我才知道上周他突然问我有没有集邮的习惯是为何故，由此可见地质学老师是很细心的人。老师送我的邮票上的温泉我一个都没听说过，也很遗憾我没机会去泡温泉。

但是据说泡温泉对人身体很好，回北京可以在人工的温泉里泡着体验体验，不过泡温泉总给我很"奢侈"的感觉，不像是我们大学生能消费得起的。老师实验室的门上挂了一个风铃，只要开关门，风铃清脆响，让我觉得这个老师也是很浪漫的人。老师送完我们礼物，转过身对我们说祝在台湾玩得愉快，这话听着很凄凉。

地质学彭宗仁老师是土壤环境科学系里为数不多的教授，是中兴大学"自产"的教授。在"崇洋媚外"的科研单位，"土博士"总是比喝过洋墨水的人低一等，其实大可不必，我们不是某些坐井观天的美国佬，不需要摆出"用鼻孔看人"的架势来抬举自己。彭老师主要研究方向不是地质学，而是水环境污染这一方向，他的一些文章发表在Journal of Hydrology等世界权威期刊上。不过我不是专业人士，不懂这些，作为学生，我觉得彭老师是很好的老师。

地质学课虽然是选修课，但是老师准备很充分，课件上大多是图，很少有文字，上课的时候，老师常常是对着一张图讲五六分钟，详细地讲解地质过程，比如火成岩、沉积岩、变质岩是如何形成和互相转换的，地堑和地垒是如何发生的等。如果课件上是大段的文字，学生们看不懂，也不感兴趣，虽然老师只要照本宣科就算完成任务，但是教学效果应该不会太好。要脱离文本讲课，老师必须对专业知识非常了解。除此之外，彭老师不把授课内容局限在书本知识上，他会把个人经历也讲给我们。

比如讲到地震时，因为老师亲身经历了"9·21"大地震，所以提起地震，他就不仅是师者，还是亲历者。通常只有经历比较丰富和年纪稍长的老师才有足够的素材讲给学生听，比如大学有机化学老师，讲了各种各样他遇见的实验室"危险"事件，不是仪器爆炸，就是试剂泄漏。而高数老师，信手在黑板上写两笔，就是某年期末考试题。还有大学的足球老师，上课之余讲了些国外足坛的"内幕"。"冰冻三尺，非一日之寒"。

虽然大学老师与学生接触不太多，但大学依旧是学生们塑造性格的地方。师者，传道、授业、解惑。所谓"道"，既可以参考儒家，解释成"道德"，也不妨参考老庄，解释成"道可道，非常道"。而师者传道，可以耳提面命，也可以春风化雨。

PCR实验（6月8日）

今天大陆部分地区的高三学生解放了，还有一小部分省份的考生还要再坚持一天。昨天上午九点半左右，网上就出现了各地语文作文题目的汇总。我很纳闷这是怎么从考场里传出来的，不过后来证实这是网友们瞎编乱造的。看那些"伪"题目，有几个很有亮点，比如福建卷"命题"：论马刺的夺冠之路。这个题目引发网友各种吐槽，这题目让广大女生和宅男们情何以堪？还有北京卷"命题"：书生之路。我的同学纷纷感叹还好早生了两年，不然在考场上肯定当场跪倒不知该如何下笔。虽然这些题目不是真的题目，但是年年高考第一天大家对作文题的评论和围观已经成为传统，更是经历过高考的人对那段日子的美好回忆。

高三的时候觉得高考完之后就迎来了天堂般的生活，然而真正接到大学录取通知书后，无论是什么学校，你的感觉都像是要进地狱，而过去的中学才是天堂。我高中经历过两位班主任，她们不约而同地告诫我们，上大学之后只可能比高中累，不可能比高中闲。而事实证明，就我自己来看，虽然大学不是一天到晚在上课、做卷子，但是学习以外的各种事儿很多很杂很乱套，大学果真很累。虽然我还在经历大学阶段，但是我可以拍胸脯告诉要上大学的人，大学"傻玩儿"和"傻学"都是缺心眼儿的做法。

今天是本学期最后一次植物生理学实验的日子，实验内容是做PCR，利用上周五从绿豆芽里提取出来的DNA样本，经过PCR扩增样本，最后用电泳的方法分离出DNA片段来观察。所谓PCR, Polymerase Chain Reaction, 中文名叫聚合酶链式反应，用一小段DNA片段复制出无数同样的DNA片段，美国人已经把这个方法广泛应用到犯罪调查上了，著名的美剧《CSI犯罪调查》在七八年前就播出过相关内容。

做PCR很简单，加好各种试剂放在仪器里等着就可以了，只要会用微波炉，基本就相当于会用现在实验室里大部分仪器。而以现在的情况，只要实验室有钱买仪器，这个实验室就能做出成果。

做完DNA扩增就要做电泳。做电泳的介质是凝胶，说白了就是琼脂，再通俗一点儿就是果冻。琼脂广泛应用在生物实验里，尤其是做微生物实验和植物组织培养，培养基里最多的成分就是琼脂水，可以说琼脂就是微生物和植物愈合伤病组织的"家"。

琼脂是海藻提取物，是保健食品，有抗衰老的作用，所以吃一些果冻对身体是不是有益呢？不过课上老师说在她做完第一个用到琼脂的试验之后，就再也不吃果冻了。这让我想起我初三的时候，那时候刚开始学化学，老师在课上在一个锥形瓶里放蒸馏水、小苏打、蔗糖，再混和一点儿食用色素，调制出来汽水，老师开玩笑说要请我们尝尝她亲手做的这些汽水，当然是没有人敢喝的，不仅当时课上没人喝这汽水，之后的很长一段时间我们都不敢喝汽水。其实少量小苏打对身体没有害处，可以补充钠，不过胃溃疡的人不能摄入太多，会打嗝造成胃穿孔。

说回实验。电泳完后，琼脂上就有一小段一小段的DNA片段了，但是肉眼不能直接看见，所以要先染色，再在固定波长的光照下才能肉眼观察到。为了能移动软软滑滑的凝胶片，老师拿了一个做饭用的锅铲作为工具，我们戏称像做饭。老师说这说明每个生物老师无论男女都会做饭，而做饭也正是一种实验，什么时候放酱油，要不要放醋都有学问和讲究。这话我举双手赞同，前一段时间在网易公开课上发现一个哈佛大学"科学与烹饪"的公开课，讲的就是在西餐制作中出现的科学问题，主要是物理问题。

主讲人提出这样一个观点，一直以来没有科学家注意到烹饪过程中遇到的科学问题，而不是所有的厨师都能从科学的角度看待烹饪中遇见的现象，哈佛大学作为世界最好的大学，率先开设这么一个课程，让我们以科学眼光看烹饪，新奇又前卫。我强烈推荐食品相关专业的人去看看，也推荐没事的人去看看，别把时间浪费在"谁谁谁教你健康饮食"这种根本不会坚持执行的食谱书上，还不如用时间学点儿知识，看看世界上最好的大学的教育方式和理念。

"三限六不"政策（6月9日）

今天通过人人网，找到了一个中学校友，比我大三届的师兄。我还是初一小屁孩的时候参加了校学生会，这个师兄算是当时我的"顶头上司"。人人网真是够神奇的了，通过这个网站找到了很多比我大，上大学之后失去联系的师兄师姐。而最亮点的是，这个师兄下学期就要到位于台南市的成功大学念硕士研究生，真是无巧不成书。虽说我不在成功大学，但是可以把我在中兴大学的心得分享给他，也可以给一些自由行的建议。因为师兄是"学位生"，他要在成功大学至少念两年，他有大把时间来了解台湾。

现在岛内大学对大陆六省市，即北京、上海、江苏、浙江、福建、广东开放招生。不过与香港、澳门特别行政区的大学相比，年年都有很多学生到香港、澳门念书，人数有逐年增多的趋势，岛内大学在大陆就不那么吃香了，第一年开放有挺多人报名，之后就没有太火热了。我分析，原因是岛内对大陆学生有"三限六不"政策，即限制采认大陆优秀院校、限制陆生赴台总量、限制采认医学和关系岛内安全领域的专业，不加分、不提供奖助学金、不影响招生名额、不允许校外打工、毕业后不可留台就业、不开放报考证照。港澳大学也有前两限，但是没有第三限，我记得我那年高考，澳门的一个医学院就在开放招生。而六不，我不知道内地学生毕业之后能不能留在港澳工作，报考证照不知道为何物，剩下的"四不"在港澳都不存在。在这儿，我仅对奖学金和校外打工作评价，奖学金是吸引内地学生赴台念书的一个亮点，大陆学校念书相对便宜，生活费也便宜，但是台湾念书费用相对高，如果没有奖学金，可能会有一部分优秀学生受到限制。另外是打工，基本我身边的本地学生都打工赚钱补贴自己，因为岛内消费高，不打工钱比较紧。而大陆学生不许打工，生活费支出会很高。

island内大学只对六省市开放，这六省市的学生可能也"不屑"于到台湾读学位，因为大陆留学生多出自这六省市。去美国、加拿大、澳大利亚还有欧洲留学的条件都要比岛内大学来得容易，而且很多学生都能拿到奖学金，连我这样的"半吊子"都拿到了滑铁卢大学2000加币的奖学金。况且美加澳和欧洲的大学都是世界一流的，国家也是很发达的，放着国外不去为什么要到台湾念书呢？

眼瞅着高考完，六月底发分之后，又要有岛内大学招大陆高中生读本科了，今年的录取情况拭目以待吧。大陆有很多大学也招收岛内学位生。

宜兰地震（6月10日）

这两天正是中兴大学开毕业典礼的日子，学校里能看到很多穿着"大袍子"、戴着礼帽的人在游荡。不过不知是不是老天不愿意让他们离开，这两天一直在下瓢泼大雨，虽然是断断续续的，但是短时间内的降雨量很大。想想以后，我也会穿上学士服、硕士服甚至博士服在学校里"游荡"。

据说不同专业的毕业生的毕业服的领子颜色是不一样的，我没穿过，不太"懂行"。经管和理科的毕业生是灰色布，文法史哲是粉色布，工科用黄色布，绿色是农科，医科是白色布，军官们用红色布。据我所知，科比在高中毕业的时候就有一个穿着类似礼服参加的毕业典礼，网上还能找到校长给他颁毕业证书的照片。科比没上大学，所以我十分确定那是他高中的毕业典礼，照片上的科比相当青涩。

今儿在搜狐上看到说岛内清晨五点多发生了较大地震，全岛均有较强震感，更是有人被震醒。看这个新闻，回想一下我是六点多醒的，也就是五点多的时候还在熟睡。我登录了台湾的"气象局"网站，地震报告上显示是宜兰外海发生地震，宜兰在台湾岛北部，所以我所在的中部可能就没有太强震感。新闻上说新北市有很多民众都被震醒。我有一个高中同学今天在基隆，说的确在五点多被震醒了，宿舍里的灯管也摇晃着快要掉了。

我记得地质学老师说过，如果时常发生小规模的地震，其实也不算是坏事儿，因为地震是地层能量释放的一种形式，发生小规模地震是在释放能量，如果台湾岛这种处于火山地震带上的岛屿很长一段时间不发生小地震，很有可能其地层能量积蓄，最后发生大规模的地震。还有开玩笑的说法，近几十年来岛内南部和中部地区都发生过较大规模地震，唯独北部还没发生过大地震，所以北部地层现在积蓄的能量可能比较多了，虽说是玩笑话，不一定真的有科学依据，但是保命要紧，2012年没过去之前我还是尽量不去北部了。

今天是周日，每个周日学校里都有有机农产品小集市，今儿因为小礼堂有毕业典礼，所以这个集市没把摊位摆在惯常的位置，而是改在行政大楼前的一片草坪上。兴许是因为下雨，我路过的时候稀稀疏疏只有几个摊位有卖家，基本没有买家光顾。这个小集市坚持下来实在不易，我印象里台中一到周末就会下雨，一下雨大家都躲在屋里不出来，今天图书馆人也特别少。

欧洲杯已经开赛了，因为时差原因和考试原因，学生球迷们很是痛苦。尤其像农大，历来暑假放假都特别早，下周就是考试周，揭幕战的时候很多球迷都不得不放弃比赛去复习，不过从长远着想，早考完早了事，放假之后就可以撒开欢地看比赛了。最痛苦的应该属中考考生，估计他们是赶不上几场欧洲杯的比赛了。

除了欧洲杯的比赛，据说昨天下午在农大东区有由快乐男声组成的明星足球队与农大毕业生组成的"皇冠队"的友谊赛，虽说有明星有看点，但是据说教学楼依旧爆满，大家都在自习，啥都不及考试重要。

还有，据说昨天上午孙红雷、郭富城和章子怡到农大东区拍电影，都是巨星，但是还是要考试这个原因，所以根本没什么学生去围观，大家淡定地穿过剧组，走向教学楼，可见大学期末考试对学生有多么强的制约力啊。在网上看见一句话：只要大学选得好，年年期末像高考。说的真对。

失窃案（6月11日）

昨儿晚上十点多我都准备洗洗睡了的时候，和我们宿舍玩的很好的一个本地姑娘来宿舍，带给我们一个坏消息：另一个和我们玩的很好的姑娘（其实这俩人都是很中性化的，叫成"姑娘"或者"女生"还有点儿别扭），她在学校附近自己租房子独住，下午打工回家发现家里被小偷光顾了，她最宝贵的单反相机被拿走了。因为摄影是她的梦想，所以偷走相机就相当于是打破了她的梦想。

她报警之后，虽然房间外有摄像头，但警察说不确定是不是能清晰拍到作案人员。因为丢了相机，所以她情绪比较激动，到"警察局"之后都是那个来我们宿舍的姑娘帮着录口供之类的——岛内把公安局叫"警察局"。这个姑娘说，警察给她一种很不专业的感觉。我没接触过岛内的警察，不能妄下评论。

不过有这事儿，我想到了前一段时间一个日本人在武汉丢了自行车，民警连夜找到了他的自行车，堪称是史上最快破获自行车失窃案。这件事儿在网上引起轩然大波，各种各样的评论和幽默里，我觉得最好玩的大概是这么说的：武汉民警连夜找到了自行车，杜绝了日本以自行车在武汉境内丢失而发动战争的可能。

我们都知道当时日本人说有士兵在卢沟桥附近失踪，进而打着找人的名号发动战争。日本篡改历史教科书的人做梦都不会想到，日本人在武汉丢车这件事儿会勾出"卢沟桥事变"起因这段历史。我的看法是，所谓民警，是人民的警察，人民警察为人民。

她丢相机之后，我们宿舍也很着急，我就问岛内学机车的时候要不要登记指纹，如果登记指纹，那么警察可以尝试在家里找一些有利用价值的指纹进行筛查，以这个线索很轻易就能找到嫌疑人。岛内几乎每个成年人都骑机车，所以指纹数据库会比较全。不太明白当初学车的时候用指纹登记上下车时间到底是为什么，也不清楚这些指纹交管局会不会提供给公安局，但这些指纹是一大笔宝贵的资料库，完全可以用于刑侦。

　　关于指纹库、破案这些，是我根据看美剧《CSI犯罪现场调查》随便说说的。指纹甚至DNA在美国犯罪调查里应用得很广，美国有钱做出一个庞大的数据库，也有钱来维护它，但除了美国外的地方是不是有钱建立一个资料库就不得而知了。不过利用证据说话，用高科技手段破案是现在犯罪调查的发展方向。据说大陆地区的新护照在办理的时候要采集指纹，这样就很好，看见这个新闻我第一反应是这样方便死后认尸，我承认我这是看《CSI》看太多了。

　　简单说说今天的事儿。这周是正课的最后一周了，除了上课没什么别的事儿。看天气预报说这周台中都要下大雨，最高温度都不及北京高。这样潮湿的天气非常不利于肥料的保存、水土的保持和作物的养分吸收。今儿从肥料学老师那儿也得到了证实，岛内水质不好，硬度大，而且由于农地施肥过量，所以地下水、地表径流都含有比较高的硝酸盐和铵离子。

　　虽然可能这些离子对人体没有明显的害处，但是基本上家家户户都会装净水器来获得品质比较好的水。可见一方面人类面临水资源短缺和污染，另一方面可以为人所用的高品质水资源的匮乏也是大问题。水资源短缺几乎是难以根本解决的问题，人们早就意识到这个问题了，人们啥时候能全部行动起来解决问题呢？

　　（最后直到我离开台湾那天，相机还是没找回来，希望她能早日走出阴影。）

排水设施（6月12日）

　　今天依旧下大雨，本来早上出门的时候只是阴天，结果走着走着，眼瞅着我就要到图书馆了，天降大雨，雨势大的像是有人在高空往下泼水一样，再加之下雨就刮风，风携着雨砸向地面，我的小伞只能把脑袋护住，裤子不一会儿就湿透了。进了图书馆之后空调一吹，冷得我是瑟瑟发抖。不过值得注意的是，虽然连续几天下大雨，岛内有很多条沿山公路塌方，至少从中兴大学来看，没有什么地方有大面积的淹水，排水设施很健全。

　　而在北京，因为年降雨量是在400毫米左右，所以城市排水设备不如台中强大，所以去年夏天有一天下大暴雨，故宫成了海，地铁成了瀑布。我清楚地记得那天是星期四，下午是有机化学期末考试，考试完后大家被大暴雨挡住回宿舍的路，雨下得大家完全没有心情复习第二天要考的《C++程序设计》和《高等数学》。那天因为路面积水过多，各环路大堵车，有很多人下班之后到后半夜才到家。我个人的看法是，现在再把北京的地挖开，埋设排水管线，是不划算、不实际的，但北京可以做的是进一步增加植被面积，尤其是可以在一些平顶的楼房房顶上种植植被。这是一个新兴的想法，房顶上的植被可以保温，冬暖夏凉，下雨之后可以涵水，而且还可以净化空气。目前来看，房顶上种植植被是个百利而无一害的做法，如果北京能大面积推广在房顶平台种植物，那北京就成为"绿色北京"了。

　　中午之后雨算是变小了，趁着这个空当，我着手办理离校手续。上个星期已经办完了系所里的离校手续，今天去宿舍服务中心又解决了一个手续，明后天到"大陆事务组"和注册组办手续，这样所有的手续就算是齐活了。从上周开始我就断断续续地做收尾工作了，比如把衣服寄回家，我寄包裹的时候邮局工作人员已经认识我了。

　　来的时候我有一个大旅行箱和一个旅行包，回去的时候因为买了东西要带回去，所以空间不太够用，再加上我也不想再另外拎一个旅行包，所以我把衣服打包寄回家。上周二寄出去的，今儿上午就收到了，我寄的航空包裹，速度一如既往地快。航空包裹比海陆包裹贵，但是寄达时间短。移民的人喜欢用海运邮寄"大件儿"，海运一般要两三个月，可以邮寄很重的包裹，价格也便宜。

　　因为学期快要结束了，大家都在发愁带点儿什么特产回去作为礼物送给亲朋好友。很多人买了"我的美丽日记"面膜，这个面膜十片一盒，成盒放在行李箱里很占空间，而且大陆很容易买到，所以我没买。寒假我的高中同学来台湾玩儿买了很多这个面膜，还给了我一盒。也有很多人买凤梨酥，但是无论是凤梨酥还是我的美丽日记面膜，在大陆都可以买得到，就算实体店没有，淘宝上也有很多卖的。我买了一些岛内特产的零食、茶叶，我特意买了一些在淘宝上没见到过的牌子和种类，送礼物，贵在心意，也贵在新意。

我对送礼物有偏执，能"消耗掉"的吃的喝的用的，我不觉得算是特别严肃的礼物，好礼物要有一方特色，有点儿"内涵"。有很多人问我带什么纪念品回去，我说给长辈比如父母和老师带回去一些邮票册比较有价值，因为邮票这个东西地域性很强，能体现一个地方的文化，而且大陆是买不到岛内的邮票册的，有很强的收藏价值。

我买的邮票里有一本叫《精彩台湾》，里面有岛内各大著名景点的介绍明信片和邮票，还有纪念封，是很齐全的一套邮政纪念品。除了这个，我还买了一个小册子的台湾蝴蝶、贝类、花卉的邮票。还有蕨类、蛙类的邮票，我觉得可能观赏性不如蝴蝶、花，所以没有买。我还注意到邮局里也有为大熊猫"团团"、"圆圆"发行的纪念邮票册，这两只大熊猫是大陆送给台湾的"礼物"，是可爱的和平使者。

说到礼物，2005年前唐朝乐队贝斯手张炬去世十年，他生前的好朋友聚在一起创作了一首名为《礼物》的歌纪念他，纪念90年代初期和中期摇滚繁华的日子，听来感慨万千：

剩最后一曲 你先开口唱吧

不然都睡了 总要有一个人醒着

夜不好熬 （许巍）

剩最后一杯 我们分了喝吧

心都快冻僵了 应该让它轻轻跳一跳

蹦蹦也好 （汪峰）

最后剩你 自己陪着自己

最后剩我 变得越来越忧郁 （周晓鸥）

梦还剩一个 你先做了再说
别等天亮后 脸色都那么的遗憾
又不好抱怨 （马上又）
灯还剩一盏 你要你就点燃
若换堵枪眼 我就咬牙上前
用胸膛挡给你看 （峦树）
最后剩你 一点也没脾气
最后剩我 还想坚持到底 （许巍）
时间留下了美丽和一片狼藉
庆幸我们还有运气唱歌 （丁武）
我们站在大路上 向天空望着
看见太阳照耀着就会快乐 （張楚）
世界没人明白我 我就孤独着
可是你又为何这样的寂寞 （李延亮）
不如我们换一换 就算一个礼物
这样可以用明天 继续生活 （高旗）
每次暴风雨 打在我们身上
都应声倒地 脸上全都是泥
嘿，就算失败
等春暖花开 开满我们阳台
你又飞奔过来 兴奋得大喊着
嘿，这次我最快
飞得起来 应该飞得起来
碧海蓝天 只等风的到来
飞得起来 都飞得起来

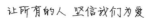
让所有的人 坚信我们为爱

回归发展（6月13日）

今天总算不下大雨了，下午的天空也终于放晴了，这似乎是五六天以来我头一回见太阳，太阳终于不再羞涩地躲在云层后面，阳光晒着，懒洋洋的。今儿上午是最后一节物理化学课，正课部分周一就全部结束了，今天只是答疑，所以我到教室的时候，几十人的教室只零零星星地坐了几个人，而且他们还是在复习马上要考的微生物学。

因为也不讲课了，我就和老师有一搭没一搭地聊天，主要是聊一聊老师在美国留学的事儿。这个老师已经快到退休的年纪了，据说在美国待了挺多年。他说他去的学校是爱荷华州立大学，在美国中西部相对比较荒凉的地方，他当时下飞机看到两边都是玉米地，心想为什么到了美国竟然还有如此荒凉的地方。我想起我唯一一次去美国的经历，我去的是加州，美国人有玩笑的说法，加州富的像是一个小国家，可能不像中西部那样"荒凉"。据一个在得州大学奥斯汀分校念书的学生说，得州人都是乡巴佬，我觉得这像是在开玩笑。前几年加州州政府宣布破产，公务员工资下调15%，而得州，在Dell公司带动下，经济有很大发展。

物理化学老师还讲当时他决定不留在美国的时候，周围的朋友甚至是他的爱人都不是很支持他的决定，但最后他还是离开了美国。他说美国给他一些经济上的补助以此来吸引他留在美国，但是他想来为岛内化学的发展做一些事。岛内什么情况我不太了解，但是现在越来越多大陆出国的优秀人才不像原来一心想要留在外国，越来越多不是在国外混不下去的人，他们本可以轻易拿到绿卡，但还是放弃了这个"大好机会"，回归发展。我可能不能算是"优秀人才"，但是我属于要回北京的那类人。

物化老师常提到的李远哲博士，也是放弃了在美国发展的大好机会，回家

223

乡发展台湾本岛的科学。不提其政治立场，这种精神弥足珍贵。清末民初，"公派"出国的留学生，或者考取庚子赔款留洋奖金的幼童们，坐船远赴欧洲或美国。中央电视台记录频道策划过《幼童》的系列纪录片，讲述留洋幼童的故事。

这些幼童很多人学成归来，其中不乏总结出"物竞天择，适者生存"的严复。清华大学的校长梅贻琦，一代才子胡适，浙江大学的校长竺可桢，这些人个个都是独当一面的，他们在国家最混乱和危难的时候纷纷回国效力。如果他们想留在国外轻而易举。比如胡适，他有一个关系不错的大学同学，也可能是校友，叫富兰克林·罗斯福。

物理化学老师也就比我高三五厘米，带厚厚的眼镜，不确定是老花镜还是近视镜。我之前大早上的时候看见他戴口罩，穿大短裤，拿把长长的雨伞来上班，后来在课上知道了，老师对某些花的花粉过敏，所以一到季节就要戴口罩，而他家离学校比较近，所以他都是走着上班，有时候会在学校正门外的7-11便利店用早饭。

上课时，老师穿着就很正式了，不过穿短袖衬衫打领带看起来有些奇怪。我印象里农大男老师少有穿西服上课的，一般都是polo衫和牛仔裤、休闲裤，看的一些美国大学公开课，有些老师是西服革履的，有些也是很休闲的，似乎没有什么限制，总之得体就好。

这几天早上图书馆大厅没有排起长长的队伍，临近考试图书馆不对外开放，所以里面座位也比较充裕，似乎是校外人员更加珍惜图书馆资源，学生们虽然坐拥设备先进环境一流的图书馆，却不加以利用。临近考试周，图书馆把闭馆时间延长到了深夜十二点。我昨天九点多出图书馆的时候，正好看见有几对小情侣手牵手往里走。我这几天办离校手续，就差图书馆的手续没办了，为了能一直进图书馆，这个手续不得不在最后一天考试前办。想想每天在图书馆待很长时间，重复再重复很单调，但是心里很踏实，人在外，能踏踏实实的挺好。

地震多发（6月14日）

今儿是在中兴大学上正课的最后一天，而地质学今天已经是期末考试了。期中考试的时候卷子很简单，而且全是选择题，所以我期末复习的时候没花太多时间背诵。结果期末考试，今儿一看，明显有一点儿难度，而且还有四道简答题，简答题里还有一道题考到了一个公式，因为班上除了重修的人有考试经验，其他人都不太了解行情，所以我觉得应该不会有太多人能记得起来这个公式，我也是勉勉强强有点儿印象，不敢保证百分之百正确。不过亏得考试范围只有期中考试之后学的部分，如果再考期中前的内容，我能记清楚的内容就更少了。

农大的地质学考试上周就完事儿了，考前怨声载道，考后更是"哀嚎遍野"。还有气象学，我们院气象学课的全名叫"气象学与气候学原理"，简称"气象"，大家纷纷表示考了气象的期末考试，就知道为什么给这门课这个简称——因为考试的时候只考气象学部分，不考气候学部分。而我在中兴大学念的气象学课，虽说叫气象学，但是气候学的知识也包含在内。下周一考气象，我这还没开始"预习"呢。

地质考试完后，又和老师聊了几句，老师很遗憾我在台湾的时候没赶上地震，其意思是像台湾这么一个地震多发的岛屿，如果能赶上一回地震，从地质学的角度来说也算没白来。每回岛内有较大规模的地震时，地质老师都会问我有没有被震醒、被震到，遗憾的是我都没有什么特别的感觉。只有第一回，之前也提过，在图书馆坐着觉得好像有人拉我椅子，后来细一琢磨，应该是有地方地震了，后来一查果然是地震了。

最近几回岛内都是北部地区在地震，今天下午的时候花莲、新竹都有规模较小的地震，岛内专家们都很担心北部会突发较大规模、破坏力强的地震，毕竟北部是岛内相对富庶的地区，如果有大地震，后果难以设想。等我回了北京估计是再也赶不上地震了，毕竟是旧时候的皇城，那选址都是多少风水家看出来的，哪可能是会有地震的地方。

浙江大学来的交换生说，他在杭州有时候还能赶上刮台风，放几天台风假，像我在北京，顶多刮沙尘暴，头发都成黄毛儿了，也没听说有假放。这些个灾害性现象虽说对人类是不好的，但是偏有像我这样的人，头脑发热地想去经历一次。

原本上午已经有晴的意思了，结果下午又开始下雨。看了一星期内的天气预报，至少到下周四，台中还是会一直下雨，目前台中的气温仍然没有北京高。我母亲说北京昼夜温差比较大，中午的时候温度在三十多度，而台中温差小，这几天中午也是二十八九度的样子。想不到等我回北京，会感觉比在台中还热。不想那么远，我现在只求桃园机场没受到北部频繁小地震的影响，和北部时常来袭的大雨的影响，航班一定要顺利起飞和到达啊。

到大陆"打拼"（6月15日）

今儿看新闻说南投县沿山而建的公路被雨水冲下来的土方堵塞住，相关部门正在全力移除土方，解救受困民众。多山的地区这样的事故就是很多。昨天地质学考试还有一题就是问如何防止山坡泥石流的发生，水土保持在岛内是一个严肃而重要的话题。

今天在路上走看见一个房屋中介的巨幅广告，有一个男业务员业绩特别好，"工作打拼，待人诚恳"。在普通话里，"打拼"更多的是个动词，比如谁谁白手起家，打拼出一片自己的商业天下。而岛内，"打拼"是个形容词，指努力、奋进，广告上就是说那位男业务员工作努力，有房屋买卖找他来办理一定能卖个好价钱或者以合理的价钱买一套房子。

说到打拼，艺人是一类到大陆"打拼"的台湾人。90年代中央电视台那版《水浒传》的潘金莲是很出彩的一个角色，观众们也对这个人物印象深刻，这个演员是很早就到大陆发展的台湾演员王思懿。新版《水浒传》，甘婷婷饰演的潘金莲虽说美艳，但是在我心里无法取代王思懿。随着这几年两岸交流增多，越来越多岛内的艺人都到大陆发展，而且在大陆安家。比如钟汉良、霍建华、马景涛。我挺小的时候，钟汉良、王艳还有韩国男演员车仁表共同主演的《四大神捕》红极一时。

这两三年随着很多网络言情小说改编电视剧的上映，钟汉良饰演的小说男主角又是一夜爆红。我没看过《来不及说我爱你》，但是据说大家对这部电视剧评价挺好，而且电视剧版是喜剧结尾，不像小说版的悲剧结尾令人难以接受。

起初都是演员、歌手到大陆发展，现在有很多导演也开始接拍大陆电视剧，到大陆这个广大市场"打拼"。他们大多以拍偶像剧见长，所以就操刀指导大陆的偶像剧拍摄。像湖南卫视很多独播剧都是由岛内导演拍摄的，虽然网上总有评论说剧情雷人，但是这种发展方向已经初露峥嵘。

不知道是我太土老帽还是什么，今天才知道舒淇不是香港人，而是台湾人，只不过被王晶导演相中之后带到了香港。我原来的时候也一直以为吴奇隆是香港人，认为苏有朋和陈志朋是台湾人，唯独觉得吴奇隆是香港的。后来知道是早年小虎队到香港"打拼"，红遍香港，也红遍了全亚洲。像我这个年纪，不是80后，又和现在90后不完全一样的这个阶段的人，对琼瑶剧很熟悉，作为一代琼瑶女星的刘雪华，我自然而然认为她是台湾人，结果也是最近才知道，她是香港人，到台湾去"打拼"的。不过现在，她频频出现在大陆电视剧中。

前段时间由赵文卓和甄子丹的一场口水战，引出了一个香港艺人普遍瞧不上内地艺人的话题。但是细想想，我个人的观点是，两岸三地，甚至东南亚，日本韩国的演员歌手都争相到大陆打拼，如果这些艺人总报以瞧不上内地艺人的心态，那他们就真有些自取其辱了。内地的明星频频在国际高水平电影节亮相，《金陵十三钗》、《白鹿原》也在国际上有所表现，现在内地的电影电视剧在蓬勃发展，大陆的相关从业者和观众用开放的心态迎接四面八方的艺人，艺人们也应该以认真、健康的心态看待自己，艺人虽说修养上不如"艺术家"，但是也要有艺德。

娱乐圈以娱乐、八卦、绯闻来维持，为了维护这个脆弱的"生态系统"，娱乐圈不断输入新人，不断"爆点"。章子怡由早年《我的父亲母亲》里的单纯少女般的形象，到《卧虎藏龙》、《英雄》里侠女般的倔强、坚强，到《艺妓回忆录》里角色般的"泼墨门"、"诈捐门"主角，起起伏伏；赵薇从"小燕子"火遍大江南北，到"军旗事件"封杀，后来复出，从《赤壁》、《画皮》的"逆袭"，到嫁做人妇、幸福生活，高高低低；汤唯从拍摄《色戒》后遭封杀，入香港籍引发议论，今年在韩国多次获大奖，悲悲喜喜；李冰冰出演《云水谣》，"多年的媳妇熬成婆"，而"李莲花"的绰号，和范冰冰的"云山雾罩"的不"登对"的关系，整容的质疑，变来变去的实际年龄，凭《雪花秘扇》、《生化危机5》进入好莱坞，作为联合国环保工作的大使和伦敦奥运会的火炬手，代言GUCCI，跌跌宕宕。

娱乐圈的"打拼"，不仅在戏里，还在戏外，"圈里人"都在用"绳命"在娱乐、八卦、爆点、闹绯闻，用"绳命"在维持娱乐圈的繁荣。

TORIC考试（6月16日）

紧张复习的周六。兴许是因为农大已经放暑假了，也兴许是因为快回北京了，心已经散了，今天我复习很没效率，所幸这学期上课的时候还算专心，所以复习的时候很多知识不是一片空白。

今天是大陆英语四六级考试，从昨晚上就在人人网上看见一大堆关于四六级考试的日志、状态。我算是幸运儿，进了农大之后有英语分级考试，我考到四级班，意思就是在大一上学期就可以参加四级考试，所以我前年年底就考了四级，虽说分数不高，但是至少过了。然后等到大一下学期，我没有英语课，所以比其他同学多很多时间去应付高数、大学物理和有机化学这三门学分很重的科目，而且我还顺便报了英语六级考试，去年夏天把六级也考过了，依旧分数不高，但是过了就得了。

岛内没有特别的英语水平考试，而是借用美国ETS的TORIC考试作为英语水平评量手段。几乎每个大学生都会考TORIC，而且据说在找工作的时候，TORIC是一项重要的评价指标。与托福考试不同，托业考试是为那些在工作中使用英语的人准备的，所以大陆就把它翻译成"托业"，意思上比较贴切。岛内翻译成"多益"，可能是因为"多"和"益"都是美好的字眼儿，取个好听的字眼，也是图个吉利。

我在中兴大学没有选英语课，有一个也是农大过来的男生选了门英语课，据他说英语课的期中、期末考试试卷就是托业考题。我没太搞明白是用真题来考，还是模拟题来考，不过按ETS的习惯，真题是不可能出现在市面儿上的，想了解考试的内容和真题，只有广大大陆考生积攒出来的"机经"比较靠谱。如果你去过北京中关村新东方教育科技集团的总部，还没等你看见"新东方"这仨字呢，就会有一堆人围上来问："要机经吗？托福机经"。

今儿对我来说是很不寻常的一天，下午我们农大足球队主场对阵武汉体育学院足球队，这是一场决定我们能否晋级四强的比赛。上周在武体主场，我们0:2惜败，这场至少净胜三个球，农大才能淘汰武体。不说过程只提结果，比赛比分是3:1，但是由于客场进球武体优于我们，所以我们不幸被淘汰。我本想着农大足球队晋级，回北京之后我还能在主场看他们比赛，结果没成想是这个结果，我只能祝足球队明年取得好成绩。

这场足球赛大概是下午五点半结束的，下午我在图书馆，从四点多的时候开始就用CNTV的直播在看"神舟九号"的发射。从"神舟五号"第一次载人上天，到"神舟六号"多人上天，再到"神舟七号"出舱执行任务，"神舟八号"与"天宫一号"对接为"神舟九号"做预演，今天终于，两位男宇航员和一位女宇航员乘着"神舟九号"完成手动与"天宫一号"对接的任务。

初中时参加天文奥赛，有一题问中国是否参加国际空间站建设，答案是没有。美国欧洲建国际空间站的时候不带我们"玩儿"，现在我们有能力、有财力"自立门户"，中国扬眉吐气。相比之下，很少能听到关于岛内航天事业发展的消息，一方面是财力、人力问题，另一方面岛内的地理环境极大地限制了航天发展。首先岛内没有特别合适的火箭发射场，北部地区连年阴雨，中部地区是盆地，也有连续下雨的天气，南部地区雨量少但温度高，并且岛内山地多，返回舱如何回收也是大问题。

等到火箭真正发射的时候，我回到宿舍，无奈网速太慢，点火升空的瞬间恰好被我错过去，气得我直骂。但是看到央视在回放，大脑一片空白。神舟九号发射成功，向中国人民解放军致敬！向航天工作人员致敬！

西方父亲节（6月17日）

明天就要开始期末考试了，今天的复习状态比昨天强很多。白天的时候台中很热，虽然天气预报说下雨，但是一整天只有下午天上飘过来几朵云彩，除此之外就一直是大太阳晒着，一点儿下雨的意思都没有。天气预报不准是司空见惯的现象，还是自己看天比较靠谱。吴宇森导演的《赤壁》里，金城武饰演的诸葛亮靠摸王八能判断天气，我真想学学这种"特异功能"。据说今天北京最高气温是三十八度，想想农大的室友们在没有空调的寝室里待着，晚上还要开始上夏季学期的课程，再看看我在图书馆里吹空调，复习考试，我这儿还真是幸运。

今儿复习气象学，按理说学过气象学的人都能通过观察云的变化来初步推测天气变化，不过我坐在窗户边上盯着天空看了老半天，也没看出个所以然来，可见理论和实践之间有着巨大的鸿沟，真是不好逾越。

《生活大爆炸》里Sheldon是理论物理学家，他一直很瞧不起作为实验物理学家的Leonard，但是我倒是十分佩服实验物理学家，他们才是真正证明一个理论是否正确的人，而且做过实验的人都多多少少有体会，设计一个实验是很困难的，如果我这么说你还不理解，那想想理综卷子，如果一个实验题是考"请设计一个实验证实什么原理是正确的"，和设计实验检验什么性质，明显是证明原理要更困难。

《生活大爆炸》在最近这一两年风靡大陆美剧市场，在我心里虽然它不及《老友记》经典，但是因为翻来覆去看了很多遍《老友记》了，所以我现在更偏爱《生活大爆炸》。岛内没有多少人关注这部美剧，提起"Big Bang"，更多人知道这是一个韩国偶像男子组合，而不知道有《Big Bang Theory》（《生活大爆炸》英文名）这样一部美剧。

今儿是六月第三个星期日，是西方的父亲节。与五月份轰轰烈烈的母亲节不同，父亲节似乎没有引起太大的"打折风潮"。母亲节的时候，那可是从四月份开始就在打折促销。母亲节前后的几天，学校里也有免费及祝福卡片的活动，我高三的时候也寄了张这样的免费卡片给我母亲。而父亲节，兴许是大家忙着考试复习吧，都没有学生在组织寄卡片。父亲节就这样被一带而过，直接进入端午节了。

歌里唱"世上只有妈妈好"，但父亲也是我们至亲至爱的人。网上流传甚广的一句话，对每个姑娘说：世界上最爱你的男人已经娶了你妈妈了，父亲是每个人的"大靠山"，"干爹"神马的都是浮云。

这几天上海国际电影节开幕了，很多台湾演员也受到邀请，比如林志玲、柯震东、关颖等。台湾的电影金马奖可以说是华语电影非常有地位的颁奖典礼之一，这么多年以来，内地获得金马奖最佳女演员这一殊荣的女演员有陈冲、秦海璐、李小璐、周迅、李冰冰和吕丽萍，其中陈冲两次封后。近些年来，港澳台很多优秀电影人都努力进军内地市场，内地电影市场呈现一片繁华之景，百花齐鸣，电影节水平也越来越高。

北京国际电影节和上海国际电影节都邀请到了很多外国著名演员，有日韩演员，还有好莱坞影星。前一阵子的戛纳电影节巩俐和李冰冰两位重量级中国面孔的出现，还有奥斯卡颁奖典礼上作为唯一受邀的中国演员的李冰冰出现，也证明国际电影行业对中国电影的认可。

从"蛟龙号"、"神舟九号"看出我们强大的硬实力，而在软实力方面，中国也在努力追赶国际水平，双管齐下，不瘸腿、不失衡。

三门考试（6月18日）

今天一口气考完了三门考试，分别是肥料学、物理化学和气象学，三门考试各有特点，值得分别说一下。

肥料学全是选择题，和期中考试一样，对一题得一分，错一题扣一分，不作答得零分，与期中考试不同的是期末这次不是开卷考试。由于有几道题我没有把握，所以我没有盲目地填答案，而是保守地空选，不得分总比倒扣分要好。其实这要是搁在原来，我是一定会冒风险把每道题都选上的，因为只有这样才有可能得高分，空选是自我放弃的做法。但是现在我希望能平稳完成考试，目的不同，策略就变了。

肥料学考试里有几题涉及面积单位问题，岛内的单位和大陆有些不同。比如大陆说的"平米"指"平方米"，而岛内说的"平米"指"坪"，比"平方米"略大。岛内说的"公斤"和大陆的"公斤"、"千克"一样，而"台斤"则等于0.6公斤，并且岛内不常用"千克"，凡出现在试卷上指"kg"的，全是"公斤"二字，读起来有些别扭。

还有说身高，大陆一般说：谁谁谁"一米八"，岛内会说成：一百八十公分，像是带声儿的电子身高体重秤的那种说法。我对这些单位差异不是很了解，所以涉及单位计算的几道题我都不得空着不作答。想想秦始皇当年统一度量衡真是明智，现在有国际单位制也真是方便科学上的交流，不然科学论文上，中国用"斤两"，美国用"磅、盎司"，这其中的单位换算可是要难倒很多人呢。

第二门物理化学是开卷考试，开卷真是巨大的福利。广大高校流传这么一句话：物化生化，必有一挂。说白了这两门化学考试比较困难。而现在物理化学考试可以看书，再加之老师出题就是把书上的习题、例题改几个数据，所以我提前把习题做了，考试的时候就是换数据抄步骤，基本不动脑子。因为和我一起上物理化学的这个班，学数学的时候要求比较低，老师出题的时候数学运算都很简单，最难的是求导数，这对我来说又是小case。

说实在的，我看了"中科院"物理化学考研题，基本上是一道题都不会做，尤其是计算题，最简单的也要用到偏微分来求方程。幸好我没有意愿考研，不然考试后还要花额外时间来补这儿没学到的内容。

气象学也有福利，上节课老师给了三十多道样题，说考试题就在这些题里出。其实这样做和泄题性质差不多，但是因为有三十多道题，考试的时候不会考这么多，所以这叫"画重点"。我在农大上选修课的时候，有的老师也会这样，提前给出出题的范围，同学回去自己去背，只要私下花时间了，考试就万事大吉。不过从上学期开始农大教务处不许老师这么干，也不许老师考前画重点，于是真的有老师在考试之前给我们画了"非重点"，算是"上有政策，下有对策"。

手里有了范围，心里就有了底。所以虽然我这一学期几乎没认真听过课，我回去突击了两天气象学，下午考试的时候也还算比较有把握。再看看前几天农大的同学们考气象学痛苦的经历，我也不知道该说我是幸运还是不幸。幸运的是考试不痛苦，不幸的是这样考试我根本没学到东西，用一些考试技巧就可以应付得一个差不多的分数。

回北京之后我确信我会再花额外的时间看这学期学的一些课程，我还是希望能把知识学得扎实一些，这样以后深入研究的时候才不会有"盲点"，严格要求总是没有坏处的。

饮食文化(6月19日)

据天气预报称，这一周将会有台风登陆台湾岛，今儿一大早起床之后，外面黑压压的像是扣了个铁锅，噼里啪啦下的大雨像是有人在往下泼水，看来台风已经靠近台湾岛了。

在农大，有个同学是福建人，前几天发生地震，他很欢乐地跟我说在台湾一定要感受一下地震。他还说，我回去的比较早，可能错过刮台风的季节了，在台湾没有感受到台风，实在是太遗憾了。结果他说这话没过几天，岛内就开始刮台风了，按他的话来讲，我这既赶上地震又赶上台风，也算是不虚此行，修得圆满。

早上撑伞去图书馆，我心中默念"千万别漏雨，千万别漏雨"，我的小遮阳伞已经被摧残得不成样儿了，我希望它还能"活着"和我回北京。走着走着，我看见有五六只大鹅昂首挺胸横在马路中间，雄赳赳气昂昂，一点儿都不在乎密密麻麻的雨滴打在它们羽毛上。看它们这种架势，我悄悄从一边绕过去，离这些大鹅们远远的。

之前说过，我怕鸟。尤其是鹅，我爸总是翻来覆去地讲他小时候在农村看见有大鹅跟家里养的大狗打架的故事，还信誓旦旦指着手背上一块疤说这是被鹅咬了之后留的伤疤。恰好前一阵有个在北京的朋友去玩的时候，不幸被鹅咬了腿，看他传到网上的血迹淋淋的照片，就知道鹅的杀伤力很强。不过我对我爸说手背上的伤疤是鹅咬的表示很无奈，谁家的鹅能强大到咬出来的疤跟子弹打伤的疤一样啊？那个疤是我爸参战留下来的，具体怎么情况，我爸参战那时候还没有我，我不是很了解。我爸没主动跟我提起来过，我也不问，因为据说对越战争打得很艰辛，双方死伤都十分惨重。

今儿查邮件的时候发现有一封前天的邮件说，昨天中午农资院招待交换生一起吃午饭，交流、增进感情。因为我中华电信的手机卡没有几块钱了，所以最近用的是移动全球通的卡，所以老师打电话也联系不上我。昨天肥料学考试之前，我同桌也说，土壤系的导师也在想看有没有多余时间请交换生吃饭。从这么多的吃饭、宴请中可以看出来，以吃饭来增进感情是一种文化、习俗，办公桌上不好解决的事儿，换到酒桌上就好解决了，谈判桌上无法达成一致的意见，换到饭桌上马上就融洽了。

萨苏在他的博客中也说过日本人也喜欢在饭局上谈生意，几个人下班之后找一家小酒馆，边吃寿司边谈生意，虽然可能吃了一顿饭都没吃饱，但是生意谈成了，奖金拿到了，职位可以晋升了，皆大欢喜。

老话讲，民以食为天。易中天有篇文章就叫《民以食为天》，里面有几句话特别有意思，当然，"问鼎中原"的那个"鼎"，已不简单的只是一口烧饭锅了。作为政权和权力的象征，它也是一种神器。这事我们以后再说，但用烧饭锅来做神器和权柄，这就很有些意思，至少说明管饭比管别的什么更重要一些。

中国人把食看作天，也真的把美食做的天花乱坠。中国菜风靡全世界，最近曝光率很高的汪小菲愣是把俏江南连锁店开到了外国。看《生活大爆炸》的人却知道，左宗棠鸡、木须肉、宫保鸡丁是四位主角常吃的晚饭。《舌尖上的中国》，不仅中国人看了口水"飞流直下三千尺"，老外看了更觉得自己投错了胎。

中国文化，当真有一部分是"吃出来"的，能把饮食吃成文化，中国人真乃神人也。

台风来袭（6月20日）

昨儿晚上看新闻说今儿要刮台风，而且由于台风就要在台中附近登陆，所以今天全市放假一天。今天虽然停班停课，但是考试照常。作为北方来的孩子，我活了二十年都没见过台风，所以对台风充满期待，迫切希望见识一下疯狂刮风下雨的架势，结果没成想我大早晨起床的时候，外面不仅没下雨，而且那天气好像是多云，完全没有要刮台风的预兆，我那盼台风的满腔"赤子之心"，一下子就拔凉拔凉的。

看外面一片风平浪静，照例我提搂着电脑和书奔向图书馆，走在路上没见什么学生，不然这个时间恰好是上课的点儿，会有很多形色匆忙的学生拿着早饭，或骑车，或走路，冲向教室，我只见到了零星几个晨练的大爷大妈。等我走到图书馆门口儿一看，发现不知道什么时候，图书馆的玻璃门上贴了"6月20日刮台风闭馆一天"的通知，明明昨晚上回宿舍的时候没有这个通知的。

有了这个通知，看来师姐说的"全市停班停课"也涵盖了图书馆等服务设施，我这时候还没吃早饭，小吃店估计是不会开门了，我非常担心连商店也不开门。打道回府的路上，当我看到7-11便利店的灯还开着的时候，真是感动得要流出眼泪。在7-11买了足够一整天消耗的口粮之后，我这才放心地回宿舍。

在宿舍我不是单纯地在复习，分心的事儿很多。宿舍的师姐们，一个去实验室了，一个是兽医系的去了兽医院，另一个师姐已经考完所有考试，还在睡觉。没有外来的干扰，算是少了一个分心的事儿，但是我的电脑开着而且连着网络，所以我看一会儿书就抬头上一会儿网，非常没有效率。我边看书边复习，边上网，同时还关注着外面有没有刮风下雨。就这样过了一上午，书没看几页，大部分时间都在上网，而外面依旧是"风和日丽"，我都有些纳闷这台风还来不来。

等到下午，台风姗姗来迟。就是一眨眼的时间，外面突然就黑了，像是有个大铁锅扣在头上，然后轰隆轰隆开始打雷，接着就开始下大雨，那架势感觉是要把房子都冲跑似的。不仅下雨，还伴着强风。我在宿舍里听风声，只能用四个字来形容——鬼哭狼嚎。有个成语叫风声鹤唳，这两种声音都不好听，所以这个词的意思是极度惊慌恐惧，恰好形容我的状态。亲身经历了台风来袭，我确信台风是一种猛烈的灾害性天气。

虽说雨下得很猛，但还是停了两回。趁着第二回雨停了，和我一样留守在宿舍里的师姐竟然毅然决然地出门了。结果没等她出去十分钟，外面又开始新一轮的暴雨袭击。之后兽医系的师姐湿漉漉地进屋，说风太大把伞都吹烂了。

之后，出门的师姐拎着一大堆的凤梨酥，也是浑身上下湿透了进的屋。

晚上的时候雨算是小了很多，此时我已经完全无心复习，我们三个人决定打扫一下宿舍。马上搬离宿舍，要把宿舍恢复原样，前几天楼长还给了我们一张极其详细的卫生要求单，上面事无巨细地列出很多清洁要求，比如纱窗要拆下来洗，任何地方不能有头发，诸如此类。三个人齐心协力，重点清洁了洗手池和厕所，之后擦阳台的地。阳台受到雨水和风的侵蚀，地面非常脏，我们用了洗涤灵、洗衣粉和洁厕灵，但是地面还是擦不干净，最后只好作罢。

清扫完，我就洗洗睡了，明天还有最后一科考试，植物生理学。不求分数多高，只求"低空飞过"。

申请成绩单（6月21日）

今儿早上起床，天气好得像小学生作文里描述的那样风和日丽、万里无云。今儿下午就要迎来最后一门考试了，但是我还没开始复习啊。不管下午是死是活，我最后一次拿着电脑和课本，到图书馆复习。

兴许是因为明天就要回北京了，今天更是无心学习。我强迫自己看课件，记住一些必须知道的知识，免得到时候面对试卷两眼一抹黑。考试之前，我才办了图书馆的离校手续，然后再去教务处注册组申请成绩单和交离校手续表。申请成绩单缴费要用到自助收费机，注册组的老师很耐心地给我做了示范，教我怎么用这个机器。一份中文成绩单10台币、英文成绩单20台币、农大中文成绩单免费、英文成绩单10块一份。对成绩单收费，我不太清楚这些钱的去向。无论是出于什么目的，对成绩单收费，我都觉得像是在说：中国农业大学中文成绩单不值钱，英文成绩单10块钱一张，明码标价搞得像是商品。去年看一个哈佛大学公开课——公正，那个老师举了一个例子说，英国一个女校起初规定不许男宾在校内过夜，但后来社会开放就允许男宾过夜，但是由于男宾过夜增加了水电消耗，所以要求过夜男宾交10便士的"过夜费"，此事一出，报纸说：某某女校女生，10便士一晚。

办了离校手续，我揣着忐忑不安的心情参加植物生理学考试。拿到试卷之前，我十分紧张，拿到试卷之后，我内心马上就平静了，反正就是这个水平了，无论如何不能交白卷，前面的题我竭尽全力把知道的、能想起来的和能胡编乱造的全写上去，我还特意把答题速度放慢一些，免得成为第一个交卷的人。结果我写着写着，就发现有个姑娘交了卷子，一看表，距离考试开始才过了二十分钟。这个姑娘一交卷，又跟着几个沉不住气的人交了卷子。其实我也坐不住了，一边胡编乱造，一边加快做题速度。一个小时之后，考场里还剩一半儿左右同学的时候，我也交了卷子。

交卷之后我没有特别明显的松一口气的感觉，和在农大的时候感觉完全不同。在农大，考试前只想着好好复习，考试时只想着好好答卷，只有考完才会忐忑不安，念叨着能不能考好。我把电脑和课本放回宿舍，冲向大买家最后采买一些要带回北京的东西，然后回宿舍开始收拾行李。宿舍里算上我，有三个人都是明天的航班回家，只有兽医系的师姐还在痛苦地复习明天的两门考试。大四的师姐还没回来，行李也没开始收拾。我和另外的师姐是同一个航班，我们俩都很担心大四的师姐收拾不完行李，因为她的东西最多，一定会超重，而且很可能装不下。

晚上宿舍里是一片收拾行李的"盛景"，大四的师姐回到宿舍就着手收拾行李。我们完全没有睡觉的架势，一直在折腾，都不顾时间多晚了，苦了还在复习的兽医系的师姐，也完全没复习的心思，跟我们一起聊天，好像是我们都睡了，她才接着看书，熬了一个通宵。

我实际睡觉的时候已经是22号了，等我醒了就要起身回北京了——北京在等我呀。

北京，我回来了（6月22日）

虽然没睡饱，但我还是按着闹铃的时间准点儿起床，免得误了时间。起床后洗漱，把最后一点儿东西塞到行李里，看着空空如也的床铺和柜子，心里没有明显的感觉，既没有因为离开而产生的伤感，也没了要回北京而特别的激动，可能平常心对待更好。最后一顿早饭在便利店解决的，方便快捷。

我和师姐两个人，一共有四件大行李，三件随手的小包，我们俩都很担心会超重。面对这么多行李，多亏了那个丢相机的女生好心起大早，把我们从台中送到桃园机场。因为东西太多，我们打了两辆出租车到火车站，一开始我误以为打车费会很贵，二十几块人民币的打车费是我在网上查到的一半儿。到火车站之后，我们在客运站买票，从台中坐客运到桃园机场要两个半小时左右，我们恰好赶八点钟的客运，然后办托运、过安检，买免税商品，之后十二点半登机，时间比较充裕。

在办托运的时候，我的行李超重四斤左右，我把里面的笔记本电脑拿出来之后顺利过关。机场比较人性化，认识的人在一起出票，座位是挨着的。进安检大厅的门口是我们和那个本地的女生告别的地方，今日一别，谁都不知道什么时候才能再见。

过了安检，我在免税店买了安娜苏的香水孝敬老妈。买安娜苏香水一方面是因为香水瓶子好看，另一方面是几乎每款安娜苏的香水的味道都比较对我的口味。有些香水太浓了，我接受不了。可能有"业内人士"质疑我说安娜苏太像是给年轻姑娘用的香水了，我母亲用是不是有点儿"老牛吃嫩草"，我的回答是，我妈徒有四十多岁的年龄，长了一张三十多岁的脸，生了一颗二十多岁的心。

买了免税商品，我算是完成了最后一项任务，之后要做的就是登机了。

十二点半，开放登机，没想到因为我和师姐的随身行李太多，而被截在登机口，好说歹说，又念在我们是学生，机场工作人员"法外开恩"，没收我们多余行李的托运费，只是说"下不为例"。我相信如果我们是普通游客，一定要花钱托运行李, 而对学生们, 大家都会比较"照顾"。无论如何, 有惊无险, 最后我们俩总算是踏踏实实地坐上飞机。

经过三个小时, 飞机顺利抵达北京。飞机准备降落前, 起落架打开的时候, 我明显觉得飞机晃悠了一下, 怪吓人的。等飞机降落的时候, 我感觉飞机简直就是戳到地面一样。一般情况下, 如果飞机降落的时候很平稳, 或者说只要不是特别颠簸, 乘客下飞机前都可以对机组说一句"降落得很好"、"平稳着陆", 以表示对机组的感谢和平安到达的祝福, 我本也想夸一夸国航的机组, 结果这么一个"自杀性炸弹袭击式"的降落, 我实在不好恭维了。

下飞机后又经历一系列过程, 总算是见到了父母, 看到我爸减肥成功, 我很高兴; 我把香水直接递给老妈, 老妈也很高兴。

北京天气阴沉沉的, 但是很凉快。

不错不错, 回来了, 回来了。

久违了, 北京!

慢慢折磨　慢慢拷问

　　这本用一百多天写的日记，啰里啰唆，自己看着哭笑不得。

　　我用了快一年的时间整理这本日记。坐在滑铁卢大学的图书馆里修修改改，有时候我转头，看见窗外黑色夜幕下的车水马龙，以为可以看到远处我常常去的"大买家"，可以看见篮球场矫健灵敏的身影，可以看见学校外小吃店里忙碌的老板和坐着享受美食的客人。季羡林先生借用唐刘皂的一首诗来形容自己对哥廷根的感受：

> 客舍并州数十霜，
>
> 归心日夜忆咸阳。
>
> 无端又渡桑乾水，
>
> 却望并州是故乡。

　　季羡林先生从千万首唐诗中，找到仅存世五首诗的刘皂的《旅次朔方》，虽然存世仅五首，但我猜单单是这首诗就能引发代代后人游子的共鸣，而这首诗也恰如其分地形容了我对台中的一些感受。

　　很多日记里原本的内容，为了应和出书标准，被我大刀阔斧地删改掉了。修改文章是件苦差事，我不得不把自己推进当时的场景，从头到尾整理一遍，就像是从头儿又开始了一次交换生生活。而在这期间，我又被自己启发，很多当时没注意到的细节浮出水面，喜的是，细节让情节丰满，让表面的现象匹配了深层的本质；不喜的是，修改时我付出很多体力、脑力和心力，付出体力不算事儿，付出脑力有时很累人，而付出心力常常十分痛苦。来加拿大之后，我的英语有长足的进步，"烤肉"一词的英文叫"grill"，做动词不仅可以表示"烤肉"这个表层意向的动作，也可以有虚化含义叫"慢慢折磨、慢慢拷问"，就像《武林外传》里郭芙蓉的一句台词"开小火，不加油，把心挖出来慢慢烤"，应该就是grill的形象翻译。

二十岁，不老不小的年纪，不像进入社会的人那样冷静，也不像小孩儿那样热情，长的是一颗"半吊子"的心。

然而，"日月光华，旦复旦兮"！

刘铮羽

2012年9月10日于加拿大滑铁卢大学

图书在版编目（CIP）数据

台湾求学笔记 / 刘抒羽著. —北京：华艺出版社，2013.6
ISBN 978-7-80252-414-9

Ⅰ.① 台…　Ⅱ.① 刘…　Ⅲ.① 日记—作品集—中国—当代
Ⅳ.① I267.5

中国版本图书馆CIP数据核字（2013）第111310号

台湾求学笔记

著　　者：刘抒羽
责任编辑：陈娜娜
装帧设计：来　蕊
出版发行：华艺出版社
社　　址：北京市海淀区北四环中路229号海泰大厦10层
电　　话：010-82885151
邮　　编：100083
电子信箱：huayip@vip.sina.com
网　　站：www.huayicbs.com
印　　刷：北京天正元印务有限公司
开　　本：1/30
字　　数：218千字
印　　张：8.6
版　　次：2013年7月第1版第1次印刷
书　　号：ISBN 978-7-80252-414-9
定　　价：26.00元